PETER KLEIN

Rauch

ROMAN

MILENA

Inhalt

Alle Zigaretten, die ich jemals geraucht habe,
mögen mir beistehen.

Italo Svevo

1. Dreier

SEINE ERSTE LETZTE Zigarette rauchte Sam Sapadi im Juni vor sechsundzwanzig Jahren. Sie würde ihn nicht länger küssen, hatte Lucinda gesagt, wenn er weiterhin so stinke.

Sam zögerte nicht. Er spürte etwas Heldenhaftes in sich aufsteigen. Es war nötig zu zeigen, dass er Herr seiner selbst war. Dass er sich im Griff hatte. Morgen, sagte Sam, gib mir Zeit bis morgen. Morgen höre ich auf.

Lucinda war, obwohl sie nicht reiten konnte, Argentinierin. Ringo und er hatten sie und Samantha, eine kleine, drahtige Schottin mit kurzen Zöpfen, in Kufstein an der Grenze aufgegabelt. Sie hatten es sich zur Gewohnheit gemacht, am frühen Abend Tramper einzusammeln. Sie kamen aus Deutschland, Dänemark oder Holland und wollten in den Süden. Die meisten waren froh über ein Abendessen und einen Platz im Matratzenlager. Manche blieben eine Nacht, andere eine Woche, Einzelne verbrachten den ganzen Sommer in Tiefenbach. Das Haus am Inn war jahrelang leer gestanden. Ringos Großeltern hatten es bald nach dem Krieg gebaut. Jetzt roch es nach Moder, und der Hang drückte Wasser in den Keller.

Der Garten war verwildert. Ringos Eltern, ein glückloser Fotograf und eine evangelische Heimleiterin, zahlten die Baumaterialien; renovieren müsse er es selbst. Ringo ließ sich das nicht zweimal sagen. Seine Schwester Edda, die in Heidelberg Sozialpädagogik studierte, brachte ihren Freund und dessen Freunde mit. Revolutionäre, die Rudi Dutschke kannten.

Oder zumindest jemanden kannten, der Rudi Dutschke kannte. Bruno, er war bereits siebenundzwanzig und versuchte auszusehen wie der junge Fidel Castro, hatte in Heidelberg eben sein Medizinstudium abgeschlossen. Er hatte gegen den Vietnamkrieg demonstriert und wollte Schönheitschirurg werden. Man müsse die Reichen dort treffen, wo's wehtut, sagte er.

Mit dem Skalpell mitten ins Gesicht. Dafür sollten sie bluten und blechen, die Fettsäcke und ihr Aufputz. Nicaragua sei bloß ein Alibi, Kaffee ernten könne jeder. Sam, der damals noch Thomas hieß, gefiel das. Er wollte raus aus dem Schweinesystem.

Sam rauchte *Dreier*. Billig und unparfümiert. Zumindest während er arbeitete, rauchte er *Dreier*. Allein schon aus Solidarität mit der Arbeiterklasse. Wiewohl die Arbeiterklasse selbst die filterlose Ära auf dem Weg zum Kleinbürgertum bereits hinter sich gelassen hatte. Sams Vater und seine Kollegen rauchten mittlerweile *Hobby* oder *Smart*. Teurer, aber gesünder, sagte Sams Vater. Als ob er sich jemals um seine Gesundheit geschert hätte.

Die *Dreier* konnten herrlich sein, vorausgesetzt, sie waren einigermaßen frisch. Ausgetrocknet sprühten sie, wenn man sie anzündete, wie Weihnachtskerzen und schmeckten nach Stroh.

Die Schachteln waren flach, die Zigaretten elliptisch. Man konnte sie, wenn man sie bis auf den Stummel rauchte, mit Daumen und Zeigefinger wie mit einer Pinzette halten und anziehen, bis die Glut an den Fingerspitzen brannte.

Viele Jahre später, Sam lebte bereits in Wien, zündete er sich, als man in U-Bahnstationen noch rauchen durfte, in der U1-Station am Süditroler Platz eine Zigarette an, um das Eintreffen des Zugs zu beschleunigen. Das funktionierte immer. Als er mit dem Fingernagel gerade die Glut wegschnippte, um den Rest der Zigarette zu retten, legte sich eine schwere, behaarte Hand auf seine Schulter. Du auch Arbeiterklasse?, sagte ein offenbar vom Balkan stammender Mann mit Arbeitsschuhen und einem Malerkübel in der Hand.

Sam hätte ihn umarmen mögen. Er schenkte dem Mann die halb volle Packung. Ich habe noch genug, sagte er, ich habe genug.

Abends, wenn beide Hände frei und sauber waren, wuzelte Sam sich seine Zigaretten. Zunächst aus Landtabak, später brachten die Heidelberger *Drum* mit nach Tiefenbach. Ein Tabak, der nach »holländischer Art« aufbereitet wurde, wie es hieß. Und Holland war immer gut. Wenn der Tabak austrocknete, legte man über Nacht ein, zwei Apfelspalten in die Packung oder mischte ein paar Tropfen Wasser bei. Cognac wäre besser, sagte Bruno.

Aber Cognac hatten sie nicht. Wenn Sam Beton mischte, auf dem Gerüst stand, um den groben Außenputz abzuschlagen, oder wenn er den Garten zu roden versuchte, mussten es *Dreier* sein. *Austria 3* hieß die Marke offiziell. Irgendwann einmal nahm die Österreichische Tabakregie die Zigarette vom Markt. Billig allein reichte nicht mehr.

Sam sah sich gern mit einer *Dreier* im Mundwinkel. Das erinnerte ihn an die Fotos amerikanischer Bauarbeiter, die beim Bau von Wolkenkratzern in schwindelnden Höhen auf Stahlträgern sitzend eine Arbeitspause machten und sich eine Zigarette gönnten. In einem Kino in Graz hatte er einmal ein Plakat gesehen. Arbeiter in atemberaubender Höhe. Direkt daneben ein zweites Plakat. Humphrey Bogart ließ lässig eine Zigarette aus seinem Mundwinkel hängen. Niemand konnte rauchen wie er.

Sam hatte spät damit angefangen. Nicht mit fünfzehn oder sechzehn, sondern in den großen Ferien vor dem letzten Schuljahr. Er hatte in einer Kettenfabrik in der Obersteiermark im Zweischichtbetrieb gearbeitet. Sie stellten Schneeketten her. Auch Schiffsketten. Sam bediente eine der Maschinen, die die bereits zu einem Glied gebogenen, manchmal fingerdicken Ketten an der noch offenen Stelle verschweißten. Seine Aufgabe bestand darin, darauf zu achten, dass die offenen, unverschweißten Stellen immer oben zu liegen kamen, bevor die Maschine die Kettenglieder ruckweise fraß. Die Maschine erledigte alles. Fast alles. Nur oben und unten konnte sie nicht unterscheiden. Seine Maschine stand an der Frontseite der riesigen Halle direkt unter der Uhr. Immer wieder bemühte er sich, mindestens fünf Minuten lang nicht auf die Uhr zu blicken. Es gelang selten. Es konnte Ewigkeiten dauern, bis der große Zeiger mit einem federnden Ruck in die nächste Minute sprang.

Beim Bier nach der Arbeit, wenn sie auf den Bus warteten, gehörte es dazu. Es war das Mindeste, was Sam tun konnte, um guten Willen zu beweisen. Als Kind hatte er sich geschworen, niemals, niemals eine Zigarette anzurühren. Wenn sein Vater, egal zu welcher Tageszeit, aufstand, hörte man aus dem Obergeschoß sein langes, trockenes Husten. Es dauerte eine gute Viertelstunde, bis der Schleim sich aus den Tiefen der Lunge löste und Vater sich mit einer Hand am Treppengeländer in Richtung Badezimmer zitterte. Immer noch in Unterhosen und Trägerleibchen kam er mit bleistiftdicken Adern am Hals und rotblau angelaufen grußlos in die Küche, nahm ein Bier aus dem Kühlschrank, trank es stehend in zwei, drei Zügen und rauchte, während er sich mit einer Hand am Kühlschrank abstützte, die erste Zigarette des Tages. Das nie, dachte Sam. Niemals wolle und werde er so enden.

Mit achtundfünfzig wurde Vater als Schicht- und Schwerarbeiter mit einem Warenkorb verabschiedet und in Rente geschickt. Wenige Jahre später war er tot. Die Lunge hatte nicht mehr mitgemacht.

Von dem Moment an, als Sam Lucinda versprochen hatte, ab dem nächsten Morgen nicht mehr stinken zu wollen, war jede Selbstverständlichkeit verflogen. Er sagte es niemandem. Er wollte, falls er es nicht schaffte, nicht zur Rechenschaft gezogen werden. Es war sein erstes Mal. Sam hatte noch nie aufgehört zu rauchen. Es könne nicht so schwierig sein, dachte er, nachdem er ja erst seit drei oder vier Jahren rauchte. Er fühlte sich nicht süchtig. Sucht war kein Thema. Er rauchte bloß. Alle rauchten. Bis auf Ringo. Nachdem man einen Schatten auf seiner Lunge festgestellt hatte, war die Sache für ihn erledigt. Er verbrachte fast das ganze Sommersemester der siebten Klasse in einem Lungensanatorium. Davor hatte er filterlose *Gitanes* geraucht. Nicht viele, aber doch. Nach den vier Monaten im Sanatorium nutzte Ringo die Chance und kehrte nicht mehr in die Schule zurück.

In diesem Sommer war Ringo schon zwei Monate vor Sam nach Tiefenbach gekommen. Er hatte, während Sam sich auf seine Lehramtsprüfungen vorbereitete, den Präsenzdienst absolviert. Nicht den *Zivildienst*, den *Präsenzdienst.* Ringo war an praktischen Dingen interessiert. Auch Waffen, sagte er, seien Geräte, die man auseinandernehmen und wieder zusammenbauen könne. Wie Autos, Möbel oder Häuser. Mac, Soziologe, Mitglied der Deutschen Kommunistischen Partei und *Roth-Händle*-Raucher, der auf dem Weg nach Kreta gemeinsam mit Lilo mehrere Wochen in Tiefenbach verbrachte, war der Einzige, der Ringos Entscheidung guthieß. Bruno und er kannten sich seit ihrer Schulzeit. Es ginge nicht, meinte Mac, dass alle linken Wichser in den Zivildienst auswichen. Man könne das Militär nicht den Arschlöchern überlassen. Mac war pausbäckig und rotgesichtig. Er wirkte, als ob er dem Etikett einer Schweizer Kräuterschnapsmarke entstiegen wäre. Lilo, die ihre violett verspiegelte John-Lennon-Brille nur selten abnahm, schwieg. Sam wusste wenig über sie. Nur, dass sie aus einer Ärztefamilie in Hannover stammte. Manchmal sah man sie gemeinsam mit Edda im Garten sitzen, sie sprachen lange und leise. Edda in einem lang wallenden, indisch anmutenden Gewand, Lilo in kurzen, abgeschnittenen Jeans. Edda rauchte nicht. Sie habe es mit dem Magen, sagte sie. Sam verstand nicht, was Zigaretten mit dem Magen zu tun haben sollten. Lilo paffte. Manchmal wäre Sam gerne eine Frau gewesen.

Ringo zeigte sich von den endlosen Debatten genervt. Es gab nichts, was nicht auf seine gesellschaftliche und politische Relevanz hin überprüft werden musste. Ringo war aber in der Welt des Praktischen zu Hause. Er konnte alles. Er reparierte Autos, legte Leitungen, wusste, wie man ein Dach isolierte und welche Materialien man dazu brauchte.

Ringo hatte einen Körper wie eine Festung: bestenfalls mittelgroß, stämmig, ein kleiner, muskulöser Bauch. Sein Großvater, der Erbauer des Hauses, war Bahnhofsvorstand in Wörgl und ein nicht untalentierter Hobbymaler gewesen. Seine Landschaftsaquarelle überlebten alle Umbauarbeiten. Sie seien »authentisch«, sagte Lilo. Kunst aus sich selbst heraus und damit nicht dem kapitalistisch gesteuerten Kunstmarkt verpflichtet. Ringo hatte ein sicheres Gespür für die herablassende Aufmerksamkeit, mit der Brunos Freunde ihn und Sam behandelten. So müssen katholische Missionare Eingeborene gesehen haben. Gute Menschen an sich, unverfälschte, naturwüchsige Subjekte, formbares Material.

Wenn Ringo nicht arbeitete, nichts reparierte, nicht kochte oder gerade nicht Fußball spielte, trommelte er mit den Fingern auf die Tischplatte, schlug mit der flachen Hand Rhythmen auf die Oberschenkel oder schnippte mit den Fingern. Ringo hatte ein Schlagzeug im Keller stehen. Er hatte kein Interesse, in einer Band zu spielen, aber er liebte sein Schlagzeug. Das Schlagzeug hatte ihm auch früh seinen Spitznamen eingebracht. Wiewohl er mit Ringo Starr gar nicht so viel am Hut hatte. Wenn schon, dann Ginger Baker, sagte Ringo, er verehrte den Schlagzeuger der *Cream.* Manchmal, wenn oben in der Küche zum wiederholten Mal das

Privateigentum abgeschafft, die Monogamie als reaktionär verurteilt und Eifersucht als »psycho-emotionales Korrelat des kapitalistischen Eigentumsdenkens« erkannt wurde, hörte man, gleichsam als Gegenstimme, Ringo im Keller Schlagzeug spielen. Ringo hielt Intellektuelle für Schwätzer. Und er kommentierte das Geschwätz auf seine Weise. Später holte er eine Tischlerlehre nach, machte die Meisterprüfung, baute Wohnungen um und renovierte Häuser.

Am Abend bevor Sam Sapadi seine erste letzte Zigarette rauchen sollte, fuhren sie wie fast jeden Abend zum See. Das Badezimmer war noch nicht fertig, sie nutzten die ganz große Badewanne, wie Bruno zu sagen pflegte. Auch wenn das Wasser im Juni noch einigermaßen frisch war. Manchmal kickten auch die Frauen mit, wenn sie, um sich aufzuheizen, am Ufer Fußball spielten. Sam mochte das, es ging dann nicht ganz so kämpferisch zu. Er war schlecht im Sport. Erhitzt und übermütig wie junge Hunde stürzten sie sich anschließend ins Wasser. Manchmal lagen abends bereits Nebelschwaden auf dem See. Lucinda band sich ihre Haare hoch und glitt ohne jede Hast ins Wasser. Sie konnte endlos schwimmen. Samantha schwamm nicht. Sie behielt ihren Pullover an, stieg ein Stück weit in den See, blieb regungslos stehen und sang schottische Lieder. Zumindest glaubte Sam, dass es schottische Lieder waren. Manchmal meinte er zu sehen, wie sich die Töne über den See verbreiteten und mit den Nebelschwaden verschmolzen. *I can see your music!*, rief er Samantha zu. Sie wendete den Kopf und sah ihn ausdruckslos an.

Nachdem Sam sich die Haare gewaschen hatte, rauchte er noch eine. Die Zigarette nach dem Schwimmen liebte er besonders. Der tief inhalierte Rauch fühlte sich gut an in der Lunge.

Ein leichtes Brennen, ein sanftes Schwindelgefühl.

Er werde morgen nicht mitkommen an den See, dachte Sam. Er

würde sie zu sehr vermissen, diese herrlichen tiefen Züge und das Gefühl von Intensität, wenn man den Körper von innen her spürte.

Lucinda beobachtete ihn amüsiert. Wie jemand, der ein Spiel in Gang gesetzt hatte und nun zusah, was weiter geschah. Sam fühlte einen leichten Groll in sich aufsteigen. Er kam sich vor wie eine Maus im Labor. Eigentlich wollte er Lucinda diesen Triumph nicht gönnen. Aber aufgeben, noch bevor es angefangen hatte, war keine Option. Sam fürchtete sich vor dem, was kommen würde. Es würde in jedem Fall ein langer Abend werden. Von nun an war jede Zigarette eine letzte. Die nach dem Schwimmen, die nach dem Abendessen und irgendwann die allerletzte.

Zu Hause gab es Nudeln. Bruno und Edda waren nicht mit an den See gefahren und hatten gekocht. Vielleicht waren sie auch nur froh darüber gewesen, zwei, drei Stunden für sich zu haben, viel Privatsphäre gab es im Haus nicht, obwohl Bruno und Edda unten im Erdgeschoß ein eigenes Zimmer hatten. Ringo bewohnte die kleine Kammer neben der Küche, alle anderen, auch Sam, schliefen in Schlafsäcken im ausgebauten Dachboden, einem großen, mit Holz verkleideten Raum. Sie hatten den Dachboden im Sommer davor unter Ringos Anleitung ausgebaut. Im Sommer waren die Nächte heiß, im Winter kalt. Ein weiteres Zimmer, eines für Sam, sollte noch entstehen. Ein kleines, aber hübsches Zimmer mit Zugang zum Balkon. Sam mochte es nicht besonders, Nacht für Nacht in den Schlafsack zu kriechen. Er schlief schlecht, wenn er die Füße nicht ins Freie stecken konnte.

Abend für Abend schafften sie es, gestaffelt im Obergeschoß zu verschwinden. Sam wollte nicht beim Ausziehen gesehen werden. Er zeigte seinen Körper nicht gerne; die Beine zu dünn, kaum Muskeln. Er sei nicht stark, aber zäh, pflegte er zu sagen. Als ob Zähigkeit irgendjemanden interessiert hätte. Er vermied es, kurze Hosen zu tragen, auch beim Fußballspielen behielt er die dunkelblaue Arbeitshose an; man hatte eine angeborene Hüftgelenksdysplasie nicht erkannt und nicht behandelt. Er war ein schlechter Fußballer, ein schlechter Schifahrer, schlecht in allem, was körperliche Kraft, Beweglichkeit und Geschicklichkeit erforderte.

Er gehe schlecht, sagte die Mutter. Er sei faul, sagte der Großvater. Irgendwann, Sam muss ungefähr acht gewesen sein, brachte ihn die Mutter zum Gemeindearzt. Er ließ Sam in seiner schwarzen Turnhose zweimal diagonal durch das Ordinationszimmer gehen. Er geht halt schlampig, sagte der Doktor, das wächst sich noch aus. Fortan verprügelte ihn die Mutter, wenn er es nicht wie die anderen mit ausholendem Beinschwung auf das Herrenfahrrad schaffte, wenn er humpelte, bei der Kartoffelernte oder beim Brennholzmachen schwächelte. Erst bei der Musterung, Sam war achtzehn, erkannte der Militärarzt, dass etwas nicht stimmte. Er schickte ihn zu einem Orthopäden, dieser zum Röntgen. Hüftgelenksdysplasie. Nicht schwer, aber doch. Wäre leicht zu vermeiden gewesen. Sam war dankbar für diese Diagnose. Erstens musste er nicht zum Militär, zweitens hatte er sich bisher für eine selbstverschuldete Fehlkonstruktion gehalten. An der Fehlkonstruktion hatte sich durch die neue Einsicht nichts verändert, aber immerhin: Er war nicht mehr schuld.

Seit der Zigarette am See rauchte Sam im Viertelstundentakt. Selbst während des Essens hatte er den Drang zu rauchen. Er aß schnell und wenig. Lucinda schwieg. Als ob er ihr leidtäte.

Als ob sie ihn in etwas getrieben hätte, was sie so gar nicht wollte. Lucinda war auf einer ausgedehnten Europareise. Ihr deutschstämmiger Vater, ein Verehrer Heinrich Heines, hatte es bis zum Senatspräsidenten gebracht. Was immer das in Argentinien auch heißen mochte. Lucinda und ihre beiden jüngeren Brüder mussten auf eine deutsche Schule. Sie sprach ein gepflegtes, nahezu akzentfreies Deutsch. Zum Schulabschluss hatte ihr Vater ihr eine zweimonatige Europareise geschenkt: Paris, London, die alte deutsche Heimat, Italien, Griechenland. In Amsterdam hatte sie Samantha kennengelernt. Da sie beide nach Italien wollten, beschlossen sie, ein Stück gemeinsam zu reisen. Manchmal nahmen sie den Zug, manchmal trampten sie. Tiefenbach kam ihnen gelegen.

Spät am Abend fuhren Sam, Samantha, Lilo und Mac noch in die Diskothek. Lucinda wollte nicht mit; sie müsse endlich ihren Eltern schreiben, sagte sie. Sam fühlte sich im Stich gelassen. Während der Fahrt, es war nicht allzu weit von Tiefenbach bis nach Wörgl, rauchte er. Er war stolz darauf, sogar im Auto, als Lenker, im Dunkeln Zigaretten drehen zu können. Er legte beide Hände auf die untere Seite des Lenkrads und wuzelte. Nur auf geraden Strecken natürlich. Aber er kannte den Weg. Vor allem im Sommer, wenn Holländerinnen, Deutsche und Skandinavierinnen Urlaub in den Bergen machten, fuhren sie die Strecke oft. Manchmal konnte Sam sich nicht mehr erinnern, wie er nach Hause gekommen war. Einmal hatten sie ernsthaft darüber diskutiert, wer nach Hause fahren müsse. Die Entscheidung war aus Gründen der Verkehrssicherheit auf Ringo gefallen. Er hatte nur acht Bier getrunken, bei Sam waren es zehn. Sie waren stolz darauf gewesen, so vernünftig zu sein.

Das *Edelweiß* war ein hässliches Gewölbe im Keller des gleichnamigen Hotels; die Wände waren aus Sichtbeton, die neonfarbenen Sitzecken unbequem. Aber wenigstens war es laut und schummrig, und der Discjockey spielte nicht Franz Josef Degenhardt, sondern Creedence Clearwater Revival. Mindestens stündlich *Kung Fu Fighting* und, als speziellen Gruß an die Gäste aus Skandinavien, *Waterloo* von Abba. Wie immer hatten sie einen Kasten Bier im Auto. Mehr als *eine* bezahlte Konsumation am Abend war nicht drin. Und wann immer sich die Gläser leerten, schlüpfte einer von ihnen in den übergroßen Parka, ging zum Auto und schmuggelte ein, zwei Flaschen in die Disco. Das Bier war warm, aber billig. Eric, der eigentlich Erich hieß, aber fand, dass sich Eric in einer international bevölkerten Disco besser mache, drückte ein Auge zu. Es war nicht der einzige Deal, den sie mit ihm hatten. Wer immer einen Musikwunsch äußerte, den Eric auch erfüllen konnte, musste ein paar Schilling in ein rosa Sparschwein werfen. Die Spenden sollten einem Kinderhilfswerk zugutekommen, das sich um krebskranke Kinder und deren Eltern kümmerte. Wenn Eric nach »Dienstschluss«, wie er zu sagen pflegte, mit ihnen zurück nach Tiefenbach fuhr, nahm er das Sparschwein mit. Wochen davor, nachdem Eric die Sparschweinidee nicht ganz selbstlos vorgebracht hatte, stritten sie sich eine halbe Nacht lang über den Namen der Aktion. Eric hatte »Tod dem Kindertod« vorgeschlagen. Edda war das zu drastisch. Bruno argumentierte, zweimal »Tod« sei zu viel für einen kurzen Satz. In der Schule wäre das mit Sicherheit nicht durchgegangen. Sam fand, dass die gute Laune in der Disco nicht mehr als nötig getrübt werden dürfe. »Tod dem Kindertod« sei definitiv zu viel des Bösen, das könne der Spendierfreudigkeit schaden. Ringo hatte moralische Bedenken. Krebskranke Kinder, fand er, dürften nicht missbraucht werden. Andererseits schade man ja niemandem. Die vierzig, fünfzig Schilling, die nach Erics Schätzungen Abend für Abend zusammenkommen würden, taten keinem weh und könnten die chronisch notleidende Haushaltskassa entlasten. Man verjuble das Geld ja nicht, sagte Bruno. Schließlich arbeite man hier an einem wegweisenden gesellschaftlichen und politischen Projekt, das eben kreativer Finanzierungsmöglichkeiten bedürfe. Sam schlug schließlich »Kinder in Not« vor. Das sei allgemeiner und nicht so unappetitlich. Man könne die Kinderaugen förmlich glänzen sehen. Zudem verstünde er etwas von Slogans, sagte Sam, wobei er selbst nicht wusste, warum man ihm das glauben sollte. Bruno hob fragend die Augen, unterließ es aber, eine Kompetenzdebatte anzuzetteln. Na dann, sagte er und schlug vor, zuzustimmen. Edda war müde und nickte. Ringo stimmte, weil er nicht länger diskutieren wollte, ebenfalls zu. Eric, der den Slogan in der Discothek über die Rampe bringen musste, waren starke Sprüche lieber als schwache, nahm aber wahr, dass es offenbar auch in Landkommunen Regeln gab. Er wusste zwar nicht welche, ahnte jedoch, dass sie vor allem von ihm nicht übertreten werden sollten. Außerdem konnte es ihm ja letztlich egal sein, welcher Spruch auf dem blöden Sparschwein stand.

Seit das Sparschwein mit Letraset beschriftet und unübersehbar auf dem Tresen platziert war, übernachtete Eric oft im Haus. Er war an den Girls interessiert, weniger am ideologischen und politischen Kram. Und die Girls zeigten sich nicht abgeneigt. Wenigstens *ein* Tiroler in Tirol. Sam war eifersüchtig auf Erics Erfolge. Eric trug immer weiße Hemden und rote Hosen. Sein Skilehrerenglisch war beschränkt, aber vital. Nicht dass Sam es besser gekonnt hätte. Aber er hatte seines wenigstens in der Schule gelernt, und nicht auf der Piste oder beim Après-Ski.

Eric hatte neben seinem ruralen Charme und seinen Geldsammlerqualitäten noch einen weiteren Vorzug. Er war gelernter Elektriker. Er schlief im Regelfall bis Mittag. Selbst der Baulärm schien ihn nicht zu stören. Nachdem man ihn mit entsprechenden Mengen Kaffee und zwei Spiegeleiern versorgt hatte, tat er, wenn notwendig, das, wofür man ihn brauchte: Er kümmerte sich um das Elektrische.

Zurück aus der Disco blieb Sam noch alleine in der Küche sitzen. Es gab noch eine halbe Flasche Selbstgebrannten im Küchenschrank. Ringos Vater hatte ihn bei seinem letzten Besuch mitgebracht. Sam suchte ein Schnapsglas im Küchenschrank. Aus der Flasche zu trinken wäre ihm, trotz allem, als zu dramatisch erschienen. Das Wissen, dass die letzte Zigarette die allerletzte sein sollte, überforderte ihn. Also rauchte er eine vorletzte. Und noch eine vorletzte. Schon während er eine Zigarette rauchte, überkam ihn das Bedürfnis, die nächste zu rauchen.

Und obwohl er wusste, dass man nicht auf Vorrat rauchen konnte, tat er es trotzdem. Die allerallerletzte, nahm er sich vor, würde er erst rauchen, nachdem er sich die Zähne geputzt und sich ausgezogen hatte. Der Zeitraum zwischen dem letzten Zug und dem Moment, als er in seinen Schlafsack kroch, musste so kurz wie möglich gehalten werden. Mit einem letzten Schnaps und der allerallerallerletzten Zigarette in der Hand ging er, in Unterhosen und T-Shirt, hinaus in den Garten. Es begann bereits hell zu werden. Die Kälte tat ihm gut. Sam sog sich voll. Es war herrlich, das Brennen in den Lungen zu spüren. Besser noch als nach dem Schwimmen. Er wusste nicht mehr, warum er auf dieses Gefühl, lebendig zu sein, verzichten sollte. Er wusste nicht, ob er es konnte. Es ging nicht mehr um Lucinda. Es ging um Sieg oder Niederlage. Er hatte sich in ein Duell gegen sich selbst zwingen lassen. Eines, in dem er gewann, wenn er verlor. Und verlor, indem er gewann.

Noch im Schlaf wusste Sam, dass er keinesfalls aufwachen dürfe. Oft schon hatte er darüber nachgedacht, wie seltsam es war, sieben, acht oder mehr Stunden nicht rauchen zu müssen, kein Verlangen zu spüren, wo er doch im Kino bereits nach der Werbung fürchtete, sich nicht mehr auf den Film konzentrieren zu können. Filme mit Überlänge waren ihm ein Gräuel. Er kaute und lutschte Sportgummis. Ins Theater ging er damals noch nicht. Später, in Wien, wählte er Aufführungen mit überschaubarer Länge. Sein Großvater väterlicherseits, der Sapadi-Opa, ein dürrer, leicht gebeugter Mensch mit großer Nase, der in der alten, rumänischen Heimat ein Sägewerk besessen hatte und in der neuen Heimat nahezu nichts, musste ähnlich empfunden haben. Nacht für Nacht stellte er sich den Wecker auf ein Uhr, um eine bereits vorsorglich vor dem Schlafengehen gedrehte Zigarette zu rauchen. Um Oma nicht zu stören, schlief er auf dem Kanapee in der Küche, eingeklemmt zwischen Wand und Ofen. Er machte Licht, setzte sich auf, trank ein paar Schlucke Tee mit Rum, der auf dem Herd warmgehalten wurde, und schlief, nachdem er geraucht hatte, zufrieden wieder ein. Den Zeitpunkt hatte er präzise berechnet. Um neun ging er schlafen, um fünf stand er wieder auf. Acht Stunden. Die Zigarette teilte seinen Nachtschlaf exakt in der Mitte. Um fünf kam Oma in die Küche, heizte den Ofen an, machte Milchkaffee. Nach dem Kaffee schlüpfte er sommers wie winters in eine dicke Jacke, ging über den Hof, fütterte den Ochsen und den Hund und belohnte sich mit dem ersten Schnaps des Tages. Opa hatte sich sein Leben gut eingeteilt.

Als es kein Entkommen mehr gab, versuchte Sam sich zu orientieren. Es war gleißend hell.

Er schwitzte. Die Stelle zwischen den Augenbrauen sandte Blitze unter die Schädeldecke.

Dort, wo früher die Zunge lag, hatte sich ein pelziges Tier breitgemacht. Sam hatte Durst. Von draußen drang fröhlicher Baulärm ins Matratzenlager. Es war niemand mehr da.

In der Küche war das Frühstücksgeschirr weggeräumt. Sam fand eine Dose mit Pfirsichkompott. Er wusste, dass ihm der süße, klebrige Saft nicht guttun würde. Und er spürte, dass der Feind eine andere, unerwartete Gestalt anzunehmen begann. Es war nicht das Verlangen. Sondern das Wissen, dass er ein Verlangen zu haben hätte. Blinzelnd, die Sonne schmerzte, trat er vor die Tür.

Wie geht's?, fragte Lucinda.

Bestens, sagte Sam, ich werde jetzt hundert Jahre alt. Er wusste nicht, ob er ein Held war oder das Häufchen Elend, als das er sich fühlte. Er litt doppelt, wenn nicht gar dreifach. Er war verkatert, und er litt, weil er wusste, dass er leiden würde. Der Kopfschmerz und die Übelkeit schützten ihn vor Schlimmerem. Er litt nicht, weil er nicht rauchte, sondern er litt, weil er sich davor fürchtete, rauchen zu müssen. Die auf dem Fensterbrett liegenden Zigaretten, *Dreier* und *Roth-Händle*, strafte er mit Missachtung. Aus der Brusttasche von Brunos Arbeitsjacke lugte ein Päckchen Tabak. Mit der Schärfe einer hochauflösenden Kamera nahm er wahr, wer wann was rauchte, ob die Zigaretten mit Feuerzeug oder Streichhölzern angezündet wurden, ob die Zigaretten zwischen Zeige- und Mittelfinger oder in der hohlen Hand zwischen Daumen und Zeigefinger gehalten wurden. Er sah, ob jemand mit zusammengekniffenen, trockenen oder mit geschürzten, feuchten Lippen rauchte. Er sah, ob die Stummel mit einem Mittelfingerkick in hohem Bogen weggeschnippt, in eine leere Bierflasche versenkt oder in eine der vielen mit Wasser gefüllten Dosen geworfen wurden.

Aschenbecher gab es nur im Haus. Sie bevölkerten Fensterbretter und die Küchenkredenz, einer war am Klo, nur oben im Matratzenlager war Rauchen verboten. Zu gefährlich, fand Bruno. Manche waren blechern und flach, einer warb für *Martini Bianco* und musste früher einmal in einer italienischen Bar seinen Dienst verrichtet haben. In der Mitte des Küchentischs thronte ein Ungeheuer aus schwerem geschliffenen Glas. Ein zum Aschenbecher degradierter Luster, der mit seinem Schliff und den vielen Kanten vorgab, aus Bergkristall zu sein. Wenn er überzuquellen begann, lupfte jemand mit dem seitlich am Herd hängenden Haken den inneren Ring der Ofenplatte und übergab die Reste dem Feuer. Falls eines brannte. Abends brannte aber meistens eines. Asche zu Asche, sagte Mac. Er war, obwohl er aus Norddeutschland stammte, früher Ministrant gewesen. Er kannte sich aus. Der Weg vom Katholizismus zum Kommunismus sei kürzer, als man denkt.

Ringo fragte, ob Sam mit ihm den Keller ausräumen wolle. Er musste diesen Sommer noch trockengelegt werden. Sam hatte keine Ahnung wie. Ringo wollte eine Werkstatt einrichten, und er fürchtete um sein Schlagzeug. Edda und Bruno hatten vorgeschlagen, aus dem Holz, das sie zurzeit für Verschalungen verwendeten, später Stellagen zu bauen, um für den Winter Äpfel, Kartoffeln, selbst gemachte Marmelade und Holundersekt einlagern zu können. Sam war dankbar. Alles war besser als Nichtstun. Und die feuchte Kühle des Kellers war gut für seinen Kopf. Die Tatsache, dass er nicht mehr rauchte, blähte sich auf und nahm sein gesamtes Bewusstsein in Anspruch. Andrerseits funktionierte er. Ringo hatte einen Plan. Er wusste, was anstand, was wohin gehörte. Sam war froh über jede Kiste, die er durch die Garage nach draußen schleppen durfte. Das meiste warfen sie in einen Container. Alte Kleider, Lederzeug, leere, bauchige Flaschen, Einweckgläser, Geschirr, Schachteln, unzählige Jahrgänge einer Zeitschrift der Transportarbeitergewerkschaft, mehrere Paar Ski, Schuhe, Stöcke, Steigeisen, Lampen und Werkzeuge, die man vielleicht einem Volkskundemuseum hätte anbieten können.

Sam fuhr nicht mit den anderen zum See. Er war verschwitzt und verdreckt, wusch sich umständlich mit kaltem Wasser und stutzte sich mit einer kleinen Schere den Bart. Er zog ein frisches T-Shirt an, betrachtete sich im Spiegel und bot sich an, Leberkäse zu braten. Mit Kartoffeln und Spiegeleiern. Lucinda wollte sich um den Salat zu kümmern. Sie war am Nachmittag mit Samantha einkaufen gewesen. Sie fühlte sich Sam gegenüber offenbar verpflichtet. Recht so, dachte Sam. Wie gern hätte er geraucht. Rauchen wäre eine Lösung gewesen. Er konnte sich nicht vorstellen, dass es Menschen gab, deren Gedanken nicht um Zigaretten kreisten.

Am frühen Abend stand plötzlich ein knorriger, rotbärtiger Engländer in der Küche. Er heiße Roy, sagte er. Er sei auf der Durchreise und habe gehört, dass man hier übernachten und vielleicht ein, zwei Tage bleiben könne. Es hatte sich in der internationalen Trampercommunity herumgesprochen, dass es in der Nähe der deutsch-österreichischen Grenze eine Übernachtungsmöglichkeit gab. Es gefiel Sam nicht, dass man ihr Projekt mit einem Billighotel oder einer Jugendherberge verwechselte. Tourismus war schließlich scheiße. Andererseits waren zahlende Gäste durchaus nützlich. Er könne bleiben, sagte er. Der Komfort hielte sich in Grenzen, es gäbe ein Matratzenlager, kein Warmwasser, dafür aber einen See. Pro Tag sei für Frühstück und Abendessen ein bestimmter Betrag in die Haushaltskassa zu zahlen, Spenden seien willkommen, und wenn er, Roy, ein wenig Hand anlegen wolle, würde man sich freuen. Er sei Wasserbauingenieur, sagte Roy. Er könne zwar Flüsse umleiten und Staudämme regulieren, mit Häusern kenne er sich aber nicht so aus.

Schade, sagte Sam, doch am Anfang hätten auch sie nicht gewusst, wie man Rohrleitungen verlegt, Dachböden ausbaut und Wände hochzieht. Ein schönes Beispiel dafür, wie Verbände, Kammern und Wirtschaftslobbys Fähigkeiten und Fertigkeiten monopolisierten. Im Grunde könne man fast alles selber machen. Das sei billiger, mache glücklich, zufrieden und müde. Flüsse könnten sie freilich keine umleiten. Aber vielleicht könne Roy sich einmal den Keller ansehen, der sei feucht. Als Wasserbauingenieur müsse er ja was verstehen von Wasser und dessen Eigenschaften.

Roy, der nicht mehr sprach als unbedingt nötig, verzog keine Miene. Er hatte wenig, aber ausgesucht funktionsfähiges Gepäck, langsame, sichere Bewegungen, eine zusammengerollte Matte, die am Boden des Rucksacks befestigt war, einen federleichten Daunenschlafsack und einen Stock, dessen Griff sich zu einer kleinen

Sitzfläche aufklappen ließ. Jäger würden so was verwenden. Er könne damit im Sitzen trampen, sagte Roy.

Gute Idee, sagte Sam.

Ob man hier rauchen dürfe, fragte Roy. Er rauche Pfeife, wenn auch nur abends.

Of course, sagte Lucinda, *no problem, almost everybody is smoking here.*

Almost everybody, wiederholte Sam.

Am späteren Abend, nach dem Essen, stopfte Roy bedächtig seine schlanke, leicht geschwungene Pfeife, zündete sie an, paffte und schwieg. Erst auf Nachfrage stellte sich heraus, dass er sich nach einem längeren Einsatz in Ägypten ein halbes Jahr Auszeit genommen hatte und von London nach Kapstadt reisen wolle. Er müsse unbedingt den Niger, den Kongo, den Sambesi und die Victoriafälle sehen. Den Nil kenne er ja schon. Den Mekong, den Amazonas, den Mississippi und die Wolga hebe er sich für spätere Reisen auf. Die Donau interessiere ihn nicht so. Europe is boring, sagte Roy. Sam ärgerte sich, wusste aber nicht genau, worüber.

Sam mied es, Bier zu trinken. Auch dem französischen Landwein, den Lucinda und Samantha aus dem Supermarkt mitgebracht hatten, widerstand er. Der Kater hatte sich zwar mittlerweile verkrochen, er spürte aber, dass Alkohol ihm gefährlich werden könnte. Gleichzeitig mochte er die Reinheit nicht, die sich in seinem Körper ausbreitete. Ein Gefühl der Sauberkeit, das von innen nach außen drängte. Dreck war eine Schutzschicht, immerhin. Sam fühlte sich verletzbar. Eine dünne Haut umspannte seinen Körper. Die Schutzschicht zwischen ihm und der Welt fehlte. Für Euphorie war es noch zu früh. Ob er denn nichts trinke, fragte Lilo, als sie, während sie sich selbst aus der Rotweinflasche bediente, bemerkte, dass Sam weder ein Glas noch eine Flasche Bier vor sich stehen hatte.

Nein, heute nicht, sagte Sam.

Mit oder ohne Grund?

Mit, antwortete Sam.

Und darf man fragen warum?

He stopped smoking, sagte Lucinda. Seit Roy da war, sprach sie wieder englisch.

Aha, sagte Mac. Wenn schon, denn schon. Kein Wein, beim Weib wisse man es nicht so genau, kein Tabak. Totale Askese quasi. Vorbildlich, der Genosse!

Und wie geht's?, fragte Edda.

Schlimm, wirklich schlimm, sagte Lucinda, noch bevor Sam antworten konnte, seien nur der dritte Tag, die dritte Woche, das dritte Monat und das dritte Jahr. Das zumindest habe ihr Vater immer gesagt. Über das dritte Jahrzehnt konnte er, der Senatspräsident, noch nichts sagen.

Es sei erst knappe zwanzig Jahre her, dass er am Tage von Lucindas Geburt den letzten Zigarillo ausgedämpft habe. Sam ärgerte sich über Lucinda. Schließlich wäre das seine Show gewesen.

Good news, sagte er und ging zu Bett. Wenigstens hatte man bemerkt, dass er nicht mehr rauchte.

Lucinda schlief noch, als Sam am nächsten Morgen erwachte. Es war still im Haus. Sam stieg die Treppe hinab, in der Küche stand eine Kanne Tee. Roy war im Garten. Er saß mit unterschlagenen Beinen auf seiner Matte, die er auf dem kleinen, nicht überwucherten Wiesenstück ausgebreitet hatte und machte sich an seinem Rucksack zu schaffen. Er hatte eine Nähnadel zwischen den Lippen und wirkte konzentriert.

Nice place, sagte Roy, nachdem er bedächtig die Nadel in die Hand genommen hatte.

Yes, sagte Sam. Weiter reichte sein Englisch momentan nicht.

Zwei Tage später reisten Roy und Lucinda ab. Sie wollten gemeinsam nach Florenz, um die Uffizien zu besuchen. Samantha wollte nach Salzburg, weil es da ein Konzert mit den Schottischen Liedern von Joseph Haydn gab. Das hatte sie schon vor ihrer Abreise aus Aberdeen geplant. Sam war froh, dass er seinen Schmerz in Groll umwandeln konnte.

Er hatte noch nie gehört, dass Wasserbauingenieure sich für Renaissancekunst interessierten. Leonardo, sagte Roy ungefragt, sei ja nicht nur Maler, sondern auch Techniker und Erfinder gewesen. Ein Genie. Weit seiner Zeit voraus. Sam bot sich an, alle drei zur Grenze nach Kufstein zu bringen. Samantha würde in Richtung Salzburg trampen, Lucinda und Roy in Richtung Süden. *You are a nice guy*, sagte Lucinda zum Abschied und küsste ihn sanft auf den Mundwinkel.

I'm a Trottel, sagte Sam.

Take it easy, sagte Lucinda.

Als er an der Grenze umdrehte, um wieder zurückzufahren, sah er auf der einen Straßenseite Lucinda und Roy, auf der anderen Samantha stehen. Sie hatten jeweils Pappschilder mit ihren Wunschzielen bemalt. *Italy* stand auf dem einen, *Salzburg* auf dem anderen. Roy saß etwas abseits auf seinem Sitzstock. Lucinda hielt strahlend ihr Schild in die Höhe. Sie sah gut aus in ihrem weiten Hemd und ihrer großen, verspiegelten Sonnenbrille.

Sam wusste, dass er auf dem Rückweg nach Tiefenbach mindestens zwei Tabaktrafiken passieren würde. In Kundl hielt er an, kaufte eine Familienpackung Streichhölzer und eine *Tiroler Tageszeitung*. Es war der dritte Tag. Er musste widerstehen, Niederlage ausgeschlossen. Ab morgen würde alles einfacher werden.

Wenige Tage später rief Samantha an. Sie sei auf dem Weg vom Konzert in die Jugendherberge überfallen und ausgeraubt worden. Nein, es sei nichts passiert. Sie habe allerdings weder Reisepass noch Geld. Eine Nacht könne sie noch in der Herberge bleiben. Sam setzte sich ins Auto, passierte unbeschadet alle Tabaktrafiken, erledigte mit Samantha die Behördenwege und fuhr mit ihr zurück nach Tiefenbach. Samantha war dankbar. *I didn't really like her*, sagte sie, nachdem sie gefragt hatte, ob Sam etwas von Lucinda gehört habe.

Sam verneinte.

She is an upperclass-girl, sagte Samantha.

No prejudices please, sagte Sam. *But you are right.*

Samantha blieb bis zum Ende des Sommers. Nachdem Sams Zimmer fertig war, legten sie ihre Matratzen nebeneinander. Sam hatte im Sportgeschäft in Wörgl einen Schlafsack mit einem umlaufenden Reißverschluss gefunden, den man auch als Decke nutzen konnte. Rückfällig war er nur einmal geworden. Am Parkplatz des Supermarkts sah er plötzlich eine unversehrte Zigarette liegen. Beinahe wäre er draufgetreten. Es war eine *Dames*. Parfümierter Frauenkram. Er hob sie auf, wartete, bis er jemanden sah, den er um Feuer bitten konnte, setzte sich bei offenem Fenster ins Auto – und rauchte. Ein leichter, angenehmer Schwindel überfiel ihn.

Erst nach Tagen legte sich das schlechte Gewissen. Er hatte es dem Rauch gestattet, sich Zutritt zu seinem Bewusstsein zu verschaffen. Es dauerte Wochen, bis er sich davon erholte.

Nie mehr, dachte Sam. Und wusste, dass er sich belog.

Es war, das war ihm klar geworden, nicht allein seine Entscheidung, ob er rauchte oder nicht. Zigaretten konnten kommen wie Eindringlinge. Zuerst einzeln, dann in Scharen. Sam musste sich wappnen. Er musste sich bewaffnen. Er wusste nur nicht, womit und wie.

2. Memphis

DER MANN, DER ihm die Tür öffnete, war barfuß, Ende zwanzig, trug eine helle, weite, von einem Kälberstrick zusammengehaltene Leinenhose, ein buntes Hawaiihemd, hatte wirre, schwarze Locken und einen Bauch. Molterer, sagte er. Er heiße Molterer.

Molterer, wie der Skifahrer?, fragte Sam.

Ja, allerdings nicht Anderl, sondern Ambros. Weder verwandt noch verschwägert, wiewohl er aus derselben Gegend komme wie der Anderl. Der Anderl, der *weiße Blitz von Kitz*, sei ja eigentlich der viel bessere Skifahrer gewesen, habe in allen Disziplinen gewonnen, nur bei den Großereignissen, Olympische Spiele und Weltmeisterschaften und so, da habe der Toni Sailer eben die besseren Nerven gehabt. Aber so ist das Leben. Kurz und schlecht und ungerecht. Andererseits müsse man sich um den Anderl keine Sorgen machen, der habe seine Schäfchen schon ins Trockene gebracht. Er selbst fahre übrigens nicht Ski. Oder genauer: nicht mehr. Er arbeite in der Logistikabteilung eines Transportunternehmens. Er bewege sich nicht selbst, sondern sorge für Bewegung. Der Mann lachte und zeigte seine großen, vorstehenden Zähne. Eigentlich aber sei er Schriftsteller und habe bereits eine Weihnachtsgeschichte in der *Ö3-Musicbox* veröffentlicht.

Ich komme wegen des Zimmers, sagte Sam. Er hatte in der Samstagausgabe der *Tiroler Tageszeitung* eine Kleinanzeige gefunden, die ihn ansprach. »Mitbewohner gesucht«, hieß es da kurz und bündig. Moderater Preis, Telefonnummer, Adresse.

Hab ich mir fast gedacht, sagte Ambros.

Sam Sapadi, sagte Sam förmlich. Ich heiße Sam.

Auch interessant, sagte Ambros und bat Sam einzutreten.

Die Wohnung hatte zwei Zimmer, eine große Küche, ein Bad, eine Loggia mit Blick auf die Nordkette – und keine Farben. Die Wände, die Linoleumböden, selbst die Badewanne und das Waschbecken waren stumpf und unter einer glanzlos bräunlich-gelben Schicht begraben. Sogar die einzige Zimmerpflanze, die in Ambros' mit Büchern, Zeitungen und Zetteln vollgestopftem Zimmer stand, hatte es aufgegeben, ihr Grün behaupten zu wollen. Es roch wie in schlecht gelüfteten Kaffeehäusern, bevor morgens die ersten Gäste kamen. Sam wusste sofort, dass er bleiben wollte. Okay, sagte er nach der Besichtigung, die keine drei Minuten gedauert hatte. Ich glaub, wir kommen ins Geschäft.

Wenn du jetzt auch noch Konstantin Wecker magst, sagte Ambros, kann nichts mehr schiefgehen. Biermann und Pink Floyd gibt's übrigens auch. Und für schwache Stunden André Heller. Notfalls könne er beim Umzug mit einem Transporter aushelfen. Er sei ja schließlich vom Fach.

Nicht nötig, sagte Sam. Er habe nicht viel. Eine Gitarre und ein paar Sachen zum Anziehen.

Und was machst du?, fragte Ambros.

Germanistik, sagte Sam. Ich studiere Germanistik. Eigentlich Literaturwissenschaft, sofern man mich lässt.

Super, sagte Ambros. Endlich jemand, der sich auskennt. Sams Vorgänger sei Drogenfahnder bei der Polizei gewesen. *Undercover.* Interessanter Bursche. Sah aus wie das Gegenteil eines Polizisten. Sehr sympathisch. Nur mit Literatur habe er natürlich nichts anfangen können. Im August sei er zu seiner Freundin, einer Lungenfachärztin, rauf nach Aldrans gezogen.

Sie setzten sich in die Loggia, Ambros kochte Kaffee, servierte Kekse und einen grünen Pfefferminzlikör. Sonst habe er leider nichts anzubieten, sagte er.

Dann können wir ja Am und Sam aufs Türschild schreiben,

sagte Sam, der wusste, dass er sich so bald nicht an den Namen Ambros würde gewöhnen können.

Nein, das wolle er lieber nicht, sagte Ambros, das klinge einerseits zu sehr nach einem Paarlauf und erinnere ihn andererseits zu sehr an Tom und Jerry oder an Dick und Doof, wobei er die ja jeweils sehr möge. »Molterer/Sapadi« sei unverbindlicher, neutraler. Seine Mutter habe seinen Vornamen, als sie mit ihm schwanger war, in einem Kalender gefunden. »Unsterblich«, heiße das angeblich auf Griechisch oder Lateinisch. Und was Besseres könne einem Schriftsteller ja nicht passieren. Nomen est omen, sagte Ambros, wobei es ihm natürlich schon lieber wäre, wenn die Tantiemen jetzt schon sprudelten und nicht erst nach seinem Tod. Allerdings habe es eine Weile gedauert mit der Unsterblichkeit. In Kirchdorf bei Kitzbühel habe kein Mensch daran gedacht, einen Buben Ambros zu rufen. Man nannte ihn so, weil er ein kleines, süßes, schwarz gelocktes Manderl war, eben: Manderl. Wodurch erst recht eine Namensverwandtschaft zum Anderl, dem Molterer Anderl, entstanden sei. Es sei ja nur *ein* Buchstabe mehr. Manderl statt Anderl. Aber vielleicht habe seine Mutter … man wisse es ja nicht. Vater habe er keinen gehabt, und der Molterer Anderl sei ja kein Kostverächter gewesen. Zeitlich ging sich's gerade noch aus, wenn auch knapp. Aber als Schriftsteller, hatte er sich vorgenommen, wolle er in jedem Fall Ambros heißen, Ambros Molterer, mit Betonung auf Ambros. Sonst würden alle glauben, seine Bücher, seine zukünftigen, seien samt und sonders Skifahrerbiografien. Außerdem finde er es gut, dass er ständig erklären müsse, dass er nicht Amboss, sondern Ambros heiße; er möge die Nähe zum Amboss. Auf dem Amboss werden bekanntlich die heißen Eisen geschmiedet. Und nichts anderes habe er vor.

Sam, sagte Ambros, nachdem er eine Weile geschwiegen und sich vorsichtig Keksen und Pfefferminzlikör zugewandt hatte, Sam sei im Übrigen auch nicht unbedingt ein typisch österreichischer Name. Sapadi übrigens auch nicht. Ob Sam die Abkürzung von Samuel sei? Schöner Name, Samuel. Und geschichtsträchtig, soviel er wisse. Man sage ihm, Ambros, übrigens auch immer nach, dass er jüdisch aussähe mit seinem schwarzen Schopf.

Leider nein, sagte Sam. Seine Familie komme aus Rumänien, aus der Bukowina, und unter den Deutschrumänen sei Sapadi ein durchaus verbreiteter Name gewesen. Und Sam sei auch nicht sein Taufname. Eigentlich heiße er Thomas Sapadi. Aber irgendwann sei ihm Thomas zu bieder, zu christlich, zu »aquinisch« erschienen. Sam betonte das »aquinisch«. Er mochte es, wenn die Leute ihn für theologisch und religionsgeschichtlich gebildet hielten.

Ambros verzog keine Miene.

Und dann?

Ja dann, sagte Sam, hab ich meinen Vornamen einfach umgedreht. Thomas heißt, von hinten gelesen, Samoht. Das habe ihn an Palästina erinnert, er wisse auch nicht warum, jedenfalls aber an Samowar und an russische Untergrundliteratur. Majakowski und so.

Sam klingt aber nicht gerade russisch, sagte Ambros.

Stimmt, sagte Sam. Aber keine Sau wollte ihn jemals Samoht nennen. Unverständlich, ungebräuchlich, zu kompliziert. Hat sich nicht durchgesetzt. Also wurde aus Samoht Sam. Womit er es vom Christentum über Palästina und die Sowjetunion bis hin zu Uncle Sam geschafft habe. Und das mit erst dreiundzwanzig Jahren!

Rauchst du eigentlich?, fragte Ambros und bot Sam eine *Memphis* an.

Nicht mehr, sagte Sam. Oder noch nicht. Ich weiß nicht so genau.

Der Kaffee war stark und bitter, der Likör schmeckte, wie er aussah. Alles war gut, musste gut sein, selbst die Kekse. Es hatte fast ein Jahr, einen prachtvollen Herbst, einen kalten, aber schneearmen Winter und ein verregnetes Frühjahr gedauert, bis Sam wusste, was zu tun war. Utopien platzen langsam, Mauern fallen spät. Das Ende in Tiefenbach war lähmend und zäh. Die meiste Zeit war er allein im Haus. Ringo hatte sich mit einer rothaarigen Tierschützerin aus Kundl angefreundet. Sam mochte sie nicht. Sie weigerte sich, bei Regen und bei Dunkelheit Auto zu fahren oder auch nur in einem Auto mitgenommen zu werden. Man hätte Würmer, Frösche oder anderes Getier überfahren können. Sie war größer als Ringo, hatte lange Beine und fror ständig.

Ringo kam nur noch selten. Sie machten lange, schweigsame Spaziergänge, tranken Hagebuttentee und spielten gelegentlich Schach. Ringo hatte in einer Möbeltischlerei in Kundl einen Job gefunden. Sam fuhr an Sonntagen die *Kronen Zeitung* aus. Die Packen kamen um vier Uhr morgens mit der Bahn aus Wien, Sam füllte sie in Taschen und hängte sie zwischen Wörgl und Kössen an Bäume, Brückengeländer und an Laternenpfähle. Am Abend sammelte er die Taschen wieder ein, lieferte die Kassen und die übrig gebliebenen Zeitungen ab.

Die bestgefüllte Kasse, die vor der Kirche in Kössen, stahl er Sonntag für Sonntag und ersetzte sie durch eine weniger gut bestückte. Abends ging er mit der Kössen-Kassa in den Keller, legte die Büchse auf die Werkbank und schlug mit dem Vorschlaghammer so lange auf sie ein, bis sie zersprang. Manchmal erbeutete er dreißig, vierzig Schilling. Manchmal sogar mehr. Vor der Kirche waren die Tiroler ehrlich.

Sam trank und rauchte nicht. Er las Knut Hamsun, Heinrich Böll, Erich Kästner, Camus und Sartre. Bücher, die Bruno dagelassen, bevor er Edda und Tiefenbach für immer verlassen hatte. Eines Tages hatten sie einen Zettel gefunden, auf dem stand, dass er so nicht mehr weiterleben wolle. Bruno hatte, als der aufregende

Sommer einem unaufgeregten Herbst gewichen war und keine Tramper mehr kamen, seine Bühne verloren. Er war zunehmend missmutiger geworden. Die Großfamilie war auf Kleinfamilienformat geschrumpft, dem Guru seine Gemeinde abhandengekommen. Und bis zum nächsten Sommer wollte Bruno nicht warten. Nachdem er sich sang- und klanglos aus dem Staub gemacht hatte, wusch Edda ihre Haare nicht mehr, hatte rotgeweinte, verschwollene Augen und zwang Ringo und Sam, Partei zu ergreifen.

Sie weigerten sich. Sie fühlten sich zwar ebenfalls betrogen, ahnten aber, dass Bruno nur konsequenter war als sie selbst. Edda zog zu Allerheiligen nach Innsbruck, nahm eine Stelle als Sozialarbeiterin an und begann eine Ausbildung zur Psychotherapeutin. Sam kochte zum Frühstück Kartoffeln oder machte Palatschinken, die er mit selbst gemachtem Apfelgelee füllte. Abends gab es Nudeln, manchmal gebratenen Leberkäse. Wenn eine Kassa besonders gut gefüllt war, gönnte er sich eine gebackene Leber im Gasthaus Wolf. Manchmal fuhr er mit dem Zug nach Innsbruck und besuchte Vorlesungen. Wahllos, mehr oder weniger. Nur um Fächer wie Psychologie, Soziologie oder Politikwissenschaft machte er einen weiten Bogen. Der Bahnhof stank nach Rauch. Die Züge ebenfalls. Selbst die Nichtraucherabteile. Er schlief schlecht. Wusste nicht, wann er zu Bett gehen und warum er wieder aufstehen sollte. Der Schwarz-Weiß-Fernseher mit Hausantenne war nur mäßig unterhaltsam. Sam spielte Gitarre. Immer die gleichen Lieder. *Hey Jude* von den Beatles, *House of the Rising Sun*, die Titelmelodie aus *Alexis Sorbas*. Eines frühen Abends fuhr er mit dem roten Käfer auf der linken Straßenseite die Strecke hinauf zum See. Ohne Licht. Und so schnell er konnte. Es kam ihm nicht ein einziges Auto entgegen. Auf der Rückfahrt wusste Sam, dass er sich lösen musste.

Er fuhr in die Steiermark, um seine Eltern zu besuchen. Er war lange nicht mehr da gewesen.

Sie hatten den Rasen gemäht, das Trottoir gekehrt und das Blumenbeet gejätet. Alles tipptopp, sagten sie, wenn der Herr Lehrer kommt. Das Brennholz an der Schuppenwand war nach geometrischen Mustern geschlichtet, Mutter hatte die Vorhangfalten mit einem Lineal zentimetergenau abgemessen und drapiert. Die Vorhänge in der Wohnküche durften weder auf- noch zugezogen werden. Sonst wäre ja die ganze Arbeit umsonst gewesen.

Als Sam noch ein Kind war, gab es kein Wasser im Haus. Man ging zum Brunnen unter dem Birnbaum und pumpte. Es gab keine Heizung, und das Plumpsklo war im Schuppen. Sie hielten zwei Schweine, geschlachtet wurde einmal im Sommer und einmal im Winter. Dazu gut zwei Dutzend Hühner und Hasen, so viel eben Platz hatten in dem kleinen, engen Stall.

Das Haus hatten sie bereits wenige Jahre nach ihrer Ankunft in Greith gebaut. Alles selber, vom Mund abgespart. Mutters Vater, Sams Großvater, war in Rumänien Zimmermeister gewesen. Er hatte alle Holzbrücken von Kimpolung bis Vatra Dornei gebaut. Er verstand etwas von Dachstühlen, baute Leitern und Stiegen. Das Haus war aus Holz und später verputzt worden. Viele Jahre später, noch lange, bevor sie einen Fernseher hatten, wurde angebaut. Mit Ziegeln. Ein Bad und eine Toilette zogen ein. Mit dem Wasser kamen Plastik, Trevirahosen, Perlonhemden und eine Waschmaschine. Zuerst verschwanden die Obstbäume im Garten, dann die Gemüsebeete. Schließlich wurden auch die Ribiselstauden entlang des Zauns entfernt, die beiden Bäume links und rechts neben der Gartentür fielen, nur der Flieder im hinteren Teil des Grundstücks durfte bleiben. Das Grundstück lag nackt und grün. Nur das eigens eingezäunte Blumenbeet ließ sich Mutter, obwohl es viel Arbeit machte, nicht nehmen.

Eine Weile lang waren sie ein Dreigenerationenhaushalt gewesen. Vater, Mutter, Sam und die Großeltern mütterlicherseits. Sams

Eltern duzten die Großeltern nicht. Sam erst recht nicht. Man sprach sich in der dritten Person an. Oma, könnt Ihr …, hieß es, wenn man etwas wollte.

Mit Vater und Mutter war Sam bereits per Du. Das war der neuen Zeit geschuldet. Großvater war damit nicht einverstanden. Er war im Ersten Weltkrieg, als die Bukowina noch Teil des Habsburgerreichs war, Feldwebel in der kaiserlich-königlichen Armee gewesen. Oder Hauptmann. Sam wusste das nicht so genau. Er war im selben Jahr wie Adolf Hitler geboren worden. Hier, im Exil, in der Wahlheimat, war er ein Herrscher ohne Reich, ein Befehlshaber ohne Truppe, eine Respektsperson ohne Respekt. Außer seiner Tochter, Sams Mutter, hatte er niemanden mehr zu befehligen. Seine Frau, Sams Großmutter, gehorchte ihm nicht. Sie sprach schon seit Jahrzehnten nicht mehr mit ihm. Sie warf ihm Worte hin, Satzbrocken, wenn es gar nicht anders ging. Alles an ihr war Vorwurf. Sie aß, den Teller auf dem Schoß, auf der Ofenbank. Die Großeltern teilten nicht den Tisch, wohl aber das Bett. Ausweichmöglichkeiten gab es keine.

Sie lagen, durch den Spalt zwischen den Matratzen getrennt, auf dem Rücken und rührten sich nicht. Wenn Sams Eltern ausgingen – es gab neuerdings ein Kino in Greith! –, musste er bei den Großeltern schlafen. Genau in der Mitte. Bewegen durfte auch er sich nicht. Er durfte sich weder auf die eine noch auf die andere Seite drehen. Sam machte kein Auge zu in diesen Nächten. Es schien ihm normal, dass Oma und Opa nicht miteinander redeten.

Als Sams Mutter bald nach dem Ende der Monarchie geboren wurde, musste Sams Großmutter eine schöne, stolze Frau gewesen sein. Sie hatte mit dem Einspänner den Rabbi ausgefahren, wenn er von Zeit zu Zeit kam, um die kleine jüdische Gemeinde im Dorf zu betreuen. Das gehörte zu ihren Pflichten. Im Dorf gab es eine evangelische Kirche, eine römisch-katholische, eine russisch-orthodoxe und eine Synagoge. Bei einer dieser Fahrten, so ging das Gerücht, wurde Sams Mutter gezeugt. Als Großvater, der wie immer unterwegs war, um Brücken zu bauen, Großmutter damit konfrontierte, hörte sie auf, mit ihm zu sprechen. Der Vorwurf war zu ungeheuerlich. Ob er berechtigt war, blieb ungeklärt. Wenn Oma und Opa in die Kirche gingen, blieb sie drei Schritte hinter ihm. Seine über Jahrzehnte wiederholten Versuche wieder »gut« zu sein, blockte sie ab. Er bat und bettelte. Vergebens. Sie würdigte ihn keines Blicks. Die Eiszeit dauerte mehr als ein halbes Jahrhundert. Als Großvater im Alter von neunundachtzig Jahren starb, war Großmutters Trauer unermesslich. Sie weinte und klagte und litt. Sie kochte und aß nicht mehr, sie bürstete ihr langes, graues Haar, bis es glänzte; auf den Fensterbänken brannten Kerzen. Bald wurde sie krank. Ein Jahr nach seinem Tod beerdigte man auch sie. Jetzt habe ich nur noch dich, sagte Sams Mutter. Sie ließ keine Gelegenheit aus, zu erzählen, wie schwer sie es gehabt habe mit dem Buben. Zwei Tage lang habe sie geschrien, bis er endlich da war. Es war ein Vorwurf. Und sie hatte wenig Hemmungen, ihn bei jeder sich bietenden Gelegenheit zu wiederholen. Sam habe die ersten fünf oder sechs Wochen nur gebrüllt und geweint. Keine Ruhe habe er gegeben. Nicht geschlafen. Bis Tante Olga gekommen sei und mit einem Blick gesehen habe, dass der Bub hungrig sei. Woher hätte sie wissen können, sagte Mutter, dass sie nicht genügend Milch habe. Tante Olga habe dann ein Fläschchen gemacht, die Milch gezuckert, und zum ersten Mal habe der Bub ein paar Stunden durchgeschlafen.

Bei Sams Taufe soll sich der Vater zum ersten Mal betrunken haben. Vollrausch. Totalabsturz.

Man sah es ihm nach. Das gehörte dazu, durfte sein. Sam, den sie Thomas tauften, war immerhin ein Sohn. Später wurde es schlimmer. Als Sams Vater von der Waldarbeit in die Stahlindustrie wechselte, wurde Alkohol zum täglichen Begleiter. Viel Bier, schlechter Schnaps. Einmal kam Vater erst am Sonntagmorgen nach Hause. Er hatte die ganze Nacht durchgetrunken. Er öffnete den Hasenstall, ließ die Tiere ins Freie, schloss das Türchen zum kleinen Hof, nahm den Knüppel aus dem Schweinetrog, mit dem sie das Schweinefutter umrührten und zerstampften, und erschlug sie alle. Immer wieder fiel er der Länge nach hin, rappelte sich wieder auf, brach den Tieren nach und nach Rückgrat und Genick.

Sams Mutter zwang Sam, durch das geschlossene Küchenfenster zuzusehen. Schau ihn dir nur an, das ist dein Vati, sagte sie und zog das »dein Vati« unnatürlich in die Länge.

Sie wusste, dass Sam seinen Vater mehr mochte als sie.

Sam hasste es, so nahe an der Schule zu wohnen. Dass ihm die Mutter in der Pause ein Marmeladebrot durchs Klassenzimmerfenster schob, war ihm peinlich. Nicht dass er die Bauernkinder beneidete, die sommers wie winters bei jedem Wetter zu Fuß, im Winter noch im Dunkeln, von ihren hoch gelegenen Höfen in die Schule stapften und dort erst einmal ihre Kleider zum Trocknen auf die Ofenstange hingen. Aber wenigstens hatten sie was zu erzählen. Sie erlebten Abenteuer. Ob erfunden oder wahr. Sie hatten einen Freiraum zwischen Schule und Zuhause. Sam hatte nichts. Nur die Schulbibliothek, die keiner mit ihm teilte.

In den ersten beiden Schuljahren wurden sie von Direktor König unterrichtet. Er war Schuldirektor und Bürgermeister. Nachdem Sam von der Volksschule in die Hauptschule gewechselt war, kam Direktor König auf einer Fahrt nach Graz bei einem Autounfall ums Leben. Er rauchte während des Unterrichts. Manchmal, wenn Direktor König hinter ihm stand, um seine Schulschrift oder sein Heft zu kontrollieren, fuhr eine goldberingte Hand mit einer herrlich duftenden Filterzigarette zwischen Zeige- und Mittelfinger über Sams rechte Schulter, um auf eine bestimmte Stelle im Heft zu weisen. Sam liebte den aufsteigenden Rauch, der sich zu sanften Kreisen und Kringeln formte und schließlich im einfallenden Sonnenlicht entschwand.

Sams Mutter schlug ihn, wenn er zu Hause las. Lesen war Faulheit. Sie spürte, dass Sam sich der Welt entzog. Sie schickte ihn in den Schuppen, um Holz oder Kohle zu holen, zwang ihn, die schon gemachte Hausaufgabe noch einmal zu machen, nötigte ihn, die schmalen Streifen Holzboden, die zwischen den Fleckerlteppichen sichtbar waren, mit Seife und einer Nagelbürste sauber zu bürsten. Einmal, Sam las auf der Eckbank liegend James F. Coopers *Lederstrumpf*, entriss sie ihm das Buch und schlug damit so lange auf ihn ein, bis sie vor Erschöpfung aufgeben musste. Wegen seiner Blutergüsse und der blauen Flecken konnte Sam drei Tage nicht zur Schule gehen.

Sie hatten Sam, wie sie fanden, ohnehin bereits einen Gefallen getan. Hatten geopfert, waren großzügig gewesen. Sam war noch in der Volksschule, als eines Tages ein Vertreter ins Haus kam. Er war in einer schwarzen BMW-Beiwagenmaschine vorgefahren und verkaufte Zeitschriftenabonnements und Mitgliedschaften für eine Büchergilde. Er holte Ansichtsexemplare aus dem Beiwagen und legte sie auf den Küchentisch. Sams Eltern ließen sich überreden. Ihr Bub könne ja gar nicht genug davon kriegen, sagten sie. Fortan kam alle vierzehn Tage ein Micky-Maus-Heft mit der Post. Sam liebte die Geschichten – und verstand sie nicht. Er konnte den Erzählungen von Heft zu Heft nicht folgen. Er wusste nicht, warum Daniel Düsentrieb und die Panzerknacker, Micky Maus oder Gustav Gans, Donald und Daisy, Tick, Trick und Track und natürlich Onkel Dagobert dieses und jenes taten. Er verstand die Zusammenhänge nicht. Er las alles noch einmal, von vorne bis hinten. Er quälte und schämte sich. Er wollte nicht undankbar sein.

Nach dem Tod von Sams Mutter räumte er sein Elternhaus aus.

Auf dem Dachboden fand er, in zwei Schachteln fein säuberlich gestapelt, die alten Micky-Maus-Hefte. Seine Eltern, denen ein ganzes Abo offenbar zu teuer gewesen war, hatten ihm ein Halb-Abo gekauft. Jede zweite Nummer fehlte.

Mutter stand nach seiner Ankunft in Greith am nächsten Morgen bei Tagesanbruch auf und wusch, bevor die Nachbarn es sehen konnten, Sams Auto. So gut es eben ging. Es war ihr peinlich, dass der »Herr Lehrer« einen alten VW-Käfer fuhr. Den Nachbarn und Verwandten sagten sie immer nur, Thomas sei in Tirol. Sie verstanden nicht, warum er nicht unterrichtete, kein Geld verdiente, sich kein besseres Auto leisten konnte. Sam konnte nicht erklären, warum er nicht in die Schule wollte, warum er keine Lust hatte, jeden Morgen um sechs Uhr dreißig aufzustehen und warum er nicht dazu beizutragen wollte, Bildungs-, Zukunfts- und Lebenschancen ungerecht zu verteilen. Er wollte kein Systemgehilfe sein. Schule war scheiße. Lehrer war er nur geworden, weil ihm nach der Matura nichts Besseres eingefallen war. Und auch, um seine Eltern ruhig zu stellen. Lehrer war das Höchste, das sie sich vorstellen konnten. Sams Vater unterschied zwischen »schweren« und »leichten« Arbeiten. Lehrer sein war eine leichte. Er hatte eine schwere.

Bis zum Abend seiner Ankunft in Greith hatte Vater sich zurückgehalten. Mutter hatte ihn schon tagelang davor angefleht und drangsaliert. Ob er auch ein Bier möge, nach der langen Fahrt. Gern, sagte Sam. Vater rauchte *Smart*. Weil er zu sehr zitterte, um die Zigaretten einzeln aus der Öffnung zu fischen, hatte er die gesamte Packung aufgerissen. Er habe vor, nach Innsbruck zu ziehen, um noch einmal zu studieren, sagte Sam, nachdem ihm Mutter ein Szegediner Gulasch vorgesetzt hatte. Aufgewärmt sei es am besten, sagte sie.

Auf was?, fragte Vater.

Was auf was?, fragte Sam zurück.

Auf was er denn studieren wolle, fragte Vater noch einmal.

Germanistik, sagte Sam. Und begriff, dass er sich in einer Sackgasse befand. Er würde nicht erklären können, was Germanistik sei und warum er es studieren wolle.

Deutsch, sagte er. Er wolle Deutsch studieren.

Deutsch könne er ja schon, sagte Sams Mutter.

Ja, aber auf was?, wiederholte Vater.

Auf den Doktor, sagte Sam.

Vater stellte sein Bier auf den Tisch und wurde bleich. Mutter weinte. Man solle sich nicht versündigen, sagte Vater. Und meinte, es stünde keinem von ihnen zu, nach den Sternen zu greifen.

Selbst viele Jahre später, als längst eine Kopie seiner Promotionsurkunde gerahmt und hinter Glas an stolzer Stelle im Wohnzimmer seines Elternhauses hing, blieben Zweifel.

Die Beurkundung, dass Herr Thomas Sapadi von der *Leopold-Franzens-Universität Innsbruck* zum *Doktor der Philosophie* promoviert worden war, warf Fragen auf. Er habe doch nicht Philosophie studiert, insistierte Mutter. Obwohl sie nicht wusste, was Philosophie war und wozu es gut sein sollte. Sams wiederholte Erklärung, dass er eben an der Philosophischen Fakultät, dort aber nicht Philosophie, sondern Germanistik studiert habe, stieß auf kein Verständnis.

Tante Mitzi, die Frau von Vaters Bruder Robert, die nach dem Tod ihres Mannes oft auf einen Kaffee vorbeikam, fand, hier könne etwas nicht mit rechten Dingen zugegangen sein. Von Germanistik oder Deutsch sei auf dieser Urkunde mit keinem Wort die Rede.

Was wissen wir schon, sagte Sams Mutter. Und ärgerte sich über die Tante.

Zu Beginn seines Studiums, in einem Seminar für Studienanfänger, hatte ein wohlwollender Dozent alle Neuzugänge nach ihren Motiven, ausgerechnet Germanistik studieren zu wollen, befragt. Es gäbe schließlich ertragreichere Richtungen.

Er studiere aus Rache, sagte Sam. Aus purer, reiner Rache.

Kein schlechtes Motiv, sagte der Dozent.

Interessant, sagte die junge Frau mit den kurzen Haaren und der grünen, edelweißbestickten Strickjacke, die weder zu ihren Jeans noch zu den braunen Stiefeletten passte.

Sie heiße Merle, sagte sie und sog an der Zigarette, die ihr Sitznachbar für sie angezündet hatte. Sie sei als Studienrichtungsvertreterin hier und helfe gerne, wenn jemand Orientierung brauche. Es entging Sam nicht, dass die Finger der beiden sich länger berührten als nötig, sich sogar einen Moment lang verstohlen ineinander verhakten, als die Zigarette wieder von ihr zu ihm zurückwanderte. Der Sitznachbar hatte sogar ein eigenes, kleines Aschenbecherdöschen dabei, um seine Stummel nicht wie die anderen unappetitlich in Kaffeebechern und Untertassen entsorgen zu müssen. Es wurde geraucht in der Bibliothek des Instituts für Germanistik. Alle rauchten. Nur Sam rauchte nicht. Ein Fenster war geöffnet. Der Oktober konnte schön und warm sein am Inn.

Vielleicht sei ja *Das Unternehmerbild i. d. modernen Literatur* etwas für ihn, sagte Merle in Richtung Sam. Sie las den Veranstaltungstitel exakt so vor, wie er im Vorlesungsverzeichnis stand. Abkürzungen inklusive. Sie wusste, dass sie damit für Erheiterung sorgte.

Die Minnelyrik des Mittelalters hingegen empfehle sie nur frisch Verliebten. Und falls es wider Erwarten langweilig würde, könne man ja bei Professor Mäser immer noch *Schwank und Anekdote im ausgehenden Mittelalter* belegen. Grundsätzlich müsse man im Studium zwischen Pflicht und Kür unterscheiden. Zuerst die Pflicht, dann die Kür. Zuerst die Vergangenheit, dann die Gegenwart. Wobei die Vergangenheit zwangsläufig länger dauere als die Jetztzeit. Das sei leider so.

Merle senkte den Kopf und lächelte. Ihr Schatten steckte die Schachtel mit den Zigaretten, es waren, soweit Sam sehen konnte, italienische, in die Außentasche seiner Jacke und gab zu erkennen, dass er nun aufbrechen wolle. Er heiße übrigens Lorenzo, sagte er, als er aufstand. Eigentlich Lorenz. Aber er finde es unpassend, als Italiener einen deutschen Namen zu tragen. Südtirol gehöre schließlich seit einiger Zeit zu Italien. Er empfehle übrigens das Oswald-von-Wolkenstein-Seminar.

Und, wie war's an der Uni?, fragte Ambros, als sie am Abend auf ein Paar Debreziner mit Senf zum Würstelstand unter dem Goldenen Dachl gingen.

Super, sagte Sam. Minnesang und Südtiroler.

Spannende Mischung, sagte Ambros. Und gibt's auch Vorlesungen über *mich*?

Noch nicht, sagte Sam, kommt aber noch, versprochen! Arbeiterdichter liegen schließlich im Trend.

Ambros rauchte wie ein Auspuff. Vor allem wenn er schrieb. Oder wenn er vorhatte, etwas zu schreiben. Also immer. Tage- und wochenlang kritzelte er Sätze, Worte, Gedanken und Ideensplitter auf kleine gelbe Zettel und tapezierte damit sein Zimmer. Die meiste Zeit las er oder sah fern. Er fuhr erst spät am Vormittag zur Arbeit und kam erstaunlich früh wieder zurück. Eines Tages, Sam war bereits im zweiten oder dritten Semester, hatte Ambros im *Innsbrucker Bezirksblatt*, das er ebenso aufmerksam las wie alles, was sich im Postfach fand, eine Geschichte gefunden, die seine Geschichte werden sollte. »Der Installateur als Saboteur« hieß es in einem Zweispalter auf Seite fünf. Franz R., ein 56-jähriger Installateur, hatte offenbar über Jahre hinweg in Villen und Luxuswohnungen bewusst und gezielt Leitungen manipuliert und schadhafte Teile eingebaut. Nach zwei, drei Jahren brachen Rohre, Wasser trat aus, Badezimmer, Toiletten und Küchen mussten aufgestemmt, Böden, Wände und Fliesen herausgerissen und erneuert werden. Nachforschungen ergaben, dass alle schadhaften Installationen von ein und derselben Firma eingebaut worden waren. Franz R. wurde ausgeforscht, entlassen und verklagt. Der Installateur hatte seit seinem fünfzehnten Lebensjahr für die Firma gearbeitet. Zur Zufriedenheit aller, wie es hieß. Der Seniorchef, der selbst Installateur war, die Firma aufgebaut und bis zum Schluss selbst Hand angelegt hatte, erlag eines Tages beim Bergwandern in den Dolomiten einem Herzinfarkt. Der Junior hatte übernommen – und andere Saiten aufgezogen. Er fuhr Mercedes und machte sich die Hände nicht schmutzig. Er benannte die Firma um. Aus *Installationen Mitterer* wurde *InstaFix*. Unter dem alten Chef hatte eine Arbeit so lange gedauert, wie sie eben gedauert hatte. Der junge hatte Zeitvorgaben eingeführt. Franz R. hasste den Junior. Und begann sich zu rächen. Auf seine Weise. Er wollte dem Schnösel zeigen, wohin es führte, wenn ehrliche Arbeit durch Betriebswirtschaft ersetzt wurde.

Ambros rauchte, dachte und schrieb. Manchmal riss er das Fenster zur Straße auf, wartete eine halbe Minute und schloss es wieder. Sam verstand nicht, wieso jemand *Memphis* rauchen konnte. Er rauche *Memphis*, weil er immer schon *Memphis* geraucht habe, sagte Ambros, als Sam ihn einmal fragte. Er wisse auch nicht warum. Alles andere schmecke ihm nicht. Streng genommen schmeckten ihm die *Memphis* auch nicht. Aber er rauche ja nicht, weil es ihm schmecke. Er rauche eben, weil er rauche. Und da er eine treue Seele sei, rauche er eben *Memphis*. Er kaufe sie stangenweise. Sicher sei sicher. Er habe keine Lust, um Mitternacht nach Münzen zu kramen und den nächsten Zigarettenautomaten suchen zu müssen. Und da in der Firma niemand außer ihm *Memphis* rauche, werde er auch niemals angeschnorrt. Außer in Notfällen. Ob er eine möge, fragte Ambros.

Sicher nicht, sagte Sam. Wenn schon, dann was Ordentliches.

Ambros entschloss sich, ein Hörspiel aus der Geschichte des Installateurs Franz R. zu machen. Er kannte den Leiter der Literatur- und Hörspielabteilung des Landesstudios Tirol. *Rohrbruch*, sollte das Stück heißen. Aus Franz R. wurde Franz Rohr. Sam fand das ein wenig platt, Ambros sagte, dass er eben mit kräftigem Pinselstrich male. Und allein schon des Titels wegen, *Rohrbruch*, führe kein Weg an der Namensgebung vorbei. Das Manuskript wurde zu Ambros' Freude umstandslos angenommen und mit Schauspielern des Tiroler Landestheaters produziert. Ambros hielt sich weitgehend an die bekannten Tatsachen. Nur einen neuen Schluss hatte er sich ausgedacht. In der Hörspielfassung entdecken die Nachbarn, die in einer Villa im noblen Stadtteil Saggen die Wohnung unter der des Juniorchefs bewohnen, einige Wochen nachdem Franz Rohr fristlos entlassen und verklagt worden war, Wasserflecken an der Decke ihres Badezimmers. Sie informieren die Hausverwaltung. Da in der Wohnung des Juniorchefs niemand öffnet, alarmiert die Hausverwaltung Feuerwehr und Polizei. Man findet den Juniorchef, mit Kabelbindern gefesselt, den Kopf zwischen Waschmaschine und Badewanne geklemmt, im Badezimmer seines Hauses. Sein Mörder hatte ihm den Abflussschlauch der Waschmaschine tief in den Schlund gesteckt, reichlich Waschpulver und Weichspüler eingefüllt und anschließend die Waschmaschine eingeschaltet. Kochwäsche, neunzig Grad.

Die Leiche, berichten Feuerwehr und Polizei, habe furchtbar ausgesehen. Als man Franz Rohr verhaftet, ist er still und gefasst. Im Gefängnis gäbe es sicher viel zu tun, sagte er. Gute Installateure würden schließlich überall gebraucht.

Das KOZ war bereits gut gefüllt, als Sam und Ambros eine gute halbe Stunde vor Veranstaltungsbeginn vom Geschäftsführer, einem ehemaligen Theologiestudenten, begrüßt wurden. Er hatte die Idee gehabt, das Hörspiel, das an einem Dienstag knapp vor Weihnachten ab 21 Uhr im Regionalprogramm des ORF gesendet werden sollte, quasi live in seinem alternativen Kommunikationszentrum vor Publikum zu präsentieren. Das KOZ hatte sich im Lauf der Jahre zu einem Fixpunkt im Innsbrucker Kulturkalender gemausert. Man saß auf abgewetzten Sofas, bunt zusammengewürfelten Fauteuils, trank Bier oder billigen Südtiroler Rotwein; auf allen Tischen standen umgedrehte Blumentöpfe als Aschenbecher. Mehrmals pro Woche gab es Lesungen, Konzerte mit kleinen Besetzungen und Diskussionsveranstaltungen. Das Landesstudio Tirol hatte auf die öffentliche Hörspielpremiere hingewiesen, Sam hatte am Institut Einladungen verteilt, Ambros seine Künstlerfreunde informiert.

Ambros hatte darauf bestanden, dass Sam das Einführungsgespräch mit ihm führen sollte.

Sam ließ sich nicht lange bitten. Er hatte keine Angst. Auf der kleinen, schwarzen Bühne standen, flankiert von zwei großen Lautsprechern, ein kleiner Tisch, eine Leselampe, zwei Stühle. Ambros rauchte.

Er sei mit Sicherheit nicht objektiv, sagte Sam zur Eröffnung. Er wohne mit Ambros in einer Zwei-Mann-WG, habe die Entwicklung des Stücks von Anfang an mitgekriegt, musste, obwohl er nichts von Hörspielen verstehe, Seite für Seite lesen, habe sich immer davor gefürchtet, Ambros notfalls sagen zu müssen, dass er noch nie so einen Mist gelesen habe – glücklicherweise sei der Fall nicht eingetreten –, und in aller Subjektivität könne er sagen, dass sich mit *Rohrbruch* in der österreichischen Literatur eine Stimme erhoben habe, die so bald nicht mehr verstummen werde.

Im Übrigen sei Objektivität in der Kunst sowieso eine Scheißkategorie. Applaus.

Ambros sagte, dass er eigentlich nichts sagen wolle, sein Werk spreche für ihn. Man könne ja anschließend noch darüber plaudern.

Noch während seiner Einführungsrede, die er vorbereitet und, um sie möglichst spontan klingen zu lassen, akribisch eingeübt hatte, sah Sam im Dunkeln des Raums Merle und Lorenzo. Sie waren spät gekommen und hatten sich auf einem kleinen Sofa nahe am Eingang niedergelassen. Sie saßen eng beisammen, Jeans an Jeans. Lorenzo mit unterschlagenen Beinen, Merles rechte Hand auf seinem linken Oberschenkel. Die Luft war stickig. Merles weiße Bluse leuchtete. Sam konnte nicht sehen, ob sie sich eine Zigarette mit Lorenzo teilte.

Nachdem der Schlussapplaus abgeklungen war, ergriff Ambros noch einmal das Mikrofon und gedachte Franz Rohrs, der jetzt im Gefängnis sitze und ohne den es dieses Stück nicht geben würde. Er werde die Hälfte seines Honorars einem Verein überweisen, der sich um die Betreuung von Gefängnisinsassen kümmere und möchte noch einmal darauf hinweisen, dass Täter manchmal auch Opfer seien. Und Opfer manchmal Täter.

Ambros genoss die Huldigungen. Er wirkte still und bescheiden wie jene, die sich ihrer Sache sicher waren und lautstarken Applaus nicht nötig hatten. Sam sonnte sich in seinem Schatten. Er fühlte sich wohl.

Gute Rede, sagte Merle, nachdem Sam Ambros in ihre Richtung gesteuert hatte. Merle war aufgestanden und hielt ein Glas Weißwein in der Hand. Lorenzo hatte offenbar andere Südtiroler erspäht und war für einen Augenblick von ihrer Seite gewichen. Literatur als Rache?, fragte sie.

Nur gute Literatur sei eine scharfe Waffe, sagte Sam.

Und wer entscheidet das?

Ich und du, sagte Sam. Oder du und ich.

Ob er zu Silvester schon was vorhabe, fragte Merle, sie würde sich freuen.

Gern, sagte Sam. Sehr gern sogar. Eigentlich hatte er ja vorgehabt, nach Greith zu fahren, um seine Eltern zu besuchen, aber die Weihnachtstage sollten genügen. Soll ich was mitbringen?, fragte er.

Dich, sagte Merle. Und ein bisschen Rache zum Nachtisch. Das genügt.

3. HB

SAM WUSSTE NICHT genau, was ihn erwartete, als er zu Fuß hinauf nach Hötting stapfte.

Es war nicht allzu kalt in Innsbruck, bloß unfreundlich und nass. Er hätte auch den Bus nehmen können, der sogar am Silvesterabend fuhr. Er wusste nicht, ob er sich freuen oder fürchten sollte. Es drängte ihn früh von zu Hause weg, gleichzeitig wollte er keinesfalls wie ein Musterschüler auf die Minute genau den Klingelknopf drücken. Er hatte, etwas Besseres war ihm nicht eingefallen, eine kleine Flasche Schnaps aus der Steiermark mitgebracht.

Die Weihnachtstage in Greith waren okay gewesen. Die Eltern hatten sich abgefunden. Die Tatsache, dass der Herr Lehrer jetzt sogar noch auf den Doktor studierte, war jedenfalls etwas, das sie weitererzählen konnten. Sie hatten sich einen kleinen zotteligen Hund zugelegt. Sams Mutter war ursprünglich dagegen gewesen, sie liebte weder Tiere noch Kinder. Er verliere überall Haare, sagte sie. Und müsse gefüttert werden. Sie klammerte sich an die Hoffnung, dass der Hund Vater vom Trinken abhalten könne. Zu Sams Erstaunen nannten sie ihn Pollux. Ein verschrobener Tierarzt aus dem Nachbardorf, dem sie den Hund zum Entlausen und Impfen gebracht hatten, hatte den Namen vorgeschlagen. Pollux sei ein ferner Stern im Universum, sagte er. Und das passe gut für einen kleinen Hund.

Merle wohnte gemeinsam mit ihrer jüngeren Schwester in einer Wohnanlage oberhalb der Stadt. Ihr Vater, ein Apotheker, hatte sie für seine studierenden Töchter gekauft. Die Wohnung war hell, nüchtern und geräumig. Sie waren zu sechst. Merles Schwester

Maria, sie studierte Pharmazie und sollte später einmal die Apotheke übernehmen, ihr Freund, ein angehender Mediziner, der später Augenarzt werden wollte, und ein älteres, mit der Familie befreundetes Lehrerehepaar.

Nein, Lorenzo sei nicht da, er sei in Südtirol, sagte Merle. Seine Eltern betrieben in Dorf Tirol ein kleines Hotel, und über Weihnachten und Neujahr sei da Hochbetrieb, da würden alle Hände gebraucht. Merle lächelte. Sie stellte Sam als Studienkollegen und den Mitbewohner von Ambros Molterer vor. Er habe unlängst im KOZ Molterers neues Hörspiel präsentiert.

Der Abend verlief ruhig und unaufgeregt. Merle und Maria hatten gekocht, es gab Nudeln mit Shrimps, Salat, der Wein kam aus Südtirol. Lorenzo sorgte immer für Nachschub. Davon verstand er was. Das Lehrerehepaar erzählte von seinen ausgedehnten Reisen und paffte Beedies, die es aus Indien mitgebracht hatte. Sam gab bereitwillig Auskunft darüber, wie es sei, mit einem Schriftsteller zusammenzuwohnen. Es sei spannend, sagte er, und erklärte, dass Schreiben vielmehr eine Existenzform denn Arbeit sei. Die Hauptaufgabe bestehe darin, permanent wahrzunehmen, zu beobachten. Schriftsteller funktionierten wie Seismografen. Und seien damit nur indirekt verantwortlich für das, was sie am Ende zu Papier brächten. Der Seismograf könne schließlich nichts für die Erdbeben, die er aufzeichne. Und an Erdbeben gäbe es keinen Mangel, egal ob es sich um innere oder äußere, kleinere oder größere Beben handle. Die anderen schwiegen. Im Übrigen sei es ja interessant, sagte Sam und versuchte, den werdenden Augenarzt anzusprechen, dass viele bedeutende Dichter Ärzte gewesen seien. Arthur Schnitzler zum Beispiel. Alfred Döblin, Tschechow oder Gottfried Benn. Perfekte Kombination. Das menschliche Leid als literarisches Grundmaterial würde ihnen tagtäglich in die Ordination geliefert, und sie hätten an den Nachmittagen genügend Zeit, daraus Literatur zu machen.

Der werdende Augenarzt, Sam hatte vergessen, wie er hieß, zeigte sich ungerührt und sagte, dass er unter anderem deshalb Augenarzt werden wolle, weil er sich nicht vorstellen könne, ein Leben lang Wehwehchen aller Art zu behandeln, Hüftgelenke einzubauen, Blinddärme oder Mandeln herauszuschneiden. Augen habe jeder, und das Auge erfordere allerhöchste Präzision. Lesen sei auf Dauer sicher nicht gut, höchstens fürs Geschäft. Zahnarzt wäre auch noch eine Möglichkeit gewesen, aber Augen seien besser.

Merle und Maria verschwanden in der Küche und kamen tänzelnd mit einer Schüssel Tiramisu zurück. Ihre Mutter hatte es am Nachmittag vorbeigebracht. Sie sei eine ausgezeichnete Köchin und lasse grüßen.

Sam schaute auf die Uhr. Es waren noch gut zwei Stunden bis Mitternacht. Das Lehrerehepaar berichtete von weiteren Reisen durch Mexiko und Peru und davon, dass es in den nächsten Ferien eine mehrwöchige Wanderung durch Nepal unternehmen wollte. Er unterrichtete Geografie und Englisch, sie Sport und noch irgendwas.

Erst nach dem Tiramisu zündete sich Merle die erste Zigarette des Abends an. Eine *HB*.

Ich dachte, du rauchst diese italienischen, sagte Sam. *MS* oder *Muratti* oder was immer das war.

Nur wenn es sein muss, sagte Merle. Alleine rauche sie *HB*. Höchstens fünf oder sechs am Tag. Manchmal mehr.

Seine allererste, sagte Sam und war froh, ein Thema gefunden zu haben, das weder mit Literatur noch mit Medizin zu tun hatte, sei ebenfalls eine *HB* gewesen. Er könne sich noch genau erinnern. Er sei ungefähr zwölf gewesen, als Sums, sein Kinder- und Jugendfreund, bei einer Rodelpartie an einem Sonntagnachmittag plötzlich zwei krumme Zigaretten und eine Schachtel Streichhölzer aus seinem Anorak fischte. Er hatte sie seiner großen Schwester, die in Deutschland in einem Modegeschäft arbeitete und gerade zu Besuch war, aus ihrer Handtasche gestohlen. Das seien *HB*, sagte Sums. Die gibt's bei uns gar nicht. Seine Schwester rauche nur das Beste vom Besten. Sam müsse sich nicht fürchten, Kaugummi für danach habe er auch mitgebracht. Damit die Eltern zu Hause nichts riechen. Aha, sagte Sam und hatte das Gefühl, dankbar sein zu müssen. Es war nicht eigentlich unangenehm. Noch Jahre später konnte er diese Mischung aus warmem Rauch und kalter Luft in seiner Mundhöhle spüren. Es hatte etwas Erregendes.

Und dann?, fragte Merle.

Dann war lange nichts, sagte Sam.

Um Mitternacht ging man auf den Balkon, beobachtete mit hochgezogenen Schultern das Feuerwerk, das die Stadt bis hin zum gegenüberliegenden Mittelgebirge in einen bunten Lichtregen tauchte, trank Sekt und wünschte sich ein fröhliches neues Jahr. Zum Walzertanzen, sagte Merle, sei die Wohnung leider zu klein.

Das Lehrerehepaar verabschiedete sich, bald danach gingen auch Maria und ihr Freund.

Er habe ja schließlich auch eine Wohnung, sagte Maria. Und eine Katze. Die wolle man am ersten Tag im neuen Jahr nicht gleich allein lassen. Sie fragten Sam erst gar nicht, ob sie ihn ein Stück mitnehmen sollten.

Sam kannte sich nicht gut aus in den Ritualen der Höflichkeit. Vermutlich hätte er wenigstens Anstalten machen müssen, ebenfalls zu gehen. Er hatte den Eindruck, in ein Stück geraten zu sein, in dem alle ihre Rollen kannten. Alle außer ihm. Merle beobachtete ihn amüsiert. Mit ihren kurzen schwarzen Haaren sah sie aus wie

Liza Minelli in *Cabaret*. Er hatte sich den Film kürzlich gemeinsam mit Ambros angesehen.

Happy New Year, sagte Merle noch einmal, diesmal nur für ihn, und schloss die Tür von innen. Sam half, das Geschirr in die Küche zu tragen.

Sie wisse gar nicht, warum ein so hübscher Mann wie er so schüchtern sei, sagte Merle, als sie, wieder zurück im Wohnzimmer, in großen Gläsern Lorenzos restlichen Rotwein tranken.

Er sei für Arbeitsteilung, sagte Sam. Hübsch sei sie, er hingegen schüchtern.

Woher kommt eigentlich dein doch eher untirolerisch klingender Name?, fragte Sam, um das Gespräch in ungefährlichere Bahnen zu lenken.

Berechtigte Frage, sagte Merle. Eigentlich heiße sie Marlene. So stehe es zumindest in ihrer Geburtsurkunde. Aber weil sie als Kind stets über ihren eigenen Namen gestolpert sei, wurde aus Marlene Merle, und das sei ihr, obwohl Merle zugegebenermaßen sehr norddeutsch klinge, bis zum heutigen Tag geblieben. Maria und ihre Mutter nannten sie noch manchmal Marlene.

Und wie darf ich dich jetzt nennen?, fragte Sam.

Merle, bitte, sagte Merle-Marlene. Das habe einfach mehr Pepp. Außerdem sei Merle in den USA sowohl als männlicher als auch als weiblicher Vorname gebräuchlich.

Und, fragte Sam, was ist daran gut?

Es ist immer gut, sagte Merle, sich nicht so endgültig festlegen zu müssen. Ihre Schwester sei da auf einem ganz anderen Trip.

Sie saßen einander gegenüber, die Stühle waren tief und bequem. Eine letzte oder eine vorletzte rauche sie noch, sagte Merle und erzählte, dass Maria und Severin sich bereits seit ihrer Schulzeit kannten und für ihre jungen Jahre schon erstaunlich lange ein Paar seien.

Es habe, und das sei ganz schlecht, ihres Wissens noch keinen anderen Mann gegeben im Leben ihrer Schwester.

Und warum soll das schlecht sein?, fragte Sam.

Erst der Vergleich macht einen sicher, sagte Merle und lächelte. Nur Mormonen, orthodoxe Juden und Koranschüler läsen immer nur in ein und demselben Buch. Sam wunderte sich über die ausholende Geste. Er verstand nicht viel von Mormonen, Juden und dem Koran.

Und du, fragte Merle, liest du viel?

Zurzeit eher nicht, sagte Sam und wusste nicht, ob die Frage konkret oder metaphorisch gemeint war. Im Übrigen müsse er jetzt wohl, solange er noch aufstehen könne.

Müssen müsse er gar nichts, sagte Merle. Schon gar nicht am ersten Tag im neuen Jahr. Sie könne auch das Schrankbett im Wohnzimmer ausklappen. Eine Gästezahnbürste werde sich finden lassen, ihr Vater sei schließlich Apotheker. Und ein T-Shirt, falls er eins brauche, könne er ebenfalls haben. Besser eins von ihren, Lorenzo sei zwar kräftiger, aber ein Stück kleiner als er. Ein weißes passe sicher gut zu seinem dunklen Teint.

Er wolle keine Umstände machen, sagte Sam. Er fühlte sich plötzlich müde. Ihm war warm. Lorenzos Rotwein war ihm zu Kopf gestiegen.

Keine Sorge, sagte Merle. An Umstände sei sie gewöhnt. Das Gästebett sei schließlich für Gäste da. Und er sei ja ein Gast. Ein Gast und keine Last. Außerdem könne sie es nicht verantworten, ihn jetzt noch hinaus in die Kälte und hinunter ins Tal zu schicken.

Als Merle im Bad war, zog Sam seine lange Unterhose aus, schlich ins Vorzimmer, stopfte sie, weil er nicht wusste, wohin damit, wie einen Schal in den Ärmel seiner Jacke, zog die schwarze Cordhose wieder an und legte sich angezogen aufs Bett. Aus dem Bad hörte er die Dusche rauschen, dann den Wasserhahn. Sam duschte nie vor dem Schlafengehen. Er hätte nicht gewusst wozu. Er dachte an Liza Minelli und den dunklen Haarspitz, der Sally Bowles zwischen den Augenbrauen klebte. Nachdem Merle im Bad fertig war, klopfte sie vorsichtig, steckte den Kopf durch den Türspalt, fragte Sam, ob er noch was brauche, warf ihm ein Kusshändchen zu und entschwand.

Es war spät am Vormittag, als Sam erwachte. Er hatte zuerst gar nicht, dann schlecht, dann gut geschlafen. Aus der Küche drang leise klassische Musik. Sam war noch nie mit klassischer Musik aufgewacht. Er hasste klassische Musik. In der Schule, einem musisch-pädagogischen Bundesrealgymnasium, hatten sie ihm jedes Interesse ausgetrieben. Nur den *Bolero* von Ravel fand er einigermaßen interessant. Ihr Vater spiele leidlich Cello, sagte Merle beim Frühstück, und ihre Mutter Klavier. Sie selbst sei eher sprachlich begabt. Und sie könne das Radio auch abstellen, wenn es ihn störe.

Merle hatte ein prachtvolles Frühstück vorbereitet. Es gab Joghurt und weiche Eier, Toast mit Marmelade, Orangensaft, Tee für sie und Kaffee für ihn.

Ob es ihn störe, fragte Merle, als sie nach dem Frühstück eine *HB* aus der Packung zog.

Die nach dem Frühstück, die erste am Tag, sei die beste. Nach zwei, drei Zügen reichte sie die Zigarette wortlos an ihn weiter. Ihre Finger und Hände berührten sich sanft, als Sam seine Hand über die ihre schob.

Sam blieb zwei Tage und zwei Nächte. Nur einmal fuhr er mit dem Bus hinunter in die Haspingerstraße, um frische Wäsche zu holen und Ambros einen Zettel zu hinterlassen. Es gehe ihm gut, schrieb Sam, sehr gut sogar, Ambros müsse sich keine Sorgen machen.

Sie gingen spazieren, lasen, kochten, schliefen und vermieden die großen Themen.

Beim dritten gemeinsamen Frühstück sagte Merle, Lorenzo komme heute Abend zurück.

Und was heißt das jetzt?, fragte Sam.

Sie wisse auch nicht, sagte Merle. Lorenzo habe eine Freundin in Meran, Annie. Alle zwei bis drei Wochen besuche er sie für einige Tage. Und dann könnten sie sich ja ungehindert sehen.

Bin ich die Rache?, fragte Sam.

Eher die ausgleichende Gerechtigkeit, sagte Merle. Sofern er nichts dagegen habe.

Rache wäre mir lieber, sagte Sam. Damit kenne er sich wenigstens aus. Er hielt ihre Hände und küsste sie auf die Stirn.

Die Tabaktrafik unweit von Merles und Marias Wohnung lag genau gegenüber der Bushaltestelle. Eine Schachtel Zigaretten, bitte, sagte Sam. Und ein Feuerzeug.

Perfekte Bestellung, sagte der Trafikant. Und was genau haben der junge Herr sich vorgestellt? Der Trafikant war eindeutig kein Tiroler.

Lassen Sie mich nachdenken, sagte Sam.

Hausmarke haben der Herr also keine, sagte der Trafikant.

Nein, sagte Sam. Wird aber noch. Er müsse sich erst finden.

Interessantes Verkaufsgespräch, sagte der Trafikant. An sich verkaufe er Zigaretten, Ansichtskarten, Geschenkpapier und Zeitungen. Selbstfindung sei nicht sein Metier. Außerdem sperre er um zwölf.

Sam überlegte. *HB* kamen nicht infrage. Das wäre imitativ, affirmativ und zu norddeutsch.

Er wunderte sich, dass ihm so gestelzte Begriffe in den Sinn kamen. *Marlboro* schienen ihm zu martialisch und passten nicht zu seinem Image als Student, *Stuyvesant* waren zu teuer, *Dames* rauchte man einfach nicht als Mann, und *Hobby* war ein furchtbarer Name für eine Zigarettenmarke. Als ob Rauchen ein Hobby wäre. *Camel* schienen ihm okay. Aber er hätte das Gefühl gehabt, sich mit falschen Federn zu schmücken. Außer in Deutschland, in der Schweiz und einmal kurz in Italien war er noch nie im Ausland gewesen. Geschweige denn dort, wo die Kamele wohnten.

Eine Schachtel *Smart*, sagte er schließlich, *Smart Export*, um genau zu sein. Sam fühlte sich genötigt, rasch eine Entscheidung zu fällen, schließlich schloss der Trafikant um zwölf. Er ärgerte sich über seine Mutlosigkeit. Bei seinem nächsten Besuch in Greith würde er, falls er dann noch rauchte, vorübergehend die Zigarettenmarke wechseln müssen. Es war nicht akzeptabel, dieselbe Marke zu rauchen wie sein Vater. Diesen Schulterschluss hätte Sam als Niederlage empfunden. In seinen Kreisen waren *Smart* indes keine schlechte Wahl. Ein Hinweis auf die eigene Herkunft, ein Flirt mit dem Proletariat, ein ironischer Kommentar. Dazu die schöne schwarz-weiße Packung mit einem Motto, das Sam amüsierte. *SEMPER ET UBIQUE* prangte auf der Schachtel, ergänzt durch die deutsche Übersetzung *IMMER UND ÜBERALL*. Die beliebteste Zigarettenmarke Österreichs schmückte sich tatsächlich mit einem Slogan in lateinischer Sprache. Rauchen als Volksbildung, Latein für die Lungen. Wobei das *IMMER UND ÜBERALL* gemeinsam mit dem lateinischen Original einen Kreis umrundete, auf dem keineswegs die Welt, sondern bloß die Umrisse von Europa abgebildet waren. »Überall« reichte von Oslo bis Palermo, von Moskau bis Lissabon. Größer musste die Welt auch gar nicht sein.

Wissen Sie was, sagte Sam, geben Sie mir zwei, nachdem Sie sich schon so lang mit mir gedulden mussten.

Zwei Schachteln *Smart* oder zwei Feuerzeuge?, fragte der Trafikant.

Sehr witzig, sagte Sam, aber ein Feuerzeug genügt.

Gern, sagte der Trafikant. Zweimal *Smart*, einmal Feuerzeug. Passen übrigens zu Ihnen, die Zigaretten: Auffällig unauffällig, ein wenig kokett, gewolltes oder ungewolltes Understatement. Wenn Sie wollen, lade ich Sie auf einen Kaffee ein. Nebenan gibt's die besten Cremeschnitten von ganz Tirol. Osttirol und Südtirol eingeschlossen. Da können Sie Ihre Entscheidung dann ja gleich überprüfen.

Sehr gern, sagte Sam, während er zahlte. Er fühlte sich erleichtert.

4. Smart

DAS STUDIUM WAR von erfrischender Irrelevanz. Während in Deutschland die RAF einen Generalbundesanwalt und den Vorstandssprecher der Dresdner Bank ermordete und schließlich den Arbeitgeberpräsidenten Hanns Martin Schleyer entführte, verschleppte und ebenfalls tötete, besuchte Sam Einführungskurse. Er brachte mühelos die *Einführung in die Sprachwissenschaft* und die *Einführung in die Psycholinguistik* und die *Einführung in die Methoden der deutschen Literaturwissenschaft* hinter sich. Selbst die Dramen Grillparzers waren nicht so langweilig wie erwartet, und die *Erzählende Dichtung des 19. u. d. frühen 20. Jhs.* bei Professor Doppler hatte nur einen Nachteil: Sie endete wie angekündigt im frühen zwanzigsten Jahrhundert. Handke könnten sie ja selber lesen, sagte der Professor. Bei Adalbert Stifter und Hermann Bahr müsse er ein wenig nachhelfen.

Sam fühlte sich wohl in diesem politikfreien Raum. Die konservativen Studenten ließen sich leicht ignorieren, und die linken Aktivisten, die GRG, die Gruppe Revolutionärer Germanisten, fand er ebenso lächerlich wie die GMG, die Gruppe Marxistischer Germanisten. Er hatte in Tiefenbach seinen politischen Präsenzdienst abgeleistet. Zuwege gebracht hatten sie nichts; außer Dutzenden Gläsern mit Apfelgelee im Keller war nichts geblieben.

Abends, wenn er mit Ambros im Fernsehen die dramatischen Ereignisse des Deutschen Herbsts verfolgte, wartete er darauf, bekannte Gesichter auf den Fahndungslisten zu finden. Er war sich nicht sicher, ob er darauf hoffte oder ob er sich davor fürchtete. Es war nicht auszuschließen, dass unter den vielen Revoluzzern, die im Lauf der Zeit Tiefenbach besucht hatten, nicht irgendjemand den nächsten Schritt gesetzt hatte. Ulrike Meinhof hatte schließlich auch als Journalistin angefangen. Sam hätte sich nicht ungern damit gerühmt, einen RAF-Terroristen oder eine -Terroristin persönlich gekannt zu haben. Anderseits fürchtete er sich davor, dass es eines Nachts an der Wohnungstür klingeln und zwei abgehetzt wirkende Gestalten mit Sporttaschen und fettigen Haaren um Unterschlupf hätten bitten können. Nichts dergleichen geschah. Sam erledigte seine Prüfungen, die er fürs Stipendium brauchte, und zwei- bis dreimal im Monat schlich er möglichst ungesehen ins Landesparteisekretariat der Tiroler SPÖ in der Salurner Straße, um sich mit Aufträgen, Material, Dokumenten und Unterlagen zu versorgen. Es war nach einem Proseminar über *Die Sprache der Werbung* bei Eva Pickeis-Wachel gewesen, als ihn der ungewöhnlichste Student des Instituts ansprach.

Er trug Anzug und Krawatte, hieß Dr. Erwin Oberhauser, hatte eine leitende Funktion in der Arbeiterkammer inne, war Landtagsabgeordneter – und leistete sich, nach einem längst abgeschlossenen Jus-Studium, noch ein weiteres. Er war begeisterter Leser und Theaterfreund, seinen beiden Kindern gab er die Vornamen Agatha Christie und Thomas Bernhard. Mehr als zwei Kinder könne er nicht haben, sagte er, weil ihm keine passende Namenskombination mehr einfiele. Jean Paul ginge noch, eventuell auch Ferdinand Raimund. Alle Varianten würden aber in jedem Fall einen Buben voraussetzen, und das habe selbst ein Personalchef der Arbeiterkammer nicht im Griff.

Das Treffen im Café Central, um das Kollege Oberhauser ihn gebeten hatte, verlief überraschend. Die SPÖ suche jemanden, sagte Erwin ohne Umschweife – er hatte Sam gleich zu Beginn ihres Treffens das Du-Wort angeboten, Studenten unter sich, sagte er und schmunzelte –, der völlig anonym und gegen gute Bezahlung für das *Tiroler Echo* schreibe, das monatlich erscheinende

Gratis-Blatt der SPÖ. Er müsse nicht recherchieren, er müsse nicht einmal denken, er kriege alles geliefert. Themen, Statements, notfalls auch Interviews. Die hauseigene Pressestelle käme dafür nicht infrage, die sei mit ihren nutzlosen Verlautbarungen und Pressetexten weitgehend ausgelastet, und für eine professionelle Redaktion sei das Blatt wiederum zu klein. Einschließlich vieler Fotos, die vorwiegend den Parteivorsitzenden und Landeshauptmannstellvertreter ins rechte Licht rücken sollten, gehe es um acht bis zehn Seiten monatlich, der Rest seien Inserate und Kleinkram, der ihn nicht zu interessieren brauche. Wobei, um Missverständnissen vorzubeugen, klar sein müsse, dass das *Tiroler Echo* keine Zeitung sei, sondern ein Propagandainstrument. Schließlich habe man hierzulande ja die gesamte erzkonservative Presse gegen sich.

Sam empfand plötzlich eine drängende Lust bei der Vorstellung, etwas heimlich zu tun, etwas, das zwar nicht verboten, aber doch anrüchig war, etwas, was nur wenige wussten, das aber gleichzeitig öffentlich und wirksam war.

Und wieso ausgerechnet ich?, fragte Sam. Er komme zwar aus einer Arbeiterfamilie, habe aber ansonsten mit der SPÖ nichts am Hut und auch keinerlei Erfahrungen als Journalist.

Bauchgefühl, sagte Erwin. Außerdem gehe es ja, wie gesagt, nicht um Journalismus im engeren Sinn. Es gehe eher um Werbung, oder, um es akademischer auszudrücken, um politische Kommunikation. Er habe Sam im Seminar beobachtet. Wie er denke, wie er spreche, wie er Positionen einnehmen und verteidigen könne – selbst dann, wenn sie nicht seiner eigenen Haltung entsprächen. Als Personalchef der Arbeiterkammer habe er im Lauf der Jahre ein Gespür für Leute entwickelt. Und er täusche sich, man möge ihm glauben, selten.

Sam bat um Bedenkzeit. Bisher hatte er sich einige Sommer lang in der Stahlindustrie, meistens in Deutschland, das Geld verdient, das er zusätzlich zum Stipendium brauchte. Zuletzt hatte er in Solingen in einer Fabrik gearbeitet, die im Auftrag eines großen deutschen Autoherstellers Räder und Felgen für die diversen Marken und Typen baute. Sechs Wochen lang hatte er sich eine Dachkammer mit einem zweiten »Werkstudenten«, wie sie von der Firmenleitung genannt wurden, geteilt. Der Job war gut bezahlt, aber unerträglich. Die mitgebrachten Bücher blieben ungelesen, die Abende brachte er damit zu, den Fabriklärm, der sich nicht abstellen ließ, mit Bier zu betäuben. Schreiben fürs *Tiroler Echo* war sicher weniger fordernd. Zudem würde er Merle nicht wochenlang vermissen müssen, gerade im Sommer, wenn sie mehr Zeit hatten für lange Spaziergänge und Abende im Freien.

Am nächsten Tag rief Sam Erwin an, bedankte sich für das Vertrauen, das man ihm entgegenbrachte und sagte zu. Im Übrigen, meinte er, nachdem sie die weitere Vorgehensweise besprochen hatten, sei ihm noch eine, allerdings ebenfalls nur männliche, Vornamensvariante eingefallen. Max Reinhardt, falls sich doch noch ein Bub einstellen sollte. Das sei immerhin zeitgemäßer als Ferdinand Raimund oder Jean Paul.

Sehr aufmerksam, sagte Erwin. Wiewohl der Vorname Reinhard hierzulande ja meistens mit einem weichen d und nicht mit einem dt ende. Aber als Hommage an den Gründer der Salzburger Festspiele klänge Max Reinhardt Oberhauser tatsächlich gut. Zumal er und seine Frau jeden Sommer ein paar Tage in Salzburg verbrachten. Er bedankte sich seinerseits, verwies entschuldigend auf einen Termin, den er in Kürze habe, wünschte noch alles Gute für den neuen Job und legte auf.

Du vergeudest dein Talent, sagte Ambros, als Sam ihm von seiner Absicht erzählte, sich als Ghostwriter für ein SPÖ-Blatt zu verdingen.

Welches Talent?, fragte Sam. Ihm gefiel plötzlich der Gedanke, über keinerlei Talent zu verfügen. Er war weder Journalist noch Autor, gleichzeitig zweifelte Sam keinen Augenblick daran, dass er für eine Gratiszeitung schreiben konnte. Es fiel ihm nicht schwer, Sätze zu bilden. Vor allem wenn von vornherein feststand, wem und welcher Sache die Sätze dienen sollten. Redenschreiber, dachte Sam, vielleicht sollte ich eines Tages Redenschreiber werden.

Die Aufgabe war in der Tat überschaubar. Drei, vier Tage lang klopfte Sam Artikel in seine gelbe Olympia-Reiseschreibmaschine – und rauchte. Es war, nach den Tagen mit Merle, wie eine Rückkehr gewesen. Er hatte nicht wieder angefangen, er war vielmehr heimgekehrt.

Er hatte kein Problem damit gehabt, zwei, drei Jahre nicht zu rauchen. Er fühlte sich auch nicht sonderlich gestört von den Rauchschwaden am Institut und vom *Memphis*-Qualm zu Hause.

Er rauchte kontinuierlich und mit großer Selbstverständlichkeit. Ambros war es zunächst gar nicht aufgefallen, dass Sam wieder rauchte. Erst als Sam ihm nachdrücklich eine *Smart* anbot, hob er kurz den Kopf und beglückwünschte Sam. Na endlich, sagte er, er sei ja sowieso für Gleichberechtigung. Und dass er, Ambros, nur der Gleichberechtigung wegen zu rauchen aufhöre, sei, er bitte um Nachsicht, ausgeschlossen. Ob Merle etwas mit Sams Rückkehr in den Club zu tun habe?, fragte er.

Irgendwie schon, sagte Sam. Aber es sei ja ohnehin nur eine Frage der Zeit gewesen.

In gewisser Weise mochte Sam seinen neuen Job. Er tat, was man von ihm verlangte.

Er bezichtigte den ÖVP-Langzeitlandeshauptmann ein »zur Demokratie unfähiger Patriarch« zu sein, er wetterte gegen den »schwarzen Filz im Tiroler Schulsystem«, er prangerte die »durch nichts zu rechtfertigenden unmoralischen Einkommen« der Primarärzte an, schrieb ungezeichnete Glossen und Kommentare, verwies auf die verändernde politische Kraft der Kreisky-SPÖ. Er konnte schreiben, ohne verantwortlich zu sein. Die Genossen waren dankbar und zahlten. Nach einigen Monaten verschrottete Sam den in die Jahre gekommenen VW und kaufte sich einen gelben R4. Schlechtes Gewissen hatte er keines. Nur auffliegen wollte er nicht. Es war eine gute Übung. Allerdings wusste er nicht wofür.

Manchmal saßen sie beide in ihren Zimmern, rauchten und schrieben. Das Zillertaler *StallTheater* hatte bei Ambros ein Stück für den nächsten Sommer in Auftrag gegeben.

Ein immer noch recht junger, aber doch schon ehemaliger Burgtheaterschauspieler, der sich, wie er sagte, nicht weiter von narzisstisch gestörten, wild gewordenen Regisseuren drangsalieren lassen wollte, hatte mit seiner Frau, einer Zillertaler Bauerstochter, einen ehemaligen Stall zu einem Sommertheater umgebaut. Man wollte das Volkstümliche mit der Moderne verknüpfen. Und seit dem *Rohrbruch* galt Ambros als aufstrebender Dramatiker.

Wer so ein Gespür für soziale Bruchlinien habe und so eine Pranke, müsse ins *StallTheater*, sagte der Intendant.

Sam wusste nicht, ob Ambros es von vornherein darauf angelegt hatte, einen Skandal zu provozieren. Vermutlich nicht. Vermutlich war es eher so, dass sein Gespür für Themen, sein Blick für Verdrängtes und Verschüttetes, zu Stücken führte, die auf Widerstand stoßen mussten. Ambros kalkulierte nicht, und er spekulierte nicht. Er tat, was er tun musste. Für das *StallTheater* griff er die Geschichte des jüdischen Buchdruckers Benedikt Sauer auf, der 1938, nach dem »Anschluss« Österreichs ans Deutsche Reich, zum Katholizismus konvertieren wollte. Der Pfarrer von Lans, wo Benedikt Sauer wohnte, verweigerte dem »Juden« mit Unterstützung des Bischofs die Taufe. Sauer wolle nicht aus religiöser Überzeugung zum Katholizismus konvertieren, hieß es in einer Stellungnahme, sondern ausschließlich, um sein Überleben zu sichern. Der Bischof sprach von einer »sekundären Motivation« und lehnte ab. Benedikt Sauer versuchte zu fliehen, an der Grenze zur Schweiz wurde er festgenommen und nach Dachau deportiert. Dort verlor sich seine Spur.

Das anwesende Publikum war begeistert, die katholische Kirche naturgemäß nicht. Die Debatte wogte wochenlang, wobei die katholische Kirche unerwarteten Flankenschutz von der Israelitischen Kultusgemeinde erhielt. Die Vertretung der Juden in Österreich zeigte sich ebenso entsetzt. Nicht wegen des Inhalts, sondern wegen des Titels. *Jud Sauer*, hatte Ambros sein Stück genannt. Nicht nur die verheerende Parallele zum nationalsozialistischen, antisemitischen Film von Veit Harlan aus dem Jahr 1940 wurde kritisiert, sondern vor allem die Wortkombination aus *Jud* und *sauer*. Das sei diskreditierend, abstoßend und – unabhängig von der Relevanz des Themas – tendenziell antisemitisch, fand die Kultusgemeinde.

Ambros war stolz, glücklich und zufrieden. Er äußerte sich nicht und entgegnete nicht. Das überließ er anderen. Nur einmal bemerkte er, dass er wirklich nichts dafür könne, dass Benedikt Sauer so hieß, wie er eben hieß. Auch wenn das manchen sauer aufstoßen würde. Er nahm sich drei Monate unbezahlten Urlaub – in denen er exakt nichts tat – und begann darüber nachzudenken, ob er, wenn die Trendkurve weiterhin nach oben zeigte, nicht auch als freier Schriftsteller überleben konnte.

Sicher kannst du, sagte Sam. Der Weg ist klar vorgezeichnet. Vom *StallTheater* übers Stadttheater zum Landestheater, von dort aus ins Volks- und dann ins Burgtheater.

Und dann?, fragte Ambros.

Dann schauen wir weiter, sagte Sam.

Eine Weile lang funktionierte es ausgesprochen gut mit Merle, Sam und Lorenzo. Sie sahen sich gelegentlich am Institut – Lorenzo stets in Merles Schatten –, grüßten sich freundlich, plauderten ein wenig, gingen ihrer Wege. Alle zwei bis drei Wochen, wenn Lorenzo in Südtirol bei Annie war, zog Sam für ein Wochenende nach Hötting. Er konnte es kaum glauben, dass Merle ihn, ausgerechnet ihn, auserwählt hatte. Manchmal war Merle ein wenig überfordert; Sam zeigte Verständnis – obwohl er keines hatte. Merle versteckte Sam nicht. Sie hatte zwei Männer.

Sie gingen an den gemeinsamen Wochenenden aus, trafen Freunde. Sie führe weder eine offene Beziehung noch lebe sie in einer Dreiecksbeziehung, sagte Merle. Sie habe einfach zwei Beziehungen. Wie man ja auch schließlich mehr als einen Freund oder eine Freundin habe.

Sie hasste die Terminologie der 68er. Und sie hasste das »Gewäsch der Hippies«, wie sie es nannte. Sam fühlte sich wie ein Prinz. Er war der Neuzugang. Der Platzhirsch war ihm egal. Ambros' stirnrunzelnde Fragen, wie lang das wohl gut gehen könne, schmetterte er ab.

Es sei, wie es sei, sagte er, Garantien gäbe es sowieso keine. Die tief in ihm schlummernde Angst, dass sein Glück ein Ablaufdatum haben könnte, ignorierte er. Er war Merles Liebhaber. Und Merle war ein Star. Ein dezenter, zurückhaltender Star. Aber ein Star. Sie zwang ihn sanft zu duschen, bevor sie ins Bett gingen, und zeigte ihm, wie man sich richtig die Zähne putzt.

Sam hatte man das nie beigebracht. Zu Hause nicht, und auch später nicht. Einmal schenkte sie ihm drei T-Shirts: ein grünes, ein rotes und ein weißes. Das war ihre Art, ihm mitzuteilen, dass es auch äußere Werte gab, nicht nur innere. Sie war irritiert, als Sam sie darauf aufmerksam machte, dass grün-rot-weiß die italienischen Nationalfarben seien.

Im August – Lorenzo urlaubte mit Annie gerade wie jedes Jahr zwei Wochen auf Sardinien – fuhren sie, nachdem Sam seine Artikel für das *Tiroler Echo* abgeliefert hatte, nach Triest und Duino. Zu James Joyce, Italo Svevo und Rainer Maria Rilke, wie Merle sagte. Es war ihr erster gemeinsamer Urlaub. Merle sprach leidlich Italienisch, sie wohnten in einer in die Jahre gekommenen Pension irgendwo auf der Strecke zwischen Duino und Triest. Merle führte ihn behutsam, und Sam tat so, als ob es für ihn selbstverständlich sei, Italien zu bereisen. Sie besuchten Miramare, diesen Habsburgerschnörkel in der Bucht von Grignano und lasen sich auf dem Weg, den Rilke vom Schloss Duino aus entlang der Steilküste nach Sistiana angeblich oft gegangen sein soll, abwechselnd aus den *Duineser Elegien* vor. Merle hatte, umsichtig wie sie war, das Büchlein mitgebracht. Es roch gut hier heroben, so als ob das Meer bis an die Baumgrenze reichte. Der steinige Boden speicherte die Wärme des Sommers, eine gewisse Trägheit lag in der Luft. Manchmal flitzte ein Salamander über die Steine, hielt kurz inne und verschwand ebenso blitzartig, wie er aufgetaucht war. Sam wusste wenig über Rilke. Im Studium war er bislang kein Thema gewesen, bloß in der Schule hatten sie den *Panther* gelesen und interpretiert, auch ein Gedicht über den Herbst war ihm vage in Erinnerung geblieben. Merle erzählte, dass Rilke im Jahr 1912 auf Einladung der Gräfin Marie von Thurn und Taxis-Hohenlohe einige Monate im Schloss verbracht und dort mit der Arbeit an den Elegien begonnen habe. Erst zehn Jahre später habe er sie, diesmal auf einem Schlösschen in der Schweiz, beendet.

Zehn Jahre für zehn Elegien?, fragte Sam. Schwache Leistung.

Er hat ja nicht im Akkord gearbeitet, sagte Merle ohne einen Anflug von Lächeln.

Und wovon hat er gelebt?

Von der Kunst und von der Liebe.

Die Liebe interessiert mich eindeutig mehr, sagte Sam und klappte das Büchlein mit den Elegien zu.

Mit der Geduld einer Nachhilfelehrerin erklärte Merle, dass Rainer Maria Rilke schon recht früh ein erfolgreicher Lyriker und zwischendurch Sekretär des berühmten französischen Bildhauers Auguste Rodin gewesen sei. Zudem liebten die adeligen Damen seine Gesellschaft. Er reiste viel, wurde oft und gerne eingeladen und beschenkte seine Gastgeberinnen mit Poesie.

Die *Duineser Elegien* habe er wohl nicht ganz absichtslos seiner »Fürstin Marie« gewidmet.

»Aus dem Besitz der Fürstin Marie von Thurn und Taxis-Hohenlohe« hieß es etwas hochtrabend in der Erstausgabe von 1923.

In Sam begann sich dumpfer Groll zu regen. Je mehr Merle erzählte, desto weniger mochte er diesen Schnösel, der, wie es aussah, von Schloss zu Schloss gezogen war, sich von großherzigen Schlossherrinnen hatte einladen lassen, um dann, stets leidend, die letzten Winkel seiner angekränkelten Seele zu erforschen. Rilke war in gewisser Weise das exakte Gegenteil von Ambros Molterer. Dennoch hörte er Merle gerne zu, wenn sie, ihren hellen Leinenrock über den gebräunten Beinen, aus den Elegien las. Wobei er nicht wusste, ob es an Merle oder an Rilke lag. Wenn er selbst an der Reihe war, versuchte er einen spöttischen Ton anzuschlagen. Er versuchte, das Pathos ins Lächerliche zu kehren, hatte aber den Eindruck, dabei stets den Kürzeren zu ziehen.

Nervenkunst, sagte er, als sie nach der vierten Elegie eine Pause einlegten und auf die tief unten liegende Bucht blickten. Wehleidiger Aristokratenkitsch, nichts sonst. Schon der Anfang empörte ihn. »Wer, wenn ich schriee, hörte mich denn aus der Engel Ordnungen?« Einer wie Rilke hatte nicht zu schreien. Trakl, sagte er, wiewohl er auch über Trakl wenig wusste, habe schreien dürfen, Janis Joplin dürfe schreien, Rilke sicher nicht. Merles vorsichtig eingebrachter Hinweis, dass Rilke sich wohl nicht allein selbst gemeint hatte, sondern die Kreatur an sich und dass das »Wer, wenn ich schriee« die Menschheit im Allgemeinen und damit jeden von uns beträfe, ließ Sam nicht gelten. Er wollte sich von einem wie Rainer Maria Rilke nicht vertreten lassen.

Außerdem sei ja nicht auszuschließen, ergänzte Merle, dass auch Aristokraten und feinnervige Künstler ein Herz und eine Seele haben könnten. Genau wie Apotheker, Taxifahrer oder Germanistikstudenten.

Schichtarbeiter haben garantiert keine Seele, sagte Sam. Ein Herz schon, aber keine Seele. Sie haben Schwielen an den Händen, einen Garten, der gemäht werden muss, und eine Frau, die es nach den ersten beiden Kindern aufgegeben hat, attraktiv sein zu wollen. Sie haben Schulden und vielleicht noch einen Hund. Rilke sei ein Kalenderspruchproduzent. Einer, dessen Verse sich ausgezeichnet für Partezettel eignen.

Merle schwieg. Sam wusste, dass sie ihn bemitleidete, wenn er sich einschnürte, einengte und keinen Ausweg aus seinem kleinen Gefängnis fand. Er mochte sich selbst nicht, wenn er den Proletarier hervorkehrte. Er war keiner mehr, bloß der Trotz war geblieben. Sam spürte, dass es in letzter Instanz keine Argumente gab. Jeglicher Widerstand – und das machte ihn wütend – prallte ab an Rainer Maria Rilke. Die »Geige«, die sich hingab »am geöffneten Fenster«, sprengte alle Klassenschranken. Dem Bild konnte man sich nicht entziehen; selbst dann, wenn man keine Geige besaß.

Den Vorschlag, statt Rilke James Joyce zu lesen, lehnte Sam entschieden ab. Obwohl er James Joyce weitaus interessanter fand als Rilke. Ein rauchender und trinkender Ire. Immerhin. Doch mit dem *Ulysses* sei es wie mit dem *Mann ohne Eigenschaften* oder mit der *Suche nach der verlorenen Zeit*: zu lang, zu kompliziert; Literatur für Kritiker und Literaturwissenschaftler, jedenfalls keine Literatur für

Leser. Zudem hatte er mit Italo Svevos *Zeno Cosini* gefunden, was er suchte. Der Held, ein hypochondrischer, wohlhabender Flaneur, durchstreift Triest, liebt die Frauen und versucht ebenso zwanghaft wie ergebnislos, sich das Rauchen abzugewöhnen. Manchmal gelingt ihm das auch für ein paar Stunden. »Sowie aber mein Mund vom Rauch gereinigt war«, sagt der Held einmal entschuldigend, »fühlte ich mich so unschuldig wie ein Neugeborenes, und ich bekam wieder primitive Lust nach einer Zigarette.«

Um es doch zu schaffen, sucht und findet Zeno Cosini Anlässe. Er nimmt sich vor, am neunten Tag des neunten Monats des Jahres 1899 aufzuhören. Oder am ersten Tag des ersten Monats 1901. Selbst der Tod des Vaters ist als Anlass hochwillkommen: »½ 5 Uhr morgens. Mein Vater gestorben. L.Z.«, notiert Zeno Cosini, »letzte Zigarette.« Aber er schafft es nie. Vermutlich will er es gar nicht schaffen. Zeno Cosini spielt ein Spiel. Ein Spiel ohne Gegner. Er empfindet Lust dabei, seine eigenen Regeln zu brechen. Die wiederkehrenden Niederlagen schaden, wenn überhaupt, allenfalls seiner Lunge. Er kann sich nach Belieben schmutzig fühlen oder rein. Er kann siegen und verlieren. Er kann unendlich viel Aufmerksamkeit in sich selbst investieren. Und ab einem gewissen Zeitpunkt entwickelt Zeno Cosini ein geradezu zärtliches Verhältnis zur »L.Z.«, zur letzten Zigarette. Er kann auf diesem Weg seine Unvollkommenheit lieben. »Wäre ich wirklich der ideale, lebenstüchtige Mensch geworden, wenn ich das Rauchen aufgegeben hätte?«, fragt er als bereits gereifter Herr. »Vielleicht hat mich gerade dieser Zweifel an mein Laster gefesselt. Es ist ja so bequem, sich groß zu glauben.«
Weißt du, ob Rilke geraucht hat?, fragte Sam, als sie in einer Trattoria am Rande von Triest zu Abend aßen. Sie hatten, wie er fand, zu viel geschwiegen. Und sie wussten, dass es nicht allein Rilke war, der zwischen ihnen stand. Sam fühlte sich schuldig und war bemüht, ein Gespräch in Gang zu bringen.

Keine Ahnung, sagte Merle. Vermutlich schon. Vielleicht aber auch nicht. Übermäßig alt sei er ja nicht geworden. Aber gestorben sei er, soviel sie wisse, an Leukämie.

Glaubst du, dass Raucher bessere Dichter sind?

Du bemühst Klischees, sagte Merle. Warum sollten sie?

Keine Ahnung. Aber irgendwie sind Raucher interessanter. Siehe Hemingway, Sartre, Hannah Arendt oder Joseph Roth.

Und was ist mit Kafka oder Tschechow?

Die zählen nicht, sagte Sam. Die waren krank, alle beide. Tuberkulose, glaub ich. Da lässt man's besser bleiben.

Und was ist, wenn *ich* morgen aufhöre?, fragte Merle.

Dann verlasse ich dich nach deiner L.Z., sagte Sam.

Nach *was*?

Nach deiner letzten Zigarette.

Aha, sagte Merle, und zündete mit lasziver Langsamkeit eine von den sechs *HB* an, die sie täglich rauchte. Es war die fünfte an diesem Tag. Sam konnte nicht anders. Er zählte mit und hoffte, dass sie die letzte im Bett rauchen würde.

Die Stimmung auf der Rückfahrt war gedrückt. Es regnete leicht. Merle hatte eine Straßenkarte auf den Knien. Noch nie hatten sie so viel Zeit miteinander verbracht. Sie hatten die Elegien gemeinsam zu Ende gelesen, am Tag vor ihrer Abreise hatte Merle noch ein Buch über Rainer Maria Rilke gekauft und es Sam geschenkt. Er studierte aufmerksam die Fotos und konnte nicht verstehen, was die Damen an ihm fanden. Rilke sah wie ein trauriger Seehund aus. Aber vielleicht war es ja das, was die Schlossherrinnen an ihm mochten.

Sam hatte befürchtet, dass die Tage in Duino und Triest Wünsche in ihm aufreißen könnten. Es war ein Fehler, ein paar Tage lang mehr zu haben als bloß den kleinen Finger. Sam ärgerte sich über die dämlichen Volksweisheiten, die sich ungefragt in sein Bewusstsein drängten. Widerliche Aufrufe zur Bescheidenheit. Er wollte Merle und keine Genügsamkeit. Er wollte nicht zurück, er wollte bleiben. »Bleiben ist nirgends«, heißt es irgendwo in den Elegien. Er wusste, dass es schwierig werden würde.

Ihm ist, als ob es tausend Stäbe gäbe, sagte Merle unvermittelt und hob ihren Blick von der Straßenkarte.

Meinst du mich?, fragte Sam gereizt und konzentrierte sich auf den Verkehr.

Hast du was gegen das Bild vom Panther im Käfig?, fragte Merle.

An sich nicht, sagte Sam. Ich hab nur was dagegen, ständig mit Rilke erkannt, ertappt und erwischt zu werden. Da sei ihm selbst der widerliche Karl Kraus noch lieber.

Kraus geht auch nicht?, fragte Merle und zog die Augenbrauen hoch.

Kraus geht gar nicht, sagte Sam. Dieser humorlose, rechthaberische Besserwisser mit seiner Merksatzscheiße! Und das Schlimmste sei, dass er obendrein immer recht habe. Rechthaberisch sein und immer, ausnahmslos immer, recht zu haben – das sei einfach unerträglich. Jeder Aphorismus: ein Volltreffer. Jeder Verriss: eine Vernichtung. In Stein gemeißelte Urteile allüberall. Außerdem habe einer, der Hesse und Heine gleichermaßen verachte, möglicherweise wohl ein Hirn, aber sicherlich kein Herz.

Schöne Alliteration, sagte Merle. Hei, He, Hi und He.

Was?, fragte Sam.

Heine, Hesse, Hirn und Herz, sagte Merle.

Na wenigstens was, sagte Sam. Er fühlte ein Programm in sich ablaufen, das er nicht stoppen konnte. Er wäre gern großzügig, humorvoll und tolerant gewesen, stattdessen mauerte er sich ein. Kraus zu kritisieren war kindisch. Selbst Ambros verehrte Karl

Kraus, obwohl er ihn nicht mochte. Gemeinsam hatten sie im Radio einige Folgen einer Gesamtaufnahme der *Letzten Tage der Menschheit* gehört. Eine gewaltige Turbine. Kraus pfiff auf alle und alles, auch auf sein Publikum. Er leistete sich das einfach. Eigentlich beneidenswert, dachte Sam. Sympathischer wurde ihm der Wiener Wüterich dadurch allerdings nicht.

Können wir uns am Schluss noch auf wen oder was einigen?, fragte Merle.

Sicher, sagte Sam, auf Karl May.

Kindskopf, sagte Merle. Wusstest du übrigens, dass Rilke und Kraus dieselbe Frau geliebt haben? Sidonie Nádherná von Borutín. Geheiratet hat sie aber weder den einen noch den anderen, sondern einen hocharistokratischen Arzt.

Verstehe ich, sagte Sam. Hätte ich an ihrer Stelle auch.

Den Rest der Fahrt schwiegen sie. Auch dass sie über Udine, Tolmezzo, Brixen, Sterzing und den Brenner nach Innsbruck fuhren, erheiterte Sam keineswegs. Südtirol war Feindesland. Als er den R4 die schmale Gasse hinauf nach Hötting lenkte, fragte er, wann Lorenzo wieder zurückkäme. Übermorgen, sagte Merle. Sie brauche jetzt aber noch ein wenig Zeit für sich.

Sam klappte die Hecktür des R4 auf, nahm Merles Reisetasche und begleitete sie bis zur Tür.

Grazie per il bellissimo viaggio, sagte Merle, umarmte ihn flüchtig und küsste ihn auf den Mund.

Ich versteh kein Italienisch, sagte Sam und wartete, bis sich die Haustür langsam schloss.

Wie war's?, fragte Ambros, nachdem er das Auto in der Haspingerstraße geparkt und seinen Rucksack in die Wohnung getragen hatte.

Literarisch, sagte Sam. Sehr literarisch. Wir haben uns über Rilke gestritten.

Klingt nicht gut, sagte Ambros. Stellvertreterkrieg?

Ich fürchte ja.

Und wer gewinnt?

Der Südtiroler, sagte Sam.

Schade, sagte Ambros. Das haben weder Rilke noch Merle noch du verdient. Ist schon sehr schön, das mit den Sonnenuhren.

Mit welchen Sonnenuhren?, fragte Sam.

Na das mit den Sonnenuhren und den Hunden auf den Fluren, die man loslässt, wenn der Herbst kommt. Wo man dann alleine übrigbleibt, wenn man nicht rechtzeitig ein Haus gebaut hat. *Herbstzeit* heißt das Gedicht, glaube ich. Oder *Herbsttag* oder so. Ich kann's dir vorlesen, wenn du magst.

Ich erinnere mich dunkel, sagte Sam. Ich glaub, wir hatten das in der Schule. Magst du Rilke?, fragte er.

Schon, sagte Ambros. Zumindest das bisschen, das er kenne. Im Übrigen lade er Sam zum Essen ein.

Schon wieder?, fragte Sam.

Ja, schon wieder. Herr: Es ist Zeit! Es gab nämlich was zu feiern. Das Fernsehen hatte sich bei ihm gemeldet. Man hat vor, den *Rohrbruch* als *Tatort* zu verfilmen. Mit Kurt Weinzierl als Franz Rohr, nach einem Juniorchef suche man noch. Honorar gigantisch, sagte Ambros. Scheiß auf die Literatur!

5. Flirt

EVA PICKEIS-WACHEL war klein, hatte kurze, rot gefärbte Haare, trug schwere, bunte Ketten, ebenso bunte Kleider aus Bali oder Südafrika und rauchte *Flirt*. Pausenlos. Sie hatte in ihrem Büro im Keller des Instituts überall marokkanisch aussehende Aschenbecher platziert und wirkte eher wie eine Schamanin als eine Literaturdozentin. Sie hatte gegen jede Menge Widerstand Soziolinguistik, Kommunikationstheorie und Semiotik am Institut etabliert. Eva Pickeis-Wachel verstand Literatur weniger als eigenständige Kunstform denn als spezielle Form der menschlichen Kommunikation. Sie untersuchte, welche Botschaften bei wem wie ankamen. Und machte dabei keinen großen Unterschied, ob es sich um Werbebotschaften, politische Propaganda, bürokratische Formulare oder um Kleist, Lessing, Lenau oder Tolstoi handelte.

Eines Tages hatte sie es geschafft, Elfriede Jelinek zu einer Lesung einzuladen. Die beiden kannten sich offenbar. Jelinek kam hoch erhobenen Hauptes, dachte keine Sekunde daran, sich dem Publikum im übervollen Hörsaal eins anzubiedern, trug schwarze Leggins, einen schwarzen Lederminirock, blutrote Stöckelschuhe und las aus den *Liebhaberinnen*.

Sam war irritiert und beeindruckt. Er hatte bis dahin nicht gewusst, dass Mode, Sexappeal und politisches Engagement sich nicht ausschließen mussten. Das Buch hatte er auf Empfehlung von Ambros schon gelesen. Es hätte sich bei Brigitte und Paula, den zum Scheitern verurteilten jungen Heldinnen, um seine Cousinen handeln können. Elend und Aussichtslosigkeit allüberall. Falsche Hoffnungen, zerplatzte Träume. Nur die Kleinschreibung störte ihn. Er konnte sich nicht recht daran gewöhnen.

Merle und Lorenzo kamen nicht zur Jelinek-Lesung. Lorenzo stehe nicht so auf Kommunisten, sagte Merle, nachdem Sam sie am Abend davor angerufen hatte. Sein Bedarf an Kommunisten sei in Italien ausreichend gedeckt. Sam verkniff sich die Frage, ob sie nicht auch ohne ihren Schatten kommen könnte. Man sähe sich ohnehin, sagte sie, das übernächste Wochenende käme bald. Zudem sei sie gerade sehr beschäftigt. Merle bereitete gerade ihre Doktorarbeit vor. Sie hatte das Vertrauen von Ingeborg Capra-Teuffenbach gewonnen, einer großen, stolzen und schönen Frau, die mit einem Nazi-Bonzen verheiratet war, als junge Frau Führergedichte und später lyrische Durchhalteparolen schrieb. Nach dem Krieg ließ sie sich in Innsbruck nieder, entwickelte eine Brieffreundschaft zu Christine Lavant und gründete ein international renommiertes Kulturfestival.

Sam arbeitete bei einem von Eva Pickeis-Wachel initiierten Forschungsprojekt mit, in dem Schulbücher auf schichtspezifische Inhalte untersucht werden sollten. Bei einem der ersten Treffen ging es darum, persönliche Erfahrungen einzubringen. Sam erzählte, wie hilflos und panisch er war, als in der dritten Klasse Hauptschule als erstes Aufsatzthema nach den großen Ferien »Unsere Urlaubsreise« vorgegeben wurde. Er hatte nicht gewusst, was er schreiben sollte. Er hatte zwar Ferien, aber keinen Urlaub gehabt. Das Wort kannten die Sapadis nicht. Einmal schickten ihn seine Eltern zu Verwandten nach Eisenerz, einmal nach Graz. Es war sterbenslangweilig. Es war weder Urlaub noch eine Urlaubsreise. Man erwartete nur, dass er gut und viel esse. Er sei zu mager, befand der Hausarzt, eine Luftveränderung täte gut. Sam wusste zwar nicht, wieso die Luft im obersteirischen Eisenerz so viel anders sein sollte als die im obersteirischen Greith, aber er fügte sich, trank Kakao und aß Kuchen.

Einen Moment lang überlegte Sam, ob er nicht wie viele der anderen Kinder auch über eine Urlaubsreise nach Caorle oder Jesolo schreiben sollte. Da er noch nie am Meer gewesen war und auch keine Ahnung hatte, wie man in einem Hotel wohnte oder wie es in Italien überhaupt aussah, verwarf er die Idee. Zudem wollte er nicht lügen. Alle wussten, dass seine Eltern nie und nimmer nach Italien fahren würden. Wenn Vater Urlaub hatte, wenn er also nicht im Stahlwerk arbeitete, half er entweder in der Tischlerei Leitner aus, machte Brennholz für den Winter oder arbeitete bei einem befreundeten Bauern.

Sam schrieb schließlich einen Aufsatz mit dem Titel *Der Wolkenritt*. Er erzählte, wie er in einer Wiese auf dem Rücken lag, Grashalme kaute und die durchziehenden Wolken beobachtete.

Sie rasten förmlich, wenn man nur lange genug hinschaute. Er suchte sich eine kleine, niedliche, aber besonders flinke Wolke aus, nannte sie »die Ponywolke«, schwang sich auf sie und ritt mit ihr über das Stübmingtal, die Veitsch und Wien nach Osten. Da die kleine Wolke nach einigen Wochen müde wurde, landete sie in Ulan Bator. Den Namen hatte Sam im Schulatlas gefunden. Er stieg »steifbeinig« ab – das Wort kannte er aus seiner Karl-May-Lektüre – und konnte, da der Himmel in der Mongolei gewaltig groß, aber wolkenlos war, kein anderes Wolkenpony besteigen. Seines hatte sich aufgelöst und legte sich als Tau auf das Gras der mongolischen Steppe. Wann die nächste Wolke zurück nach Österreich ginge, hätte er nicht gewusst, schrieb er am Ende seines Aufsatzes, man möge ihn bitte entschuldigen. Wolkenfahrplan gäbe es hier leider keinen. Und falls doch, so könne er ihn nicht lesen.

Lehrer Diepold, ein kleiner, feiner und stiller Mann, erkannte Sams Dilemma und gab ihm eine gute Note. Das sei eine sehr eigenwillige Geschichte, sagte er, als er die Hefte austeilte, und bat Sam, seine Geschichte vorzulesen. Sam schwankte zwischen Peinlichkeit und Triumph, entschloss sich aber, seine Niederlage als Sieg zu feiern. Es war auch Herr Diepold, der ihm später den Weg aufs Gymnasium ebnete. Wär doch schade, sagte er, um den Bub.

Großartig, sagte Frau Pickeis-Wachel, nachdem Sam seine Geschichte beendet hatte. Ob er noch einen Augenblick Zeit habe, um sie in ihr Büro zu begleiten? Nichts Besonderes, sie wolle nur ihre Studenten nach und nach ein wenig besser kennenlernen. Noch bevor sie sich in ihrem übergroßen Drehstuhl niederließ und die Beine übereinanderschlug, zündete sie sich eine Zigarette an und inhalierte tief. Ob er auch eine möchte?

Gern, sagte Sam. Etwas, das *Flirt* hieß, wollte er auf keinen Fall verschmähen. Zudem versprachen die Zigaretten in ihrer knallorangen Packung *tabakecht* und *naturrein* zu sein.

Sie heiße übrigens Eva, sagte Eva Pickeis-Wachel. Sie sei zwar selber schuld an ihrem umständlichen Nachnamen, aber eine Weile lang habe ihr Pickeis, der Name ihres Mannes, gut gefallen. Wachel alleine sei ja nicht so toll. Pickeis habe sie irgendwie an Leo Trotzki erinnert, weil er in Mexiko mit einem Eispickel erschlagen worden sei. Nun sei der Mann weg, der Name sei geblieben. Eva tut's auch. Außerdem werde man wohl noch öfter miteinander zu tun haben.

Gern, sagte Sam zum zweiten Mal – und hatte eine Idee. Ein Titel war ihm in den Kopf geschossen. Ein Titel als These. Er würde sie nur noch belegen müssen. *Das große Wortgeklingel*, sollte seine Doktorarbeit heißen. *Rainer Maria Rilke und die Duineser Elegien.*

Das Konzept war schnell geschrieben. Es fiel Sam nicht schwer, entsprechende Belegstellen zu finden. Er wollte nachweisen, dass der überragende Erfolg der Elegien nicht nur im deutschsprachigen Raum – allein ins Englische wurde das Werk mehr als zwanzig

Mal übersetzt – darauf beruhe, dass Rilke mit großer Geste exakt gar nichts sagte.

Seine Kunst bestünde darin, offene Projektionsflächen anzubieten. Sätze, Worte und Worthülsen, die maximale Interpretationsmöglichkeiten böten. Die Elegien seien nicht mehr oder weniger als ein Baukasten für literaturempfängliche Heimwerker, die mit den Bauteilen machen konnten, was immer sie wollten. Perfektes Literaturmarketing sozusagen. Starke Worte, dahinter nichts. Sätze wie »Wirf aus den Armen die Leere zu den Räumen hinzu …«, Sprüche wie »Gelenke des Lichts«, »die Rose des Zuschauens« oder »Bleiben ist nirgends« seien so etwas wie widerspruchsimmune Aussagen, wie sie auch die Wahlwerbung verwende. Bei der letzten Nationalratswahl hatte eine der Großparteien mit dem Slogan »Das Wichtigste zuerst« versucht, ihre Stimmen zu maximieren. Dagegen sei freilich nichts zu sagen. Und die großen Themen, Liebe, Tod und das Menschsein an sich, seien ja von Japan bis in die USA gut verkäuflich. Angeblich soll es in Tokio sogar ein *Café Rilke* gegeben haben. Es war egal, welche Seite man aufschlug, welche der zehn Elegien man sich vornahm – man wurde fündig.

Einmal »reißt die Spur der Fledermaus durchs Porzellan des Abends«, ein andermal verbiegt »der gärtnernde Tod anders die Adern«, bis sich plötzlich »die unsägliche Stelle in das reine Zuwenig unbegreiflich verwandelt … wo aus der Gussform des Leeren der Ausguss prahlt«.

Den berühmten Anfang mit »der Engel Ordnungen« musste Sam erst gar nicht zitieren. Ebenso wenig die noch berühmtere Stelle, der zufolge das »Schöne« nichts »als des Schrecklichen Anfang« sei. Er dachte an Merle, an Duino. Und an »den Lockruf dunklen Schluchzens«.

Sam war, auch wenn er seine Motivation, sich an Rilke abzuarbeiten, für etwas fragwürdig hielt, mit sich und seinem Konzept zufrieden. Er wuchs mit der Größe des Themas. Ambros gefiel die Idee ebenfalls, vor allem weil es darum ging, ein Denkmal zu stürzen, und nicht darum, ein weiteres zu errichten. Für eine Ambros-Molterer-Dissertation, das sehe er ein, sei es noch ein wenig zu früh. Sam versprach, später einmal ein Buch über Ambros zu schreiben, Arbeitstitel: *Tür an Tür. Meine Jahre mit dem Dichter AM.* Vorerst könne er Ambros ja für das *Tiroler Echo* porträtieren, wenn er das wolle. Renommee gering, Auflage groß.

Gern, sagte Ambros. Besser so als umgekehrt. Nur Dichter sei er leider keiner.

Was dann?, fragte Sam.

Friederike Mayröcker, Ernst Jandl und H.C. Artmann seien Dichter, sagte Ambros. Rilke, seinetwegen. Goethe, Bachmann und Charles Bukowski natürlich. Er sei Schriftsteller. Volksschriftsteller, um genau zu sein. Auch wenn das Volk das noch nicht wisse.

Und beides ginge nicht?, fragte Sam.

Doch, sagte Ambros. Bert Brecht sei beides gewesen, mehr noch: Schriftsteller, Dichter, Dramatiker …

… und Raucher, sagte Sam.

Unbedingt, sagte Ambros. Er verstehe gar nicht, wie es Literatur ohne Tabak jemals habe geben können. Das sei wahrscheinlich auch der Grund, warum die antiken Dramen so entsetzlich langweilig seien.

Wenige Tage später kündigte Ambros bei seinem Transportunternehmen. Das Tatort-Honorar und ein weiterer Stückauftrag, diesmal für das Landestheater Linz, hatten ihn dazu ermutigt.

Er war selten zu Hause in letzter Zeit. Bei der Uraufführung des *Jud Sauer* hatte er Gundula kennengelernt. Näher kennengelernt. Gundula war eine stattliche Erscheinung und als Gründerin und Leiterin der *Galerie Prinzip* eine fixe Größe im lokalen Kunstbetrieb.

Sie setzte ausschließlich auf moderne, zeitgenössische Kunst, *prinzipielle Kunst*, wie sie sagte, förderte junge Künstler und war dabei, in Wien eine Dependance zu eröffnen.

Später gründete Ambros eine eigene Firma, die *TiroTrans*, und kümmerte sich in Gundulas Auftrag um den artgerechten Transport der Bilder und Skulpturen. Und auch wenn es zurzeit mit der Schriftstellerei gut liefe, man könne ja nicht wissen. Nach und nach begann er, Texte für Gundulas Ausstellungskataloge zu verfassen. Wahrscheinlich würden diese deshalb so geschätzt, sagte Ambros, weil er von bildender Kunst nichts verstehe. Das verbinde ihn wohl mit der Mehrheit der Ausstellungsbesucher.

Der Termin, den Sam bei Eva Pickeis-Wachel erbeten hatte, war für Dienstagvormittag der übernächsten Woche angesetzt worden. Sie trank Kaffee und rauchte. Er sei hier, um ein Dissertationsthema vorzuschlagen, sagte Sam. Er wolle über Rainer Maria Rilke und die *Duineser Elegien* schreiben.

Nicht sehr originell, sagte Eva. Außerdem sei Rilke definitiv nicht ihr Bier.

Exakt deshalb bin ich hier, sagte Sam. Und er erläuterte, dass es ihm nicht um eine weitere poetologische Analyse ginge, sondern er wolle und könne auf der Basis der Erkenntnisse der modernen Kommunikationswissenschaft nachweisen, dass der Erfolg der Elegien darauf beruhe, dass Rilke mit großem Können nichts sage und auch nichts zu sagen habe.

Sam stellte wortreich sein Konzept vor, zitierte vorbereitete Stellen, sprach von mystisch umhüllter Schaumschlägerei und einer perfekt umgesetzten Strategie. Wäre Rilke ein Werbefuzzi, müsste man ihn auszeichnen.

Ist es nicht ein wenig früh, über eine Dissertation zu sprechen?, fragte Eva.

Keineswegs, sagte Sam. Er sei jetzt im sechsten Semester und habe nicht vor, ewig zu studieren. Da er sich sein Studium selbst finanzieren müsse, gedenke er, spätestens im neunten oder zehnten Semester zu promovieren.

Freude werden sie keine haben am Institut, sagte Eva. Aber warum nicht.

Danke, sagte Sam, und schob sein mehrseitiges Konzept über den Tisch. Eva warf einen Blick auf das Titelblatt. Nein, sagte sie, der Titel geht gar nicht.

Warum?, fragte Sam.

Das ist kein Titel, sondern ein Werturteil, auch wenn es vielleicht richtig sein mag. *Das große Wortgeklingel* sei polemisch, so könne man vielleicht eine journalistische Arbeit nennen, keinesfalls aber eine wissenschaftliche.

Aber es ist ein großes Wortgeklingel, sagte Sam. Das sei kein Werturteil, sondern die kürzestmögliche Zusammenfassung einer wissenschaftlichen Analyse.

No way, sagte Eva. Sie verstehe zwar, was er meine, aber es ginge nicht nur darum, eine Dissertation zu schreiben, sondern auch darum, sie durchzubringen. Soweit sie das Thema verstehe, schlage sie einen anderen Titel vor.

Welchen?, fragte Sam.

Aspekte der Interpretation offener lyrischer Systeme am Beispiel der Duineser Elegien von Rainer Maria Rilke.

Wenn es sein muss, sagte Sam, ohne sein Bedauern zu verhehlen. Nur das Wort »offen« wolle er nicht im Titel haben.

Warum?, fragte Eva.

Das erinnere ihn zu sehr an *offene Beziehung*, sagte Sam.

Schlechte Erfahrungen?

Er sei gerade dabei, welche zu machen, sagte Sam.

Merle?, fragte Eva.

Ja, sagte Sam, … weil der andere ganz überhandnimmt.

Rilke, nehme ich an, sagte Eva. Sie wisse auch nicht, was Merle an diesem Südtiroler finde. Nichts gegen Südtiroler natürlich, aber dieser da studiere ja nicht einmal ordentlich. Und – kannst du's nicht einfach lassen? »Ist es nicht Zeit, dass wir liebend uns vom Geliebten befrein?« Sie habe auch einmal ihre Rilke-Phase gehabt, fügte sie beinahe entschuldigend hinzu. Das sei aber schon lange her.

Sam bedankte sich, wusste nicht, ob er traurig oder glücklich sein sollte, ging in die nahe gelegene Trafik und kaufte zwei Schachteln *Smart*.

Sie sahen sich weiterhin jedes zweite oder dritte Wochenende. Merle war ruhig, aufmerksam und zärtlich. Sie arbeiteten oft nebeneinander, machten Spaziergänge und achteten penibel darauf, ihren fragilen Frieden nicht zu gefährden. Irgendwann stellte sich heraus, dass Sam einen Vorgänger hatte. Sie trafen ihn an einem Samstagvormittag beim Einkaufen in der Stadt. Er war vielleicht zehn Jahre älter als sie, hatte auffallend große kräftige Hände und küsste Merle behutsam links und rechts auf die Wange.

Das ist Horst, sagte Merle, er ist Klavierlehrer. Und stellte Sam als Freund und Studienkollegen vor.

Lange nicht gesehen, sagte Horst und lächelte.

Stimmt, sagte Merle.

Geht's dir gut?, fragte der Klavierlehrer.

Siehst du ja, sagte Merle und fasste Sam mit der Rechten um die Hüfte.

Sam spürte eine unangemessene Vertrautheit zwischen den beiden. Er mochte die väterliche, wohlwollende Art nicht, mit der der Klavierlehrer ihm begegnete. Er verhielt sich wie einer, der all die Reisen schon gemacht hatte, von denen Sam noch träumte. Merle hielt die Begegnung kurz.

Sie gingen, wie fast jeden Samstagvormittag, den sie miteinander verbrachten, noch in die Wagner'sche Universitätsbuchhandlung und anschließend ins Café Central, um einen ersten Blick in ihre Neuerwerbungen zu werfen. Sam hatte eine günstige Taschenbuchausgabe von Elias Canettis Roman *Die Blendung* erstanden, Merle irgendwas von Italo Calvino. Sam fand es unangemessen, dass sie nach der Begegnung mit dem Klavierlehrer ausgerechnet das Buch eines italienischen Autors in ihre Tasche packen musste.

Was war das?, fragte Sam, als sie nach einem Cappuccino und einem Glas Weißwein über die Innbrücke zurück nach Hötting gingen. Oder besser: *Wer* war das?

Er ist Klavierlehrer, sagte Merle. Er wohnt oben in Sistrans.

Das ist keine Antwort, sagte Sam.

Ich habe ihn früher manchmal besucht.

Und warum?

Er hat viel Zeit, sagte Merle. Und keinerlei Bedürfnisse. Wenn er nicht unterrichtet, spielt er Klavier oder liest.

Sam sah Horsts kräftige Klavierlehrerhände über Merles Körper gleiten. Er war nicht vorbereitet auf die Wucht, mit der sich die Eifersucht in ihm entlud. Bisher war er stolz darauf gewesen, nicht eifersüchtig zu sein. Lorenzo hielt er für überflüssig. Er war allenfalls eifersüchtig auf die Zeit, die Merle mit ihm verbrachte. Er kam sich lächerlich vor. Er wusste, dass der Strom seiner Gefühle sich bloß ein Entlastungsgerinne gesucht hatte. Sam hatte nicht gewusst, dass man eifersüchtig auf die Vergangenheit sein konnte. Er fühlte sich gedemütigt, in eine Reihe gestellt, missbraucht und benutzt.

Das heißt, du hast den Klavierlehrer alle zwei, drei Wochen besucht?

Ja, sagte Merle.

Wie lang?

Zwei, drei Jahre.

Also immer, wenn Lorenzo in Südtirol war.

Ja.

Und dann?

Dann bist du auf den Plan getreten.

Und was macht den Unterschied?

Du bist riskant, sagte Merle. Für dich brauche ich ein zweites Herz.

Und – hast du eins?, fragte Sam.

Merle schwieg. Sam stellte die Einkaufstasche auf den Gehsteig, drehte sich um und ging grußlos nach Hause. Keine zwei Stunden später läutete es an der Wohnungstür.

Ich koche, wenn du willst, sagte Merle. Sie hatte die Einkäufe für das ganze Wochenende und zwei Flaschen Wein mitgebracht. Jetzt oder später?

Später, sagte Sam. Lass uns zuerst noch eine rauchen.

Deine oder meine?, fragte Merle.

Deine, sagte Sam, *smart* ist leider gar nichts zurzeit.

›Wer saß nicht schon bang vor seines Herzens Vorhang?‹, zitierte Merle.

Du auch?, fragte Sam.

Ja, sagte Merle, schließlich waren wir gemeinsam in Duino.

Sam arbeitete zügig und effizient. Er schlief lange, arbeitete nachmittags, ging abends aus und setzte sich tiefnachts noch einmal an die Schreibmaschine. Wenn er einen Knopf im Hirn hatte und nicht mehr weiterwusste, öffnete er eine Flasche Rotwein. Das half. Er versuchte nachzuweisen, dass es keine innere oder gar göttliche Stimme war, die Rainer Maria Rilke, einem Medium gleich, Sätze zugerufen hatte, sondern dass der Meister einem klaren Kalkül folgte. Er sezierte den schönen Schein der schönen Sätze, untersuchte die Elegien wie eine Werbekampagne und kam zu dem

Schluss, dass es von Anfang an Rilkes Absicht gewesen war, einen lyrischen Bestseller zu produzieren. Der Erfolg gab ihm recht. Und der Künstler, der sich als dünnhäutiges Sensibelchen stilisierte, geriet nie in Verdacht, ein ausgefuchster Geschäftsmann zu sein. Sam verurteilte Rilke keineswegs, im Gegenteil. Gut gemachte Werbung – und sei es nur für sich selbst – schätzte er weit mehr als sinnschürfende Gedichte. Eva, er nannte sie, wiewohl sie das gar nicht hören wollte, seine »Doktormutter«, bewahrte ihn vor »Ausflügen in den Meinungsjournalismus«, wie sie es nannte. Ihr gefiel, was Sam antrieb. Und möglicherweise gefiel ihr auch Sam.

Merle war bereits fertig mit ihrer Ingeborg-Capra-Teuffenbach-Monografie, als sie Sam am Telefon mitteilte, dass ihr gemeinsames Wochenende entfallen müsse, weil sie mit Lorenzo nach Südtirol fahre.

Und das heißt jetzt *was*?, fragte Sam.

Das heißt, dass ich nach Südtirol fahre, sagte Merle. Annie habe einen Lehrer kennengelernt.

Schön für sie, sagte Sam. Und legte auf. Südtirol war stubenrein geworden. Er war der Letzte in der Verwertungskette, er wurde nicht mehr benötigt.

Am nächsten Sonntagvormittag rief Sam Merle an und tat, was zu tun war. Merle war umsichtig genug, ihm den letzten Schritt zu überlassen. Anschließend ging er, ohne nachzudenken, ins Bad, schnitt sich mit der Küchenschere den Bart ab, rasierte sich und warf sämtliche Zigaretten, die er in der Wohnung finden konnte, ins Klo. Ihm gefiel der Gedanke, dass er seine restlichen *Smart Export* ins Tiroler Abwassersystem exportierte. Sie widersetzten sich zunächst. Die Filter lösten sich vom Tabak und trieben wie Rettungsbojen obenauf. Er musste mehrmals spülen. Erst nach mehreren Anläufen und erst, als die Filter mit Wasser vollgesogen und aufgequollen waren, ließen sich die Stummel versenken.

Sams Blick richtete sich nach vorn. Er wollte an Entzugserscheinungen leiden. Merle war weg, Ambros war weg, die Dissertation nahezu fertig. Eva und er hatten sich auf einen Titel geeinigt. *Interpretationsspielräume im lyrischen Werk Rainer Maria Rilkes am Beispiel der Duineser Elegien* sollte die Arbeit heißen. Eva fand, er solle ein Buch daraus machen, sie habe Kontakte zu einschlägigen Verlagen. Das Buch könne dann ja, oder solle sogar *Das große Wortgeklingel* heißen.

Im Übrigen habe sie vor einiger Zeit und um sehr wenig Geld in Südtirol auf tausendsechshundert Meter Seehöhe einen kleinen verlassenen Hof gekauft. Kein Telefon, kein Strom, kein fließendes Wasser. Wenn er wolle, könnten sie die restlichen Details ja auch dort besprechen.

Gern, sagte Sam. Südtirol sei ihm ohnehin noch einiges schuldig.

6. Zigarillos

ZUNÄCHST HIELT ER es für eine zufällige Namensgleichheit. Nicht dass er sich sonderlich für Restaurants und Gastrokritiken interessiert hätte, aber die Meldungen über den Aufstieg des *Allmeier* waren nicht zu übersehen. Irgendwo in Wien hatte sich ein traditionelles Gasthaus neu erfunden und den »Dosenöffner als wichtigstes Küchengerät« abgeschafft, wie es in einer Besprechung hieß. Nachdem sie jahrelang Schnitzel paniert und Pommes frittiert hatten, wollten Karl und Huberta Allmeier neue Wege beschreiten. Sie hatten es satt, weiterhin Bier zu zapfen und billige Mittagessen für Rentner, Arbeiter und Studenten anzubieten. Qualität statt Quantität war angesagt. Große Teller und kleine Portionen. Sie engagierten einen jungen, hungrigen Koch, das Konzept ging auf. Nach einigen Jahren wurden sie mit der ersten Haube belohnt.

Es dauerte eine Weile, bis Sam begriff, dass es in der Tat *die* Allmeiers waren, *seine* Allmeiers. Karl und Huberta. Sam kannte sie seit ewig. Karl war vaterlos auf einem Bauernhof unweit seines Elternhauses aufgewachsen und hatte, was ungewöhnlich war, eine Lehre als Zuckerbäcker und Konditor abgeschlossen. Hubertas Eltern betrieben eine kleine Pension, die, als es noch genügte, *Komfortzimmer* anzubieten, zu den nobleren Adressen im Dorf zählte. Eine ehemalige Opernsängerin kam viele Jahre lang und spazierte Tag für Tag knapp vor zwölf mit aufgespanntem weißen Sonnenschirm an Sams Elternhaus vorbei in Richtung Mittagessen. Etwa zu der Zeit, als Sam von dem Geld, das er in den Ferien als Briefträger verdient hatte, eine blaue Puch DS 50 mit hochgezogenem Lenker kaufte, übernahmen Karl und Huberta ein am Ortsrand gelegenes Espresso, nannten es überraschenderweise *John & Jimmy*, stellten eine Musicbox ins Lokal, aus der zum Gegenwert von einem Schilling auch Jimi Hendrix, Joe Cocker und John Lennon dröhnten. Das *John & Jimmy* war das einzige Angebot für junge Leute weit und breit. Es gab Schinken-Käse-Toast und Toast Hawaii, Frankfurter Würstel, Cola mit und ohne Rum, selbstverständlich Bier und lauwarmen Weißwein, der in schweren Römerkelchen serviert wurde. Man rauchte, trank und spielte Karten. Manchmal war Sam so betrunken, dass er sich beim Pinkeln mit der Stirn an die kühle Fliesenwand über der Pissoirmuschel lehnen musste. Wenn er kotzen musste, ging er vor die Tür, wartete, bis er sich wieder einigermaßen sicher fühlte, wusch sich das Gesicht mit kaltem Wasser, atmete flach und hoffte, dass niemand seine Abwesenheit bemerkt hatte.

Sam liebte sein Moped. Er fuhr damit von Graz nach Greith und am Montagmorgen wieder zurück. Er brauchte drei Stunden für die achtzig Kilometer. Wenn er sich zwischendurch aufwärmen musste, dauerte die Reise länger. Nachdem er mit Ach und Krach seine Lehramtsprüfungen abgelegt und nach Tiefenbach gezogen war, kam Sam nur noch sehr selten nach Greith. Eines Tages war das *John & Jimmy* geschlossen. Die Allmeiers, sagte man, seien nach Wien gezogen und hätten dort ein Wirtshaus gepachtet.

Das erste Mal kam Sam unangemeldet. Es wäre ihm lächerlich erschienen, anzurufen, um für sich allein einen Tisch reservieren zu lassen. Abgesehen davon spielte er in einer anderen Liga. Das Getue um Wein, Fisch, Fleisch und regionales Gemüse ging ihm auf die Nerven. Er aß in Gasthäusern oder richtete sich Brote, wenn er hungrig war. Neugierig war er trotzdem. Eher auf die Allmeiers denn auf ihre Küche. Er hatte sich nicht vorstellen können, dass man es von einem Espresso in Greith in die Gesellschaftsspalten der Zeitungen geschafft haben konnte.

Die Wohnung in der Alser Straße lag im Erdgeschoß, war riesig groß und deprimierend dunkel. Sie hatte sechs Zimmer – in einem davon stand ein rosa angemaltes Klavier –, eine geräumige Küche und dahinter eine Kammer, in der früher das Dienstmädchen geschlafen hatte. Jetzt war es das Kleiderzimmer.

Sam hatte nicht genügend Kleider, um ein Zimmer damit zu füllen. Angenehm war es trotzdem. Freunde von Eva hatten jemand gesucht, der für ein paar Jahre auf die Wohnung achtgeben sollte. Sie selbst eröffneten am Rande des Wienerwalds ein esoterisches Fitnesscenter und kamen nur noch gelegentlich nach Wien.

Sam bewohnte, offiziell als Mitbewohner, zwei der sechs Zimmer, zahlte Strom und Gas, aber keine Miete und ließ alle paar Wochen Frau Agnieszka kommen, die dafür sorgte, dass die unbewohnten und unbeheizten Zimmer nicht gänzlich in einen Dornröschenschlaf fielen.

Sam hatte nie zuvor allein gewohnt. Und es kostete ihn einige Mühe, die Riesenräume nur mit sich selbst zu füllen. Er hatte wenige Sachen mitgebracht, er besaß nicht viel, nur ein Faxgerät und eine rote IBM-Kugelkopfschreibmaschine. Er liebte das Geräusch des ratternden Kugelkopfs, es zertrümmerte die Leere.

In die Redaktion fuhr er höchstens zwei bis drei Mal die Woche. Einmal, um an der wöchentlichen Sitzung der Kulturredaktion teilzunehmen, manchmal, um die Post abzuholen oder seine Artikel abzugeben. Der 13A brachte ihn direkt von der Ecke Alser Straße/Skodagasse in das traditionsreiche Haus an der Rechten Wienzeile 97. Hier hatte bereits die SDAP, die Sozialdemokratischen Arbeiterpartei Österreichs, ihren Sitz gehabt, bevor sie 1934 verboten wurde, von hier aus hatte der Republikanische Schutzbund operiert, jetzt war hier der *VORWÄRTS*-Verlag untergebracht, der auch die *Arbeiter-Zeitung* produzierte.

Sam liebte den Doppeldeckerbus. Wenn er Glück hatte, ergatterte er einen Platz ganz vorne im Oberdeck. Unten zog die Stadt vorbei. Sam bewunderte die Busfahrer. Niemals hatte er erlebt, dass der Bus, der manchmal breiter schien als die schmalen Gassen, die er durchpflügte, eines der parkenden Autos touchierte.

Noch in Tirol hatte ihn ein leitender SPÖ-Mitarbeiter darauf aufmerksam gemacht, dass die *AZ* in Wien jemanden suche, der sich um die Literaturberichterstattung kümmern sollte. Dass er schreiben könne, habe er ja bewiesen, und ein abgeschlossenes Germanistikstudium könne kein Nachteil sein.

Sam fuhr nach Wien und sprach vor. Der Kulturchef der *Arbeiter-Zeitung*, ein ebenso umtriebiger wie honoriger Herr, der eine Reihe von Romanen, Gedichtbänden und auch einige Hörspiele veröffentlicht hatte und vom Bundespräsidenten mit dem Berufstitel *Professor* ausgezeichnet worden war, empfing ihn wohlwollend. Sam konnte sich des Eindrucks nicht erwehren, dass die Tiroler Genossen ein gutes Wort für ihn eingelegt hatten. Auch recht, dachte er. Und eine Zeitung, für die Jura Soyfer, Joseph Roth und Johannes Mario Simmel geschrieben hatten, könne ja keine ganz schlechte Adresse sein. Es gehe darum, erklärte ihm der Kulturchef, die in der Samstagsausgabe erscheinende Bücherseite zu betreuen. Rasend viel sei nicht zu tun. Er selbst schreibe jede Woche den *Bücherwurm*, eine Kolumne, in der er sich mit literarischen Themen aller Art auseinandersetze; Sams Aufgabe sei es, die *Romanernte* zu befüllen, das *Taschenbuch der Woche* auszuwählen, dazu käme noch die eine oder andere Geschichte aus der Welt der Literatur, die aber im Regelfall von externen Kolleginnen und Kollegen geliefert werde. Sams Aufgabe sei es, dafür zu sorgen, dass die Bücherseite funktioniere und rechtzeitig abgeliefert werde. Er selber schaffe das nicht mehr in Anbetracht der vielen Verpflichtungen, er müsse schließlich auch noch ins Konzert und ins Theater.

Sam war irritiert. Ein *Bücherwurm*, der sich durch Bücherstapel fraß, und eine Rubrik, in der offenbar Romane geerntet wurden, entsprachen nicht ganz seiner Vorstellung einer zeitgemäßen Auseinandersetzung mit Literatur. Er fragte, was genau man denn unter einer *Romanernte* verstehen dürfe, zumal Romane ja weder gesät noch geerntet würden. Der Begriff *Romanernte*, erklärte der Kulturchef mit einem Blick auf die Uhr, solle darauf hinweisen, dass das Lesen an sich einen Gewinn mit sich brächte. Man ernte eben etwas, man werde durch Lektüre bereichert und beschenkt. Konkret sei die *Romanernte* eine einspaltige Rubrik, in der wöchentlich vier bis sechs neue Romane kurz vorgestellt würden. Klappentext, quasi. Wenn auch wörtliche Übernahmen aus den Klappentexten dringend zu vermeiden seien. Es käme auf die Auswahl an und nicht darauf, alles gründlich gelesen und studiert zu haben. Bei Bedarf werde die *Romanernte* durch andere Rubriken ersetzt. Biografische Sachbücher etwa, Anthologien, Theaterbücher, Austriaca oder Musikalia.

Ganz allgemein gehe es aber stets darum, den Lesern, also der Arbeiterschaft – oder was von ihr noch übrig sei –, Bildung zu vermitteln. Zeitgenössisches komme und verfliege wieder. Und wenn etwas Bestand habe, könne man später noch darüber schreiben. *Das Frauenbuch* etwa, Literatur von oder über Frauen, werde gesondert auf der gegenüberliegenden Seite im *Frauen-Forum* vorgestellt und besprochen. Wenn er einverstanden sei, könne er Sam einen Pauschalvertrag als Freier Mitarbeiter anbieten. Mehr als ein Halbtagsjob sei das nicht. Artikel und Texte, die über das Pflichtpensum hinausgingen, können, wenn's nicht allzu viele wären, per Zeilenhonorar gesondert honoriert werden. Arbeiten könne er auch von zu Hause aus, Fax und Telefon seien schon erfunden, nur hin und wieder solle er sich anschauen lassen. Denken Sie darüber nach, Doktor Sapadi, sagte der Kulturchef, aber nicht zu lange. In einer Woche wolle er von ihm hören.

Noch im August lösten Ambros und er die Wohnung in der Haspingerstraße auf. Ambros war mit Gundula in eine große Wohnung in der Innsbrucker Altstadt gezogen, Sam packte seine Sachen in einen gemieteten Kleinbus und kümmerte sich ab September um die wöchentliche Literaturseite in der *AZ*. Die Abläufe hatte er schnell gelernt, die Erfahrungen, die er beim *Tiroler Echo* gesammelt hatte, erwiesen sich als überaus nützlich. Der Kulturchef schrieb als *Bücherwurm* über Diderot, Anthony Burgess und Hermann von Barths *Poesie der Genauigkeit* und wünschte zu gegebenen Anlässen Geschichten über die Weimarer Klassik, über Theodor Fontane und Matthias Claudius. Aber auch Christian Morgenstern, Joseph Conrad, Egon Erwin Kisch und Ryszard Kapuściński durften sein. Sam stellte Gedichtbände von Wolf Wondratschek und Ulla Hahn vor, und gegen Weihnachten druckte die *AZ*, die nur noch ganz klein und im Untertitel *Arbeiter-Zeitung* hieß, seine erste größere Geschichte: *Literatur von unten*, hieß sie, ein *Porträt des Tiroler Dramatikers Ambros Molterer.*

Nein, er habe nicht vorbestellt, sagte Sam, als ihn der ebenso devot wie entschlossen wirkende Kellner gleich im Eingangsbereich des *Allmeier* nach seiner Reservierung fragte.

Dann wird's schwierig, erwiderte der Kellner in seinem weißen Hemd und der bodenlangen schwarzen Schürze, man sei leider restlos ausgebucht.

Schön für Sie, sagte Sam. Aber er wolle ohnehin nur einmal schauen, er sei nämlich ein alter Bekannter der Allmeiers und habe sie lange nicht gesehen. Der Kellner senkte leicht den Kopf, hob die Augenbrauen und gab allein durch seinen Gesichtsausdruck zu verstehen, dass er diese und alle anderen Versuche, doch noch einen Platz zu ergattern, schon hundertmal gehört habe und weitere Versuche nichts als Zeitverschwendung seien.

Ob der Chef oder die Chefin kurz zu sprechen seien?, fragte Sam. Er wolle nur Hallo sagen, mehr nicht.

Huberta wusste offensichtlich nicht so recht, wo sie Sam hintun sollte. Sie kam mit zwei Tellern, die sie in der linken Hand und am Unterarm balancierte, aus der Küche geschossen. Sie war wesentlich eleganter, als Sam sie in Erinnerung hatte. Die Stadt hatte ihr gutgetan. Sie trug ein dunkles Kostüm, eine weiße Rüschenbluse, die Haare streng nach hinten gekämmt.

Hallo Huberta, sagte Sam. Ich bin's. Sam, Sam Sapadi.

Sam?, fragte die Chefin.

Also eigentlich Thomas, sagte Sam, wir kennen uns aus Greith.

Thomas!, sagte Huberta überrascht und breitete ein Lächeln über ihr Gesicht, warum nicht gleich?

Na ja, sagte Sam und imitierte unpassenderweise Bob Dylans *The Times They are a-Changin'*. Bei euch hat sich das Geschäft verändert, bei mir eben der Name. Aber sie könne ruhig weiter Thomas zu ihm sagen, seine Mutter täte das schließlich auch.

Mit einer Kopfbewegung bedeutete Huberta dem pflichtbewussten Kellner, dass sie sich nun höchstpersönlich um den Gast kümmern werde. Er solle sich nur ein wenig gedulden, ein Plätzchen werde sich finden lassen. Ein kleines Bier vielleicht?

Nach einigen Minuten wurde Sam ein kleiner Tisch in der Nähe des Eingangs zugewiesen.

Kurz darauf kam Karl vorbeigerauscht, beide Hände freudig zum Gruß erhoben – offensichtlich hatte Huberta ihn informiert –, er freue sich sehr, lange nicht gesehen, es kommen ja nicht allzu viele Greither nach Wien, schon gar keine ehemaligen Nachbarn. Es sei gerade Vollbetrieb, sagte er entschuldigend, Geschäft sei schließlich Geschäft, man sähe sich später.

Sein Anzug war aus dem gleichen dunklen Stoff geschneidert wie das Kostüm seiner Frau, nur die aus Horn gefertigten Knöpfe wiesen darauf hin, dass er seine ländliche Herkunft nicht verleugnen wollte.

Sam studierte das Lokal, die Gäste und die Speisekarte. Gehobenes Publikum, gehobene Preise. In weiser Voraussicht hatte er ein Hemd und den besten seiner Pullover angezogen.

Es wäre ihm peinlich gewesen, sich mit einer Suppe zu begnügen. Er wählte das Saiblingsfilet ohne Vor- und ohne Nachspeise, trank ein Glas Veltliner, einen Zweigelt, der, wie er der Karte entnahm, ein besonderer war, abschließend einen Espresso und langweilte sich ein wenig.

Das Wirtshaus mit seiner dunklen Täfelung und den Sitzbänken war geschmackvoll erneuert, in seiner ursprünglichen Anmutung aber erhalten geblieben. Die Speisekarte war ein kalligrafisches Kunstwerk und wurde offenbar jeden Tag neu geschrieben. Die zwei Rechtschreib- und Fallfehler ignorierte er. Als er zahlen wollte, gab ihm der Oberkellner zu verstehen, dass die Sache schon erledigt sei; als er gehen wollte, kam der Chef mit zwei Gläsern in der einen und einer halben Flasche Rosé-Champagner in der anderen Hand. Feierabend, sagte er und ließ keinen Zweifel daran, dass er ab sofort Zeit habe. Viel Zeit.

Man habe sich schließlich lange nicht gesehen. Stimmt, sagte Sam. Er wisse gar nicht, wo er zu fragen anfangen solle.

Geht mir genau so, sagte Karl und bot Sam einen seiner Zigarillos an.

Sam beneidete die Allmeiers ein wenig. Sie hatten eine Tochter, waren vielleicht zehn Jahre älter als er und hatten einen bemerkenswerten Aufstieg hingelegt. Zweifel schienen ihnen fremd zu sein. Bauernschläue hatte sich mit Geschäftssinn gepaart. Sie überschätzten sich nicht. Sie gingen weder ins Theater noch ins Kino. Sie arbeiteten. Und blieben neugierig. Sie müssten nicht hinaus in die Welt, sagte Karl. Die Welt käme zu ihnen ins Lokal.

Zwei Wochen später kam Sam wieder, obwohl er sich das Abendessen im *Allmeier* eigentlich nicht leisten konnte. Diesmal hatte er reserviert. Anstelle von Champagner tranken sie, nachdem das Lokal sich zu leeren begann, kubanischen Rum. Zwanzig Jahre alt, sagte Karl. Geht runter wie Öl.

Ob er …, sagte Sam, er wolle ja nicht besserwisserisch sein und man möge es ihm nicht übelnehmen, aber unter Freunden …

Raus damit, sagte Karl. Wo drückt der Schuh?

Na ja, sagte Sam. Der Schuh ist es eigentlich nicht, der drückt. Schon gar nicht seiner. Aber er habe dieses Mal und auch schon bei seinem letzten Besuch den einen oder anderen Rechtschreib- und Grammatikfehler in der Speisekarte gefunden. Nichts Gravierendes, aber er denke …

Karl stand wortlos auf, kam kurz darauf mit den Speisekarten der letzten Tage und Wochen zurück, setzte sich, legte den Packen auf den Tisch und sagte: Ich mach dir einen Vorschlag. Du nimmst die Karten mit, schaust sie dir in Ruhe an und kommst in ein paar Tagen wieder. Fehler können wir uns nicht leisten. Wir können kochen, du kannst lesen. Okay?

Sie tranken noch einen Rum, am Ende noch ein Glas Champagner, das Angebot, für ihn ein Taxi zu rufen, duldete keinen Widerspruch. Straßenbahnen fuhren keine mehr, es war zu weit, um jetzt noch zu Fuß nach Hause in die Alser Straße zu gehen.

Es war nicht so, dass Sam das Bedürfnis hatte zu rauchen. Er hatte eher ein Problem damit, nicht zu rauchen. Es war das Nichts, das ihn quälte. Sein Leben fühlte sich an, als ob er am Rande eines großen Kraters hauste. Das Abwesende war stärker anwesend als das Anwesende selbst. Die Mitte war ihm abhandengekommen. Er meinte zum ersten Mal Heideggers Worte vom »Nichts«, das »nichtet«, zu verstehen. Er war zu sehr damit beschäftigt, etwas nicht zu tun. Nicht zu rauchen war eine zeitraubende Tätigkeit. Heidegger selbst war kein Vorbild. Er rauchte mit den Bauern seines Schwarzwalddorfes »auf der Ofenbank« oder am »Tisch im Herrgottswinkel« ein Pfeifchen, um dazuzugehören. Alle rauchten. Und zogen wie eine endlose Raucherprozession an Sam vorbei. Nicht einmal, sondern immer wieder. Simone de Beauvoir und Jean-Paul Sartre winkten ihm zu, Albert Camus und Ernest Hemingway hatten keine Zeit für Höflichkeiten. Alfred Hitchcock starrte auf seine gewaltige Zigarre, Heinrich Böll war sowieso nur hinter Rauchschwaden wahrzunehmen, Günter Grass und Max Frisch nuckelten an ihren Pfeifen. Ingeborg Bachmann verbrannte sich, Erich Kästner rauchte, Mark Twain sowieso, Thomas Mann, Friedrich Dürrenmatt und Friedrich Torberg – sie werden allesamt ihre Gründe gehabt haben, dachte Sam. Hitler hatte nicht geraucht, Stalin hingegen schon. Er beschloss, Zigarillos zu rauchen. Zu *paffen*, besser gesagt. Zigarillos waren schön. Sie hatten schöne Schachteln und rochen scharf und würzig. Und passten gut zu dem Image, das er für sich entwarf.

Auf dem Weg in die Redaktion kaufte Sam zwei Schachteln. Eine gelbe und eine grüne. Erst am Abend, er war zum Zeitunglesen noch ins Café Daun in der Skodagasse gegangen, löste er das Zellophan von der gelben Packung, bat um Streichhölzer und rauchte. Er war nicht süchtig, nicht abhängig. Er hatte das befreiende, beglückende Gefühl, etwas abgeschlossen, etwas erledigt zu haben. Der Zigarillo tat gut. Sam blies Wölkchen und Ringe in die Luft und freute sich darüber, dass er das noch konnte. Die Zeitungen mussten nicht unbedingt gelesen werden; morgen würde es neue geben. Er gönnte sich einen Cognac. Aus Neugier riss er auch die grüne Packung auf. Die Zigarillos aus der gelben waren besser. Er würde sich erst einmal einen Überblick verschaffen müssen, dachte Sam. Er kannte sich nicht aus bei Zigarillos.

Am besten seien die kleinen Cohibas, sagte Karl Allmeier. Die kleine Schwester des dicken Dings. Für Zigarren habe er keine Zeit. Zigaretten wiederum seien ihm zu hektisch, zu nervös. Sie seien wie Junkfood. Kurze Befriedigung, schnelle Lust, zudem ungesund. Zigarillos hingegen seien wie das Essen im *Allmeier*. Übersichtlich, schmackhaft, würzig, wohldosierter Genuss für gute Stunden.

Bruder, sagte Sam.

Welcher Bruder?, fragte Karl.

Na ja, *der* Zigarillo sei männlich und könne daher nur der Bruder des dicken Dings aus Kuba sein. *Die* Zigarette hingegen sei weiblich und eigne sich daher auch zur Schwester.

Aha, sagte der Patron. Wieder was gelernt.

Karl mochte es, *Patron* genannt zu werden. Ihm gefiel das Fürsorgliche, das Väterliche, aber auch das Strenge und Strafende, das er mit dem Wort verband.

Sam holte den Packen mit den Speisekarten aus der Tasche, legte sie auf den Tisch und setzte eine sorgenvolle Miene auf. Da wir schon dabei sind …, sagte er.

Und, fragte Karl, alles falsch?

Keineswegs, sagte Sam. Die Speisekarten seien, von Kleinigkeiten abgesehen, an sich total okay. Mal fehle ein Beistrich, mal sei einer zu viel. Meistens seien es aber Stilblüten, sprachlich falsche Bilder in den Erklärungen und Herkunftsbezeichnungen, die stören würden.

Zum Beispiel?, fragte Karl kühl.

Sam hatte die fragwürdigen Stellen rot angestrichen. Man möge ihm verzeihen, er sei schließlich studierter Germanist, Literaturredakteur und zudem noch ausgebildeter, wenn auch nicht praktizierender Volksschullehrer. Da sei der unsympathische Rotstift immer mit dabei.

Er zeigte auf den »Lieferant des besten Gemüses«, der nach dem

Akkusativ, also dem vierten Fall, verlange und dem bloß ein »en« zur Vollkommenheit fehle. Dem »Gebratenen Karpfen mit Waldpilze« hingegen täte ein schlichtes »n« am Ende gut, wohingegen die angebotene »Sanft geräucherter Lachsforelle mit geschmortem und mariniertem Fenchel« wiederum einen Buchstaben zu viel aufweise. Die Forelle sei – im Gegensatz zum Saibling – nämlich weiblich und daher eine geräucherte Lachsforelle. Als Beispiel für ein schiefes Sprachbild nannte Sam schließlich noch den »Almochsen«, der angeblich »fein gereift war« auf der »Alm«. Lässliche Sünden, seien das, zugegeben, vermeidbar seien sie dennoch. Und wenn man einmal begriffen hätte, dass nach lang gesprochenen Vokalen und nach Zwielauten niemals ein Doppel-s gesetzt werden dürfe, würde man ein für alle Mal wissen, dass »anschliessend« falsch und »anschließend« richtig sei. So wie man einen Rehbock auch nicht »schiesst«, sondern schießt, während man ein Buch hingegen – das sei jetzt aber eine andere Baustelle – liest.

Und was stimmt mit dem Almochsen nicht?, fragte Karl.

Almochsen *reifen* nicht, sagte Sam. Weder auf der Alm noch sonst wo. Sie werden höchstens älter, fester, dicker, größer, was weiß ich. Ihr Fleisch kann reifen, wie Bananen oder Orangen, nachdem sie gepflückt worden sind.

Karl schwieg. Nach einer Weile stand er auf und kam mit Huberta und einer Flasche Rotwein wieder. Er habe einen Vorschlag, sagte er. Er wolle, dass Sam jeden Tag einen Blick auf die Abendkarte werfe, bevor sie zwischen 17 und 18 Uhr vervielfältigt würde. Das koste ihn täglich fünf Minuten, mehr nicht. Montag bis Freitag, am Wochenende und an Feiertagen sei das Lokal ohnehin zu.

Und wie soll das gehen?, fragte Sam.

Fax, sagte Karl. Wir faxen dir die Speisekarte zu, du schaust sie dir an, korrigierst, falls nötig, und faxt sie uns wieder zurück. Du kannst natürlich auch vorbeikommen und den Job an Ort und

Stelle erledigen. Aber soviel er wisse, habe Sam ja auch sonst noch einiges zu tun.

Und wenn ich nicht da bin, keine Zeit habe, was dann?

Dann wird die Karte halt nicht korrigiert, wie bisher auch, sagte Huberta. Zu zwei Hauben hat es offenbar ja auch so gereicht.

Beruf: Speisekartenlektor, sagte Sam. Das ist wenigstens was Neues. Und noch bevor er die unvermeidliche Frage, was er denn davon habe, stellen konnte, sagte Karl: Wir zahlen in Naturalien. Logis haben wir keine, aber die Kost ist frei. Jeden Tag, jederzeit. Essen und Trinken, was und so viel du willst. Und den Chateau-de-irgendwas um sechshundert Schilling wirst du eh nicht trinken wollen, wie ich dich einschätze. Akzeptiert?

Sam verstand – und zögerte nicht. Es schien ihm einerseits absurd, sich so sehr an eine Aufgabe zu binden, andererseits war er fasziniert von der Idee, einen Zweitberuf zu haben, den sonst niemand hatte: Speisekartenlektor. Er wäre damit wahrscheinlich der erste und einzige auf der Welt. Literaturredakteure gab es viele, Speisekartenlektoren nicht. Abgesehen davon war der Stundenlohn beträchtlich. Ein Abendessen im *Allmeier* samt Weinbegleitung war nicht ohne.

Tags darauf kaufte Sam sich ein gut geschnittenes, dunkelgraues Sakko mit einem dezenten Karomuster und ein Paar schwarze Schuhe. Er würde jetzt wohl öfter im *Allmeier* verkehren.

Hin und wieder kam Eva auf Besuch. Sie hatte in Universitätsangelegenheiten in Wien zu tun. Sie saß in Beiräten und Kommissionen, engagierte sich in der Frauenbewegung und im Präsidentschaftswahlkampf. Es war für sie unerträglich, dass ein Mann, der vorgab, während der Zeit des NS-Regimes als Soldat nichts als »seine Pflicht« getan zu haben, zum Bundespräsidenten Österreichs gewählt werden könnte.

Eva war in Wien aufgewachsen. Ihr Vater war nach seiner Rückkehr aus der Emigration ein bedeutender kommunistischer Theoretiker und Publizist gewesen. 1968, nach dem Einmarsch der Warschauer-Pakt-Truppen in der Tschechoslowakei, verließ er die KPÖ. Evas Mutter war in London geblieben und arbeitete als Übersetzerin.

Eva schwebte förmlich durch Wien. Sam war bockig. Er mochte Evas soziales Wurzelwerk nicht. In ihren Kreisen sprach man fließend Englisch und Französisch, wohnte in geräumigen Altbauwohnungen in der Innenstadt und verachtete die Bundesländer. Evas Freunde waren an der Universität oder bei Zeitungen, sie waren Psychoanalytiker, machten Karriere in Ministerien, in der Arbeiterkammer oder im diplomatischen Dienst. Sie kannten New York oder Tel Aviv besser als Linz oder Graz und sprachen von der »Provinz«, wenn sie das Land jenseits der Wiener Stadtgrenze meinten. Und wenn sie dann doch einmal in die Sommerfrische fuhren, zog es sie auf den Semmering oder nach Altaussee. Dort war man gottlob geschützt und blieb unter seinesgleichen.

Sam durchschaute die Mechanismen der Aus- und Eingrenzung nicht. Er konnte die Codes nicht lesen, es mangelte ihm an Weltläufigkeit und, wie er fürchtete, wohl auch an Geschmack. Eva spürte seinen Widerstand gegen Biedermeierkommoden und abgenutzte Designermöbel, sie fühlte, dass er nicht hineinpasste in diesen Widerspruch aus Lebensstil und politischer Haltung. Sie hatte ihm ein Angebot gemacht. Und sie wusste, dass er es nicht annehmen konnte.

Bei Allmeiers, Sam hatte sie zu einem Abendessen eingeladen, stellte er Eva als seine ehemalige Professorin vor. Immerhin hast du mich nicht als deine Doktormutter vorgestellt, sagte Eva.

Sorry, sagte Sam. Es ist mir nichts Besseres eingefallen.

Eva hätte gereicht. Oder meinetwegen: Frau Universitätsprofessor Dr. Eva Pickeis-Wachel, das hätte deine Freunde wenigstens beeindruckt.

Sorry, wiederholte Sam. Er mochte sie. Aber er wusste, dass sie keinen Weg finden würden. Es war nicht der Altersunterschied, es war die fehlende Form. Es war unklar, wer wessen Trophäe war. Es war eine Beziehung, die ständig erklärt oder gerechtfertigt hätte werden müssen. Eva verstand, ohne dass sie darüber sprechen mussten.

Ob sie etwas von Merle wisse? Eva saß in dem weißen Bademantel, den er für sie gekauft hatte und der ihr viel zu lang war, beim Frühstück und rauchte. Sie hatte sich, wie immer, bereits geschminkt. Gerade beim Frühstück, meinte sie, wolle niemand zerstörte Gesichter sehen.

Sie waren lang bei Allmeiers gesessen. Huberta und Karl waren neugierig gewesen. Sie zeigten sich beeindruckt von der kleinen Frau an Sam Sapadis Seite.

O ja, sagte Eva. Merle sei mit Lorenzo nach Südtirol gezogen. Lorenzo habe sein Studium aufgegeben und sei jetzt irgendwas im Südtiroler Tourismusverband. Merle sei Lehrerin für Deutsch in Meran.

Schade, sagte Sam.

Ja, schade, sagte Eva. Sie wisse auch nicht, warum ausgerechnet ihre Besten so wenig aus sich machten.

Ich bin immerhin Speisekartenlektor, sagte Sam.

Immerhin, sagte Eva. Vielleicht sollten wir ein kleines Forschungsprojekt starten.

Hirn mit Ei, sagte Sam. Zur Poetologie der Speisekarte. Interaktionsverhältnisse im Spannungsfeld von Angebot und Konsumation.

Eva lachte.

Und, fragte Sam, haben sie Kinder?

Wer?, fragte Eva.

Merle und Lorenzo, haben sie Kinder?

Ja, eines, sagte Eva. Einen Buben. Er heißt Oswald.

Wie der berühmte Herr von Wolkenstein?

Ja, sagte Eva, wie der berühmte Wolkenstein. Fährst du mit mir einmal nach Indien?, fragte sie unvermittelt.

Sam war überrascht. Sie waren noch nie länger miteinander verreist. Geschweige denn nach Indien.

Sicher, sagte er und zündete sich den ersten Zigarillo des Tages an. Aber zuerst bring ich dich noch zum Zug, dann muss ich in die Redaktion. Die Speisekarten seien ja harmlos im Vergleich zu dem, was er in der Redaktion auf den Tisch bekäme.

Wann?, fragte er.

Bald, sagte Eva. Lang wirst du mir ja nicht mehr bleiben.

7. Milde Sorte

Es war nicht so, dass Sam gänzlich ohne Ehrgeiz gewesen wäre. In der Redaktion hielt er sich jedoch zurück. Er fühlte sich ein wenig wie einer, der gekommen war, ohne gerufen worden zu sein. Er wurde nicht zu Premieren eingeladen, saß in keinen Jurys, moderierte keine Veranstaltungen und nahm an keinen Diskussionen teil. Sam machte seinen Job. Er studierte die Verlagskataloge und wählte Bücher aus, die er für interessant hielt. Der Kulturchef ließ ihn gewähren. Er wusste einen guten Arbeiter an seiner Seite. Einen, dessen Konkurrenz er nicht zu fürchten hatte und dessen Ambitionen, wie es schien, überschaubar blieben. Sam mochte die Redaktionsassistentinnen. Er schaute ihnen gerne zu, wenn sie die Manuskripte in Zylinder steckten und per Rohrpost in die Druckerei beförderten. Manchmal lud Sam, um wenigstens ein paar Kontakte zu knüpfen, einen Autor oder eine Autorin ins *Allmeier* ein, wurde ob seiner Großzügigkeit bewundert und verschwieg, dass er nur die Hälfte des Abendessens zu bezahlen hatte.

Er selbst schrieb wenig. Gezeichnete Beiträge fanden sich nur selten in der Zeitung. Nur die Lyrik, um die sich auch sonst niemand wirklich riss, behielt er sich vor. Er scheute sich davor, Zensuren zu vergeben. Sam hasste Verrisse. Er hasste es, wenn das Ego der Rezensenten sich aufplusterte und wichtiger wurde als das zu besprechende Buch. Sicher, man musste sich mit den Großmeistern auseinandersetzen, kritisch, durchaus. Aber er verstand nicht, wieso man den Lesern sagen sollte, dieses oder jenes Buch sei Mist, man solle es auf keinen Fall lesen. Die Guten ins Töpfchen, mehr wollte er nicht. Für die Schlechten war es Strafe genug, unerwähnt zu bleiben.

Sam spielte selbst mit dem Gedanken, ein Buch zu schreiben. Und stellte sich vor, wie es wäre, von irgendeinem Wüterich vernichtet und verrissen zu werden. In einer Neuausgabe mit ausgewählten Hölderlin-Gedichten war er auf *Die Hälfte des Lebens* gestoßen. Ein Gedicht, das er bisher nicht gekannt hatte. An Hölderlin hatte ihn schon während des Studiums nur dessen Lebensgeschichte interessiert. Es war ein wenig wie bei Rilke. Überspannte Lyrik, Liebe, Schmerz und Idealisierung griffen ineinander, der Rückgriff auf die Antike nervte ihn. Der *Hälfte des Lebens* konnte er sich jedoch nicht entziehen. Die erste Strophe beginnt warm, hell und schildert das pralle Glück.

Mit gelben Birnen hänget
Und voll mit wilden Rosen
Das Land in den See.

Die zweite Strophe hingegen ist düster, abweisend und kalt.

Weh mir, wo nehm' ich, wenn
Es Winter ist, die Blumen, und wo
Den Sonnenschein,
Und Schatten der Erde?
Die Mauern stehn
Sprachlos und kalt, im Winde
Klirren die Fahnen.

Friedrich Hölderlin wurde zweiundsiebzig Jahre alt. Mit sechsunddreißig, also genau in der Mitte seines Lebens, wurde er wegen Hochverrats angeklagt und, da sein »Wahnsinn«, wie es in einem medizinischen Gutachten hieß, in »Raserei« übergegangen sei, in eine Klinik eingewiesen. 231 Tage lang wurde er gequält – aber nicht geheilt. Noch einmal sechsunddreißig Jahre lang lebte er im Turm des Tübinger Tischlermeisters Ernst Zimmer und schrieb unter Pseudonymen schelmische Gedichte. Sein 1804 veröffentlichtes Gedicht von der *Hälfte des Lebens* wurde von Hölderlin-Exegeten als prophetisch interpretiert. Die ersten sechsunddreißig Jahre repräsentieren das blühende Leben, die zweiten sechsunddreißig das Sterben und den Tod. Parallel dazu war Sam aufgefallen, dass eine ganze Reihe von Künstlern im Alter von sechsunddreißig Jahren gestorben war. Cyrano de Bergerac und Henry Purcell, Lord Byron und Georges Bizet, Henri de Toulouse-Lautrec, Amadeo Modigliani, Franz Marc, Ödön von Horvath, Marilyn Monroe, Fritz Wunderlich, Rainer Werner Fassbinder, Bob Marley. Aber nicht nur Künstler starben in der Mitte ihres Lebens. Robespierre wurde mit sechsunddreißig enthauptet, Franz Jägerstätter durch das Fallbeil hingerichtet, der Physiker Heinrich Hertz erlag mit sechsunddreißig einer schweren Krankheit, Doc Holliday starb friedlich, Claus Schenk Graf von Stauffenberg wurde nach dem missglückten Attentat auf Adolf Hitler standrechtlich erschossen, und Patrice Émery Lumumba wurde unter ungeklärten Umständen, vermutlich aber im Auftrag der CIA unter Mithilfe der belgischen Regierung, im Kongo ermordet. Sam begann zu sammeln – und wurde endlos fündig. Er fand einen Artikel über einen sechsunddreißigjährigen Mann, der beim Versuch, seinen Hund aus einem Fluss zu retten, selbst ertrunken war, ein Motorradfahrer wurde im selben Alter von einem Pensionisten mit dem Auto überfahren, in Leoben-Göss wurde eine sechsunddreißigjährige Frau erstochen aufgefunden, ein Sechsunddreißigjähriger starb an einer Überdosis Heroin, und selbst seine lebenslustige Tante Gerda hatte sich, nachdem sie zunächst eine Flasche *Stroh*-Inländerrum geleert hatte, mit sechsunddreißig in einem See ertränkt. Sam fand Passagen in Romanen, in denen Sechsunddreißigjährige ums Leben kamen, er schrieb ab, kopierte und exzerpierte. Offensichtlich hatte die Zahl etwas Magisches. Sie war durch eins, zwei, drei, vier, sechs, zwölf und achtzehn teilbar, und sie war rund, weich und verführerisch. Er hatte vor, die Geschichten der Sechsunddreißiger zu erzählen. Jede Geschichte sollte mit demselben Satz enden: Als er oder sie starb, war er oder sie sechsunddreißig Jahre alt.

Sam war elektrisiert – und scheiterte, nachdem er Schuhschachteln voller Material gesammelt hatte. Das Vorhaben, sich das Buch zu seinem eigenen sechsunddreißigsten Geburtstag zu schenken, gab er auf. Mehr als die Tatsache, dass viele Menschen, vor allem viele Künstler, mit sechsunddreißig gestorben waren, ließ sich aus seiner Sammlung nicht herauslesen.

Selbst der Versuch, das sechsunddreißigste Jahr, die Mitte des Lebens, als Zäsur zu markieren, führte ins Nirgendwo. Rainer Maria Rilke war sechsunddreißig, als er auf Schloss Duino die ersten seiner Elegien fixierte, mit sechsunddreißig veröffentlichte Baudelaire *Die Blumen des Bösen*, Theodor Herzl war ebenso alt, als 1896 seine Schrift *Der Judenstaat* erschien, und der österreichische Rechtspopulist Jörg Haider war ebenfalls sechsunddreißig, als er sich an die Spitze seiner Partei putschte und damit eine politische Lawine ins Rollen brachte.

Sam fand, sosehr er sich auch verbiss, keine Form für sein Thema. Vielleicht ein Essay, dachte er. Ein hübscher, aber ebenso sinnloser Versuch. Denn mit Gewissheit würde man feststellen, dass sich der Tod nicht an Geburtstage hält. Vermutlich waren ebenso viele Künstler in ihrem siebenundzwanzigsten, vierzigsten oder fünfundsechzigsten Lebensjahr gestorben. Andererseits gefiel es ihm, eine kühne, aber unhaltbare Hypothese, wie Eva wohl gesagt hätte, zum Ausgangspunkt einer literarischen Unternehmung zu machen. Er fragte Ambros, ob ihm dazu etwas einfiel. Schöne Idee, sagte Ambros, als Buch aber fad. Fünfzig – oder besser wohl: sechsunddreißig – Geschichten mit dem immer gleichen Ende.

Das Thema funktioniere nur in der Gleichzeitigkeit. Nicht hintereinander aufgefädelt, sondern in einem großen Wumms. Eine Ausstellung könne man zum Beispiel machen, mit Künstlern, die mit sechsunddreißig gestorben waren. Mit Musik von Bob Marley, Purcell und Bizet zur Eröffnung, irgendwo ein Screen mit den Filmen von Fassbinder, Fotos von Marylin. Einmal durchgehen, alles erledigt. Würde gut passen in der neuen Galerie in Wien. Aber Franz Marc, Amadeo Modigliani und Toulouse-Lautrec könne sich wohl auch Gundula nicht leisten. Und die billigen, gegenwärtigen Künstler lebten ja alle noch. Aber Sam könnte dann wenigsten den Begleittext schreiben.

Sam gab auf – und sammelte weiter. Es beruhigte ihn, etwas zu tun, das keinem Ziel folgte. Es hatte etwas Befreiendes. Andere hielten sich ein Haustier, das sie fütterten; er fütterte seine Schachteln. Sie wuchsen und widersprachen nicht. Sie mussten weder ausgeführt noch gestreichelt werden. Sie waren immer da, wenn er nach Hause kam. Er legte Mappen an, schuf ein Ordnungssystem. Seinen sechsunddreißigsten Geburtstag verbrachte er allein zu Hause. Eva rief an, seine Eltern nicht. Sie hatten noch immer kein Telefon. Er war froh, dass er noch am Leben war. Wiewohl ihn das leichte Brennen in seinen Lungen daran erinnerte, dass er sich einmal untersuchen lassen könnte. Sam war in den letzten Jahren kaum krank gewesen, abgesehen von den Hüftgelenken, die schmerzten, wenn er zu lange stand, musste er seinem Körper keine besondere Aufmerksamkeit schenken. Eva hatte ihn an den alten Doktor Löwenstein verwiesen. Er ordinierte nur noch an zwei Tagen pro Woche. Und das eher aus sozialen denn aus medizinischen Gründen. Er hasse Schiller, sagte er, nachdem er herausgefunden hatte, dass Sam »vom Fach« war, diesen »humorlosen Architekten historischer Dramen«. Lessing und Kleist hingegen verehrte er. Jelinek, Turrini und Handke nahm er wohlwollend zur

Kenntnis, Thomas Bernhard amüsierte ihn. Er las die »Neuen«, wie er sie nannte, zwar nicht, er spürte aber ihrer Wirkung nach. Es sei in der Literatur wie in der Medizin, man arbeite sich von außen nach innen, vom Symptom zur Ursache, vom Phänomen bis zu jenem Ort, wo der Hund, sinnbildlich gesprochen, begraben liege. Er freue sich jedenfalls, wenn umgerührt werde in der Traditionsküche der österreichischen Literatur. Von Grillparzer, Musil und Doderer könne man ja auch nicht ewig leben. Vorsichtshalber, sagte Doktor Löwenstein, überweise er Sam an eine Lungenfachärztin, Frau Doktor Löffler-Czerny. Sie sähe zwar eher aus wie die Gattin eines Lungenfacharztes, sei aber sehr zu empfehlen. Die Kollegin renne ständig in den Musikverein und in die Oper, das wolle er ihr aber nicht übelnehmen. Er habe ja noch nie verstanden, warum Menschen sich zum vierten Mal die Dritte Mahler und zum sechsten Mal die Fünfte Beethoven anhören müssen – aber bitte, jedem Tierchen sein Plaisierchen. Nur Schubert, sagte Löwenstein, Schubert geht immer. Er sei immerhin der einzige Wiener unter den Klassikern. Alle anderen könnten ja von weiß Gott woher kommen. Mahler habe wenigstens ein paar Kuhglocken in eine seiner Symphonien eingebaut, aber sonst?

Und Haydn?, fragte Sam, weil er den Eindruck hatte, dass Löwenstein ihn noch nicht entlassen wollte. Das Wartezimmer war leer, Sam war der letzte Patient an diesem frühen Abend.

Ein Burgenländer, sagte der Doktor verächtlich, der in England seine größten Erfolge gefeiert hat. Ein Massenproduzent. Schade, dass Schubert und Mozart nicht so alt geworden sind wie der Burgenländer.

Sam konnte und wollte nicht widersprechen. Er kannte sich weder mit Haydn noch mit Mozart oder Schubert besonders gut aus.

Die Lunge sei soweit in Ordnung, sagte Frau Doktor Löffler-Czerny, nachdem sie ihn abgehört und er mit zugeklemmter Nase mehrfach in etwas geblasen und gepustet hatte, das wie ein Staubsaugeraufsatz aussah. Ein wenig angegriffen vielleicht, aber nichts, was ernsthaft Anlass zur Sorge böte. Das Röntgen zeige keine Auffälligkeiten. Sie hatte eine ondulierte, blonde Mähne, knallrote Fingernägel, ihr schneeweißer Ordinationskittel war bis oben hin zugeknöpft. Sam verstand, was der alte Löwenstein gemeint haben könnte, und dachte, dass er sich wohl bald einen jüngeren Hausarzt werde suchen müssen.

Auf der Wand hinter dem Schreibtisch, der aus einer wuchtigen, gemaserten und mit Glas gedeckten ovalen Holzscheibe bestand, die ihrerseits auf erstaunlich zierlichen schwarzen Metallbeinchen ruhte, hing ein Schüttbild von Hermann Nitsch, das auf interessante Weise mit den Nägeln und Lippen von Frau Doktor Löffler-Czerny korrespondierte.

Ziemlich viel Blut für eine Arztpraxis, sagte Sam und wies mit dem Kinn auf den Nitsch.

Rot ist immer gut, sagte die Frau Doktor. Rauchen Sie?

Gelegentlich, log Sam.

Wir rechnen üblicherweise mit einem Faktor zwei bis drei, sagte die Ärztin.

Und das heißt?

Na ja, wenn jemand sagt, er rauche zehn Zigaretten, sind es zwanzig, mindestens. Also Faktor zwei bis drei. Und wenn jemand sagt, er raucht gelegentlich, dann raucht dieser jemand erstens regelmäßig und zweitens mindestens fünfzehn pro Tag. Das ist wie beim Alkohol, da wird auch ständig gelogen. Oder haben Sie schon jemals jemanden getroffen, der sagt, er säuft? Vorlügen können Sie sich selbst was, dazu brauchen Sie mich nicht. Aber Ihre Lunge lügt nicht. Und Sie rauchen was, wenn ich fragen darf?

Zigarillos, sagte Sam.

Zigarillos, wiederholte Frau Doktor Löffler-Czerny. Vermutlich tief rein und dann ganz runter bis zum Anschlag. Oder?

Sam schwieg betroffen. Er kam sich vor wie in der Schule. Keine Hausaufgabe, nichts gelernt. Ausreden sinnlos.

Lassen Sie den Unsinn, sagte die Ärztin, das geht nicht ewig gut. Und kommen Sie in ein paar Monaten wieder, dann werden wir sehen.

Freud hat zwanzig Zigarren geraucht, sagte Sam, pro Tag!

Die Frau Doktor hob ihren Blick von der Schreibtischplatte, wo sie offenbar bereits die Unterlagen für den nächsten Patienten sortierte und schaute Sam mit einer Mischung aus Strenge und Mitleid unverwandt ins Gesicht. Ja, wenn Sie das wollen, sagte sie, bitte sehr! Freud ist krepiert an seinen Zigarren. Nach unzähligen Operationen, verheerenden Schmerzen, mit abenteuerlichen Prothesen im Mund. Er konnte kaum mehr sprechen in seinen letzten Jahren. Aber wenigstens hat er ein Werk hinterlassen. So weit sind Sie ja wohl nicht.

Sam verließ die Praxis und zündete sich, sobald die Haustür sich hinter ihm geschlossen hatte, einen Zigarillo an. Er wusste, dass Frau Doktor Löffler-Czerny ihn nicht mehr sehen konnte. Die Fenster der ebenerdig gelegenen Praxis gingen zwar auf die Straße, waren aber mit Milchglasscheiben bestückt. Er beschloss, seinen Lungen weniger gefährlichen Stoff zuzuführen. Es hatte in der Tat nicht lange gedauert, bis er begonnen hatte, den Rauch der Zigarillos zu inhalieren. Zuerst nur kurz bis in den Rachen, dann in die Luftröhre, bald darauf »ganz runter«, wie die Ärztin richtig vermutet hatte. Seine Zähne begannen sich außen gelb zu färben, an den Innenseiten haftete ein hässliches Braun. Er mochte es, wenn es ganz tief unten brannte, wenn er seine Lunge spüren konnte und wenn er den Rauch durch Mund und Nase wieder entließ. Er hatte sich vorgenommen, in dem Moment aufzuhören, wenn er das erste Mal hustete. So weit war es noch nicht. So weit würde es auch nie kommen. Diesen Gefallen würde er Frau Doktor Löffler-Czerny nicht tun. Sam entschied sich für eine vernünftige Arbeitsteilung. Er kaufte eine Stange *Milde Sorte*: ein weicher Nebel, geschmackloses Nichts.

Er hatte vor, sie heimlich zu rauchen. Hier die Pflicht, da die Kür. Öffentlich würde er weiterhin Zigarillos paffen. Um seine sämtlichen Rauchwaren unterzubringen, schaffte er sich ein Herrenhandtäschchen an. Zuerst eines aus rotbraunem Leder, später, für den Abend, ein eleganteres in Schwarz. Im Restaurant oder im Café stellte er es auf den Tisch, unterwegs klemmte er es zwischen Ellbogen und Hüfte oder ließ es am Handgelenk baumeln. Er fühlte sich sicher, wenn er eines seiner Täschchen in der Nähe wusste.

8. Drum

GOTTFRIED BENN WAR weder zu übersehen noch zu überhören. Er hatte eine tiefe, raumfüllende Stimme und kam gar nicht erst auf die Idee, dass die Gäste am Nachbartisch sich nicht für seine Witze oder polternden Auslassungen interessieren könnten. Aus Sicht der Allmeiers war er ein guter Gast. Er kam oft, aß und trank gerne und brachte seine Geschäftspartner mit. Er war groß, kräftig, mittleren Alters, trug meistens Anzüge, wobei er das Sakko, sobald er seinen Stammplatz erreichte, achtlos über die Rückenlehne eines Sessels warf, den Krawattenknopf lockerte und die Hemdsärmel bis zu den Ellbogen hochkrempelte. Nur der kleine dreieckige Unterlippenbart wollte ebenso wenig zur Gesamterscheinung passen wie die auffällig zarte Uhr am rechten Handgelenk. Karl hatte sie einmal flüchtig bekannt gemacht und angedeutet, dass Benn sich bei Gelegenheit einmal mit Sam unterhalten wolle. Sam war verwundert, erklärte sich aber gern bereit.

Mit dem Patron hatte Sam sich in den letzten Wochen in einen weitgehend fruchtlosen Disput verbissen. Sam fand die Speisekarte zunehmend lächerlich. Es gab *Haxerl*, *Haxl* und *Tascherl*, *Bäckchen*, *Süppchen* und *Schnitzerl*. Butterkartoffeln wurden *an* Salbei serviert, eine Mousse *an* Holunderblütensoße. Manche Aromen waren *kreuzkümmelartig*, anderes hatte *Grapefruit-Mandarinen-Anklänge*, der Blumenkohl wies *Texturen* auf und vom Hirschkalb offerierte man eine *Essenz*. Angeboten wurde ein *Zweierlei* vom Lamm und gar ein *Dreierlei* vom Edelfilet; die Jakobsmuschel und die Garnele sangen im *Duett*, eingeleitet wurde alles von einem *Prolog*, beendet von einer *Käse-Variation*, bis zum Schluss der Champagner – endlich! – auf eine Williamsbirne *trifft*.

Sam konnte sich des Eindrucks nicht erwehren, dass man den Speisen allein nicht traute. Sie mussten behübscht und aufgemotzt, verkleinert, verniedlicht und verherrlicht werden.

Er erinnerte sich daran, dass er einmal, als er Eva zu einem Linguistenkongress nach Galway begleiten durfte, auf einer anschließenden Kurzreise entlang der irischen Westküste jeden Abend die Wahl zwischen einer *Seafood-Symphony* und einer *Seafood-Melody* hatte. Geschmeckt hatte weder das eine noch das andere. Die mehligen Kartoffeln waren zu Tode gekocht, sowohl die *Symphony* als auch die *Melody* schwammen in blickdichten, fetten Soßen. Schlechtes Essen, große Titel. Als ob die Speisen dadurch besser würden.

Das *Allmeier* hatte derlei nicht nötig. Sam schlug eine neue Sachlichkeit, wenn nicht gar eine neue Bescheidenheit in der Gestaltung der Karte vor. Wer ein Duett wolle, solle in die Oper, Prologe könne man lesen, aber nicht essen. Überdies fand er die *Grüße aus der Küche* verzichtbar. Er hasste es, wenn er etwas vorgesetzt kriegte, das er nicht bestellt hatte. Geschenke, die man am Ende doch bezahlen müsse, seien keine.

Karl hörte aufmerksam zu. Er war geradezu fanatisch an allem interessiert, was nicht seiner Haltung entsprach. Dennoch wiegelte er ab. Er sei ja nicht der Koch, sagte er. Und er habe – zwei Hauben seien immerhin zwei Hauben! – weder Grund noch Anlass, seinem Koch ins Handwerk zu pfuschen. Er *male* die Speisekarten ja nur, sagte Karl. Tag für Tag setzte er sich am späten Nachmittag mit einem Arsenal von Stiften an einen kleinen Tisch und zauberte die Abendkarte auf einen dünnen Karton. Die Anfangsbuchstaben waren groß und schwungvoll, die Ober- und Unterlängen ausgeprägt. Genau so, dachte Sam, wird er als Konditor mit dem Spritzbeutel in der Hand Hochzeits- und Geburtstagstorten beschriftet haben.

Sam hatte ein wenig Angst, zu weit gegangen zu sein. Er möge ihm verzeihen, sagte er zu Karl, aber er halte es für seine Pflicht, zu sagen, was er denke und empfinde.

Kein Problem, sagte Karl. Dafür haben wir dich ja. Er erkundigte sich höflich nach Eva, stand kurz auf und kam mit einem Cognac wieder. Einem, der, wie er sagte, den Namen auch verdient. In der Karte stehe weder etwas von einem Bouquet noch von einem Prolog oder einer Ouvertüre. Manchmal, sagte er, muss der Preis als Qualitätsmerkmal alleine reichen.

Ja, er wisse durchaus, dass er den gleichen Namen habe wie ein berühmter deutscher Dichter, sagte Gottfried Benn, als der Patron wenige Tage später ein Treffen arrangierte. Soll ein Weiberheld gewesen sein, der den regen Verkehr in seiner Arztpraxis für Verkehr jeder Art zu nutzen wusste. Benn lachte. Aber gelesen habe er nichts vom Namensvetter. Als Drucker schaue er ja eher auf Texte, als dass er sie lese. Schriftbild, Schriftart, Seitenlayout, Papier, Einzüge, solche Sachen. Er schaue auf Texte wie ein Schneider auf Stoffe und Nähte oder wie ein Frisör auf die Frisur. Für den Inhalt sei er ja gottlob nicht verantwortlich. Dazu drucke er auch zu viel. Beipackzettel für Medikamente beispielsweise. Sein Namensvetter hätte die vielleicht verstanden, er nicht. Wobei die Beipackzettel weniger ein drucktechnisches als vielmehr ein falttechnisches Problem seien. Ob er schon jemals versucht habe, einen auseinandergefalteten Beipackzettel wieder zurück in die Packung zu kriegen, fragte er Sam. Na eben, sagte Benn, ohne Sams Antwort abzuwarten. In den meisten Druckerzeugnissen stehe zu viel drauf oder zu viel drin. Wer könne schon die Wochenendausgabe einer Zeitung lesen? Niemand! Er sei für kurz, knapp und bündig. Natürlich nur als Konsument. Als Drucker könnten ihm die Sachen gar nicht lang genug sein. Je mehr Seiten, desto mehr Kohle. Je aufwendiger, desto besser. So sei es nun einmal.

Und womit kann *ich* Ihnen dienen?, fragte Sam, der bisher nicht zu Wort gekommen war.

Berechtigte Frage, sagte Benn. Der Patron hat mir erzählt, was Sie so machen. Speisekarten gegenlesen und Literatur in der *Arbeiter-Zeitung*. Ist ja politisch nicht ganz mein Bier, das Blatt, aber was soll's. Es gehe ihr ohnehin nicht so gut, nach allem, was er höre. Er käme gut aus mit seinen Arbeitern, gute Arbeit, guter Lohn. Betriebsrat habe es bisher in seiner Firma keinen gebraucht. Sie, sagte Benn und tippte Sam mit dem Zeigefinger auf die Brust, Sie sind ein Mann des Wortes, ich bin ein Mann der Tat. Und ich habe da eine Idee – wenn sie noch so viel Zeit haben.

Benn bestellte eine Flasche Rotwein, einen Burgenländer. Die Franzosen könnten ihm gestohlen bleiben, sagte er, wenn schon Ausländer, dann Italiener oder Spanier.

Benn hatte seine Druckerei, damals noch eine kleine Klitsche, von seinem Vater geerbt und zu einem veritablen Betrieb ausgebaut. Er druckte mehrere Bezirkszeitungen, Werbebroschüren, Programmhefte, Partezettel, Plakate, Flyer, Visitenkarten und Verpackungen. Häufig kamen die Vorlagen nicht direkt von den Auftraggebern, sondern von zwischengeschalteten Werbeagenturen. Er habe sich nun, sagte Benn, überlegt, das, was Agenturen einstreiften, selbst zu kassieren, und daher unlängst auch eine gegründet. Bisher bloß auf dem Papier. *WAB*, Werbeagentur Benn, heiße sie. Es geht um Synergien, sagte Benn, und war stolz darauf, das Wort wie beiläufig eingestreut zu haben. Heißt so viel wie: alles unter einem Dach. Text, Vorlage, Druck. Kurze Wege, die Auftraggeber bräuchten nicht mehr zwei, sondern nur einen Ansprechpartner. Gut für die Auftraggeber, gut für das Produkt, gut für die Firma.

Schön für Sie, sagte Sam. Aber ich bin kein Wirtschafts-, sondern Literaturredakteur. Wobei er es übrigens als Manko empfinde, dass die Literatur sich kaum um Wirtschaftsthemen kümmere. Hin und wieder ein Krimi, sonst aber nichts. Wobei die Literatur ja ihrerseits einen nicht unbeträchtlichen Wirtschaftsfaktor darstelle. Unternehmer seien selten Sympathieträger in der Literatur. Ebenso wenig wie Politiker. Die Literatur ist am Leid interessiert, sagte Sam, und nicht am Erfolg. Es sei denn, jemand zerbricht daran, was er ihm, Benn, natürlich nicht wünsche.

Sam redete, um sich eine Gedankenpause zu verschaffen. Er musste zwischen sich und seinem wuchtigen Gegenüber ein Gleichgewicht herstellen. Also, was kann ich für Sie tun?, fragte er abermals. Er hatte eine dunkle Ahnung, worauf die Sache hinauslaufen könnte.

Ich brauche jemanden, der Werbetexte schreiben kann, sagte Benn. Kurz und knapp und bündig. Einen ersten Auftrag habe er schon an Land gezogen. Die Pharmafirma, für die er seit Jahren die Beipackzettel drucke, bringe demnächst ein neues Produkt auf den Markt. Ein rezeptfreies pflanzliches Mittel gegen nächtlichen Harndrang bei Männern. Ein Riesenthema, sagte Benn. Die Menschen werden immer älter, Hunderttausende von Männern über sechzig müssen nachts ein- bis zweimal raus, weil sie pinkeln müssen. Sehr ungemütlich. *Prostaxil* heiße die neue Wunderwaffe, das stehe schon fest. Nur einen Werbeslogan bräuchten sie noch. Geplant seien Werbespots im Fernsehen; Inserate und Plakate in den Apotheken. Fürs Fernsehen habe er schon jemanden, ein nicht unbekannter Regisseur, der sich, wie so viele in dieser Hungerleiderbranche, ein Zubrot verdienen müsse.

Und wieso ausgerechnet ich?, fragte Sam, zündete sich einen Zigarillo an und inhalierte tief. Benn rauchte *Marlboro lights*.

Allmeier, sagte Benn. Der Patron habe ihm von Sam erzählt. Und von der Hartnäckigkeit, mit der er sich in Dinge einmische, von denen er nichts verstehe und die ihn auch nichts angingen.

Ich hab aber schon zwei Jobs, sagte Sam.

Das ist kein Job, sagte Benn. Zumindest noch nicht. Versuchen Sie's einfach. Wer nicht wagt, der nicht gewinnt. Lassen Sie sich was einfallen. Wenn's was wird, wird's was, und wenn nicht, dann eben nicht. In spätestens einer Woche will ich von Ihnen hören. Ich zahle Sie auch, wenn nichts daraus wird.

Und wenn was daraus wird?, fragte Sam.

Dann zahl ich Ihnen mehr.

Sam schenkte Rotwein nach und rauchte. Es wäre ihm unpassend erschienen, jetzt *Milde Sorte* zu rauchen. Sie rauchen *Marlboro lights*?, fragte er Benn, der nicht recht wusste, was er mit der Frage anfangen sollte.

An sich rauche ich gar nicht, sagte Benn. Nur abends, wenn ich ausgehe. Oder manchmal nach dem Essen. Er rauche nicht zu Hause, nicht im Auto, nicht in der Druckerei. Er stehe jeden Tag um fünf, spätestens halb sechs auf. Und da könne er sich solche Mätzchen auf Dauer nicht leisten. Außerdem spiele er Tennis, und er verliere nicht gern. Aber seit es nicht nur Zigaretten, sondern auch noch Light-Versionen davon gäbe, gestatte er sich manchmal eine. Natürlich sei das ein billiger Trick, ein Marketingschmäh. Seit sich herumgesprochen habe, dass Rauchen nicht wirklich gesundheitsfördernd sei, täten die Tabakkonzerne so, als ob ihre Vorstände aus Gesundheitsaposteln bestünden. Klar, wer länger lebt, kann länger rauchen. Und wer länger lebt, muss nachts öfter auf die Toilette. Insofern sei er ja eh dafür, dass Zigaretten die Leute nicht allzu früh ins Grab beförderten. Mögen Sie übrigens eine?, fragte Benn und schob die angebrochene Packung ein Stück weit in Richtung Sam.

Danke, nein, sagte Sam und versuchte wieder zurück zum Thema zu finden. Musste es unbedingt nächtlicher Harndrang sein, gleich so zum Einstand? Er schämte sich ein wenig, das Thema war ihm peinlich, körperliche Schwächen waren ihm unangenehm.

Antidepressiva wären mir lieber, sagte Sam. Depressionen seien schließlich ein Grundnahrungsmittel der Literatur. Immer schon gewesen. Alte Männer, die sich nachts in ihren Pyjamas barfuß auf die Toilette schleppten, seien nicht unbedingt etwas, das ihn bisher sonderlich beschäftigt habe.

Kommt schon noch, mein Lieber, sagte Benn, lachte sein lautes Lachen und schlug Sam herzhaft auf die Schulter. Kommt schon noch, junger Mann, keine Sorge. Außerdem sei das halt so im Business, man nimmt, was kommt. Sein Namensvetter habe sich seine Patienten ja wohl auch nicht aussuchen können. Was war er übrigens für eine Art von Arzt, der andere Gottfried?

Haut- und Geschlechtskrankheiten, sagte Sam.

Na eben, sagte Benn. Kein Wunder, dass er Romane schreiben konnte.

Gedichte, sagte Sam. Er hat vorwiegend Gedichte geschrieben.

Auch recht, sagte Benn. Geht auch viel schneller. Also, wie steht's?

Ich denke nach, sagte Sam. In zwei, drei Tagen hören Sie von mir.

Gut, sagte Benn und bestellte die Rechnung. Soll ich Sie irgendwohin mitnehmen?

Nein, danke, sagte Sam, heute gehe ich zu Fuß.

Manchmal hasste Sam sein Gehirn. Es tat, was es wollte. Es schaltete sich ein und war allenfalls durch Alkohol wieder abzuschalten. Gelegentlich war es aber auch umgekehrt. Gelegentlich wirkte Alkohol wie der Treibstoff für eine Maschine, der selbst Müdigkeit nichts anhaben konnte. Spätestens beim letzten Glas Rotwein hatte sich ein unabhängiger und nicht steuerbarer Teil seines Hirns selbstständig gemacht. Es tickte und dachte. Es produzierte Ideen und sinnlose Sätze. Sam hatte gelernt, dass er sie zulassen musste; Verdrängung verlängerte die Kampfhandlungen bloß.

Er ging den Donaukanal entlang und versuchte sich all die unsinnigen Sätze zu merken, die sein Gehirn gebar.

Ständiges nächtliches Pissen – Sie werden es nicht vermissen.

Sie werden nichts vermissen, wenn Sie nicht dauernd pissen.

Nur im Bett ist's wirklich nett. Auf dem Klo wird niemand froh.

Schließlich, frei nach Heinrich Heine: *Die Blase in der Nacht hat mich um den Schlaf gebracht. Prostaxil!*

An einem Würstelstand am Schwedenplatz, der erstaunlicherweise noch offen hatte, trank Sam ein Bier aus der Dose, rauchte zwei *Milde Sorte*, bat um eine Serviette und um einen Kugelschreiber. Er notierte seine Einfälle und fühlte sich befreit; der Dreck war ausgeschieden. Eine gewisse Leichtigkeit überkam ihn. Er ging weiter bis zu Rossauer Kaserne, passierte die Votivkirche und bog in die Alser Straße ein. Er mochte es, im Gehen zu rauchen. Auch wenn er spürte, dass ihm die Arbeitsteilung zwischen Zigarillos und Zigaretten nicht bekam. Die Lunge hatte sich zwar beruhigt, dafür nahm der Kopfschmerz zu. Weil nichts rauskam aus diesen Nebelgranaten, nichts, was man spüren konnte, zog er an wie ein Ochse. Die Wangen wölbten sich nach innen, die Schläfen zitterten; manchmal riss er die Filter ab. Er nahm sich vor, vernünftiger zu rauchen.

Noch während der Kaffee durch die Filtermaschine rieselte, trank Sam, wie fast jeden Morgen, ein in Wasser aufgelöstes Aspirin. Er mochte die perlende Frische, der Kopfschmerz verflog rasch. Er konnte nicht rauchen, solange ihm der Schädel brummte. Und tat es trotzdem.

Der große Tisch in der Mitte der Küche war mit einem blau gewürfelten Wachstuch überzogen, rundum standen sechs weiße Klappstühle von IKEA. Sam wusste nie, wohin er sich setzen sollte. Die Stirnseiten mied er. Er wäre sich vorgekommen wie ein

Familienoberhaupt ohne Familie oder wie ein Redaktionsleiter ohne Redaktion. Er setzte sich an die Breitseite, trank Kaffee, überlegte, ob es noch zu früh sei für den ersten Zigarillo oder ob er eine weitere von den lustlosen Milden rauchen sollte. Sam klappte die Serviette mit den nächtlichen Notaten auf. Er las sie mit Vergnügen und fügte, ohne zu zögern, auf der Rückseite noch drei weitere, durchnummerierte Sätze hinzu.

1. *Meine Blase will: Prostaxil*
2. *Wer gut schlafen will – Prostaxil*
3. *Prostaxil – Nicht mehr immer müssen müssen.*

Den zweiten und den dritten Satz unterstrich er, den ersten strich er durch. Der Job war erledigt. Er würde noch einige Tage warten, bis er Benn seine Vorschläge schickte. Er wollte, dass es nach Arbeit aussah und nicht nach Eingebung. Die Muse küsst nicht, bevor sie nicht erobert wird. Sam duschte, zog sich an, warf die Zigaretten und Zigarillos in den Müllsack unter der Spüle, ging hinaus, überquerte die Straße und kaufte in der gegenüberliegenden Tabaktrafik Zigarettenpapier, Filter und eine Packung *Drum.* Noch im Stehen drehte er sich die erste.

Er hatte es nicht verlernt. Er dachte an Tiefenbach. Bruno war, so viel wusste er von Ringo, doch nicht Schönheitschirurg geworden, sondern kaufte und verkaufte irgendwo in Griechenland Segeljachten für betuchte Kunden; Ringos Schwester Edda arbeitete in Innsbruck als Familientherapeutin; und Mac war nach zwei erfolglosen Suizidversuchen an einer Leberzirrhose gestorben. Von Samantha und Lucinda wusste auch Ringo nichts.

Sam fand sie großartig, die blaue Packung mit dem roten Etikett. *DRUM Halfzware Shag* stand drauf, was auch immer das heißen mochte. Der Tabak war frisch und würzig. Eine buchstäblich perfekte Mischung. Eine Brücke zwischen Vergangenheit und Gegenwart, ein akzeptabler Kompromiss zwischen Verweigerung und

Konsum. Man war nur teilweise Teil des Systems, wenn man seine Zigaretten selbst drehte. Man hatte Einfluss auf Größe und Stärke, man konnte Kunstfertigkeit beweisen und rauchte selbstbestimmt. Den Termin bei Frau Doktor Löffler-Czerny würde er absagen. Seine Lunge hatte nun, was sie brauchte. Und seine Hände hatten zu tun.

Sam beschloss, einen Lesetag einzulegen. Der neue Roman von Johannes Mario Simmel war erschienen. *Im Frühling singt zum letzten Mal die Lerche*. Simmel hatte sich der drohenden Umweltkatastrophe angenommen und ein düsteres Zukunftsbild gezeichnet. Alle Mitarbeiterinnen und Mitarbeiter, die Sam fragte, ob sie nicht den neuen Simmel besprechen wollten, hatten abgelehnt. Simmel, sagten sie, sei ein Bestsellerautor und habe damit auf einer ernst zu nehmenden Literaturseite nichts verloren. Sam teilte diese Haltung nicht. Die Mechanismen des Erfolgs interessierten ihn weit mehr als das geheuchelte Verständnis für Niederlagen. Erfolglose Bücher konnte jeder schreiben. Sam mochte die Wehleidigkeit von Verlierern nicht. Gerade jetzt nicht. In der Redaktion war das kollektive Elend ausgebrochen. Die *Arbeiter-Zeitung* war unlängst, nach hundert Jahren ihres Bestehens, an einen Werbeunternehmer verkauft worden. Der traditionsreichen Sozialdemokratie war das Blatt einfach zu teuer geworden.

9. Gauloises Blondes

ALS SAM CARMEN zum ersten Mal sah, rauchte sie. Sie stand an der Theke des *Oswald & Kalb* in der Bäckerstraße und unterhielt sich mit einem Mann. Genau genommen unterhielt *er* sich mit *ihr*. Der Mann redete ununterbrochen. Er war rundlich, gut einen halben Kopf kleiner als sie und hatte kaum mehr Haare auf dem Kopf. Carmen wirkte amüsiert. So als ob sie es gewohnt wäre, sich endlos bequatschen lassen zu müssen. Wenn sie den Rauch ausblies, legte sie den Kopf in den Nacken, schickte den weißen Qualm in einem geordneten Strahl über die Glatze ihres Gegenübers in Richtung Decke und schaute zu, wie der Rauch sich unter den von der Decke hängenden Lampen zu kringeln begann, um sich anschließend mit anderen aufsteigenden Nebelschwaden zu einem blaugrauen Himmel zu verdichten. Erst dann senkte sie den Blick wieder. Manchmal legte sie den Kopf ein klein wenig schief und zog, als ob sie etwas nicht verstünde, fragend die Augenbrauen hoch. Sie waren ein ungleiches Paar, und Sam fragte sich, worüber der Mann wohl die ganze Zeit redete. Carmen schien weder sonderlich interessiert noch gelangweilt zu sein. Sie wirkte wie jemand, der halb aus Mitleid, halb aus Höflichkeit mit einem hartnäckigen Verehrer nach der Arbeit auf ein Bier ging.

Sam hatte einen der dahinterliegenden Stehtische bezogen. Die Bar mit ihrem dunklen langen Tresen war an diesem späten Abend voller Menschen. Er konnte die Frau und den Mann zwar gut sehen, aber nicht hören. Die Frau war vielleicht Mitte dreißig, hatte kurzes volles dunkelbraunes Haar, trug lange ausgestellte Hosen, flache Schuhe, ein gelbes T-Shirt und ein leichtes schulterbetontes Sakko. Neben sich auf der Theke hatte sie eine Schachtel *Gauloises Rot* liegen, die offiziell *Gauloises Blondes* hießen, eine Bezeichnung, die sich nie durchgesetzt hatte und die Sam auch nicht verstand. Alle Welt rauchte nun *rote Gauloises*, die der Hersteller aus unerfindlichen Gründen aber nicht *Gauloises Rouges*, sondern eben, obwohl die Packung rot war, *Gauloises Blondes* genannt hatte.

Sam drehte sich eine, klopfte suchend seine Taschen nach einem Feuerzeug ab, ging die wenigen Schritte nach vorn zu Theke, unterbrach den Redeschwall des Mannes und fragte, ob er Feuer haben könne. Gern, sagte die Frau, streifte Sam mit einem Blick und reichte ihm das Feuerzeug. Sam zündete seine Zigarette an, inhalierte tief, legte das Feuerzeug wieder auf den Tresen und ging zurück zu seinem Stehtisch.

Er war in letzter Zeit öfter ins *Oswald & Kalb* gegangen. Häufig aß er bei Allmeiers zu Abend und ging dann noch auf einen Drink in die Bäckerstraße, manchmal auch mit Kolleginnen und Kollegen von der *AZ*. Es war kaum ein Stein auf dem anderen geblieben seit dem Verkauf der Zeitung an einen Werbeunternehmer. Sie erschien nun in Kleinformat und hieß *NEUE AZ – Wiener Tagblatt*, der Untertitel *Arbeiter-Zeitung* war aus dem Kopfteil verschwunden. Man hatte einen bekannten Fernsehmoderator als Chefredakteur engagiert und die Produktion modernisiert. Der traditionelle Bleisatz wurde durch den Fotosatz abgelöst, die gewerkschaftlich bestens organisierten Schriftsetzer und Metteure liefen Sturm. Ein Handwerk, ein hochqualifiziertes obendrein, drohte auszusterben. Sam nahm das gelassen hin. Es gab schließlich auch keine Kutscher mehr und keine Laternenträger, er empfand das Wehklagen als ahistorisch, fortschrittsfeindlich und dumm. Nur dass das alte *VORWÄRTS*-Gebäude aufgegeben wurde, schmerzte ihn. Aus Kostengründen wurden Verlag und Redaktion in den dritten Wiener Gemeindebezirk, in ein infrastrukturelles Niemandsland, übersiedelt.

Sam konnte nicht mehr mit dem 13A in die Redaktion fahren; Wien lag ihm nicht mehr zu Füßen. Er reduzierte seine Anwesenheit aufs Nötigste. Aber die Neuausrichtung der ehemaligen Parteizeitung hatte auch ihr Gutes. Die Literatur wurde, teilweise zumindest, aus ihrem Ghetto befreit, vereinzelt schafften es literarische Themen sogar auf die Kulturseite, die Freitagausgabe wurde durch die recht umfangreiche *LESEZEIT* erweitert: Ein Feuilleton, das durchlässiger war und mehr enthielt als die alte Bücherseite. Dass Woche für Woche ein prominenter österreichischer Volksschauspieler seine Gedanken unter dem Titel *Da fällt mir ein* … veröffentlichen durfte, störte Sam wenig. Die Zeitung musste Auflage machen. Und prominente österreichische Volksschauspieler waren im Regelfall bei Weitem nicht so dämlich wie die Rollen, die sie, vor allem im Fernsehen, regelmäßig spielten. Mit der Pensionierung des langjährigen Kulturchefs war die deutsche Klassik der zeitgenössischen Literatur gewichen.

Sie porträtierten Peter Henisch und Peter Turrini, und selbst in der neuen Rubrik *Zeit für ein Gedicht* dominierten Aufklärung und politisches Engagement. Sam wählte Eindeutiges von Hans Magnus Enzensberger und poetische Kommentare von Peter Rühmkorf und Erich Fried, aber auch Günter Eich, Robert Schindel, Günter Kunert, und selbst Walt Whitman und William Butler Yeats fanden in seiner Auswahl Platz. Sie machten kein schlechtes Blatt, fand Sam. Dennoch ließ sich die Geschichte nicht von heute auf morgen wenden. Einmal *Arbeiter-Zeitung*, immer *Arbeiter-Zeitung*. Selbst als es keine Arbeiter mehr gab. Der Geruch, eine Parteizeitung zu sein, haftete ihnen an. Sie waren zu anständig, um am Boulevard zu reüssieren, zu links, um bürgerliche Schichten anzusprechen, und zu idealistisch, um Zeitungen als bloße Handelsware zu begreifen.

Sam war nicht optimistisch. Er war, im Gegensatz zu seinen

Kolleginnen und Kollegen, auch nicht unbedingt auf den Job angewiesen. Benn hatte ihm ein Angebot gemacht: Er brauche jemanden wie ihn, hatte er gesagt. Er war nach dem Erfolg der *Prostaxil*-Kampagne überzeugt davon, mit Sam aufs richtige Pferd gesetzt zu haben. Die Pharmafirma, die das neue Anti-Harndrang-Mittel auf den Markt gebracht hatte, hatte sich zu Sams Erstaunen umstandslos für einen der beiden angebotenen Slogans entschieden: *Wer gut schlafen will – Prostaxil.*

Sams Einwände, dass die Kunden bei diesem Slogan unter Umständen an ein Schlafmittel denken und in die Irre geleitet werden könnten, wurde entkräftet. Zum einen, so die Auftraggeber, sei diese Assoziation gar nicht einmal schlecht – schließlich ginge es ja genau darum, so lange und gut wie möglich durchschlafen zu können –, zum anderen würden die Bilder in den Fernsehspots eine eindeutige Sprache sprechen.

Sam wusste nicht genau, ob er stolz auf sich sein oder ob er sich schämen sollte, wenn er im Fernsehen den *Prostaxil*-Spot sah. Es war ohne Frage sein bisher größter publizistischer Erfolg.

Ein anonymer Erfolg allerdings. Denn mit Ausnahme von Benn und ein paar Mitarbeitern der Firma wusste niemand, wer den Slogan kreiert hatte. Sam hätte ja den zweiten Vorschlag, *Prostaxil – Nicht mehr immer müssen müssen*, vorgezogen; allerdings hatte der Auftraggeber herausgefunden, dass ein ähnlicher Slogan bereits für ein Konkurrenzprodukt im Einsatz war. Sam war ein wenig beleidigt, weil man annahm, dass er bewusst oder unbewusst den Konkurrenzslogan, der ebenfalls mit der Wortwiederholung *müssen müssen* spielte, abgekupfert haben könnte. Als ob er sich jemals mit Prostataschwächen und nächtlichem Harndrang beschäftigt hätte! Er wusste nicht einmal sicher, was eine Prostata war und was dieses unangenehm und gefährlich klingende Organ mit nächtlichem Harndrang zu tun hatte. Trotz seiner stillen Scham war er fasziniert vom Wesen der Werbung. Der Weg von der Lyrik zur Werbung war kurz. Da wie dort geht es um Verdichtung und Verknappung und um die Erzeugung von Formulierungen und Metaphern, in denen sich möglichst viele Menschen wiederfinden konnten. Eva gefiel der Gedanke gar nicht, dass die Beschäftigung mit Rainer Maria Rilke für Sam nichts weiter als eine Vorbereitung für eine Karriere als Werbetexter gewesen sein könnte.

Zeitung geht ja noch, sagte sie, aber Werbung?

Nimm es sportlich, sagte er. Es gäbe schließlich kaum einen Bereich, in dem sich das gesellschaftliche Sein so sehr widerspiegle wie in der Werbung. Werbung sei sozusagen die Lyrik der Gegenwart. Und über Werbung Einfluss auf die Gegenwart auszuüben, sei allemal effizienter, als in einem Kleinstverlag unverkäufliche Gedichte auf den Markt zu bringen.

Sam wusste, wie lächerlich und unsinnig seine Argumentation in Evas Ohren klingen musste. Sie brauchten allmählich einen Grund, um uneins sein zu können.

Wie wär's mit Indien?, fragte Eva. Dort besteht das ganze Land aus Widersprüchen.

Gern, sagte Sam und wusste, dass er sich wiederholte.

Semesterferien?, fragte Eva.

Warum nicht. Vier Wochen also?

Ja, sagte Eva. Und sie möchte unbedingt in den Norden. Der Buddhismus sei ihr näher als der Hinduismus, und der Himalaja müsse einmal im Leben sein. Im Übrigen kenne sie den österreichischen Botschafter in Delhi ganz gut. Er würde bei der Planung sicher gerne helfen.

Sam war sich nicht sicher, ob er auch alles wollte, was ihm geschah. Gleichzeitig konnte er sich nicht erinnern, jemals Ziele gehabt zu haben. Er wusste nicht mehr, ob er mit zwanzig oder fünfundzwanzig Vorstellungen über seine Berufswünsche gehabt hatte. Als Kind wollte er zunächst Förster werden, dann technischer Zeichner. Einer, der mit Linealen und feinen Stiften ordentliche und saubere Konstruktionspläne entwarf. Später waren ihm Berufswünsche oder gar Karrierepläne einfach abhandengekommen. Er hatte noch nie mit einer Frau zusammengelebt. Er wunderte sich darüber, dass andere Menschen Familien und Kinder hatten, dass sie auf Urlaub fuhren und glücklich waren. Für seine Eltern brach eine Welt zusammen, als Sam ihnen mitteilte, dass er bei der Zeitung aufhören und stattdessen in einer Werbeagentur arbeiten wolle. Unser Herr Doktor arbeitet in Wien bei einer Zeitung, sagten sie bisher voller Stolz. Lange Erklärungen über den nachgerade zwangsläufigen Niedergang von Parteizeitungen interessierten sie nicht. Sie nahmen es Sam übel, im Dorf und gegenüber den Verwandten in einen Erklärungsnotstand geraten zu sein. Werbeagentur klang nicht gut, man wusste nicht, was das war. Dass Sam nun nicht mehr mit dem Auto nach Greith anreiste, sondern mit Bus und Bahn, verschärfte die Lage. Mutter weinte. Jeder hatte ein Auto. Sam hatte seines verkauft. Er brauche kein Auto in Wien, sagte Sam. Und er fahre gern mit dem Bus und der Bahn. Als er sich einmal ein Mietauto nahm, um nach Greith zu fahren, warfen sie ihm vor, Geld zu verschleudern. Zudem könne er nicht jedes Mal mit einem anderen Auto kommen, das werfe Fragen auf. Sam konnte nicht garantieren, ob ihm die Firma jedes Mal dasselbe Modell zur Verfügung stellen würde.

Gegen Vaters Willen hatte Sam seinen Eltern einen Telefonanschluss geschenkt. Mutter telefonierte nicht ungern, Vater weigerte sich. Es ging ihm nicht gut. Man hatte ihm wegen eines Geschwürs einen Teil des Magens entfernt; Hämorrhoiden plagten ihn; er kriegte kaum mehr Luft. Er weigerte sich standhaft, seine Leiden anzuerkennen, er fürchtete sich vor dem Spital.

Als Sam ihn im Landeskrankenhaus Bruck an der Mur besuchte, zitterte er so sehr, dass er nur mit beiden Händen eine halb gefüllte Wasserflasche an den Mund führen konnte. Der junge Arzt, dem Sam klarzumachen versuchte, dass sein Vater ein gravierendes Alkoholproblem hätte und man etwas tun müsse, um den kalten Entzug zu mildern, erklärte, dass man hier im Krankenhaus nicht für das Leben der Patienten außerhalb der Station verantwortlich sei. Er sei Spitalsarzt und Internist, sagte der junge Mann, für Suchtprobleme gäbe es andere Einrichtungen. Nach zehn Tagen wurde Vater wieder entlassen. Er hustete und trank Bier. Er verließ das Haus immer seltener. Und er klagte nicht mehr. Der Feind war nicht die Krankheit, der Feind war das Krankenhaus. Er trank und litt leise. Nur Mutters Beschwörungen gingen ihm auf die Nerven.

Der Job bei Benn war zunächst weit weniger aufregend als erhofft. Werbeslogans mussten so gut wie nie kreiert werden. Er habe allerdings etwas in petto, sagte Benn, große Sache, die aber noch nicht spruchreif sei. In der Zwischenzeit tat Sam das, was er am besten konnte. Er korrigierte und redigierte Texte für Drucksorten aller Art, er nahm Einfluss bei der Wortwahl auf Plakaten und Flyern, stritt sich mit Auftraggebern und versuchte klarzumachen, dass die Aufgabe von Werbung nicht sei, die Vorzüge eines Produkts darzustellen, sondern Bedürfnisse zu wecken. Die *AZ* hatte Sam ohne Schmerz verlassen. Es war ein Glück, dachte er, dass er nicht engagierter gewesen war. Benn zahlte ihm mehr, als er bei der Zeitung verdient hatte, fixe Arbeitszeiten gab es nicht, das Speisekartenlektorat bei Allmeiers verlief routiniert. Sam hatte sogar kleine Erfolge erzielt. Die Karte wurde allmählich schlichter. Zwar wurde, wenn er nicht aufpasste, nach wie vor »Käse mit getoasteten Bauernbrot« serviert, aber Sam brauchte gelegentliche Fehler, um seine Existenz zu rechtfertigen. Manchmal fragte er sich, ob der

Patron nicht von Zeit zu Zeit absichtlich welche in die Speisekarte malte.

Sam wollte sich nicht eingestehen, dass er wartete. Dennoch trieb es ihn immer wieder ins *Oswald & Kalb*. Das Restaurant mit der vorgelagerten Bar war ein Treffpunkt für Künstler, Journalisten und Intellektuelle. Die Kellner kamen samt und sonders aus Jugoslawien, erst später sollten aus ihnen Bosnier und Kroaten, Serben oder Mazedonier werden. Sam stellte sich an die Bar oder an einen der kleinen Stehtische dahinter. Es war zu dunkel, um zu lesen. Er rauchte, trank ein kleines Bier, ein oder zwei Gläser Weißwein und ein Glas Rotwein zum Schluss. Es dauerte knapp zwei Wochen, bis Carmen wieder auftauchte. Sie kam in Begleitung einer jungen Frau, die bunte Armreifen, eine ebenso bunte Kette, auffällige Ohrringe und einen bemerkenswert kunstvoll aufgetürmten Haarschopf trug.

Sam hatte nichts dagegen, allein unterwegs zu sein. Er litt nicht unter Einsamkeit. Es erschien ihm aber seltsam, stets der Einzige zu sein, der allein ins Theater, ins Kino, ins Kaffeehaus und ins Restaurant ging. Paare allüberall. Oder noch schlimmer: Gruppen. Je größer, desto unerträglicher. Sie waren laut und auf unsägliche Art gut gelaunt und fröhlich. Sam hatte Angst, für das gehalten zu werden, was er war. Er nahm an, dass man annahm, dass er niemanden fände, der oder die das Leben mit ihm teilen wolle. Und dass es an ihm liegen müsse. Er fühlte Schuld in sich aufsteigen und dachte an eine Vorstellung, die ihn als Kind lange begleitet hatte. Wenn alle so wären wie er, hatte er gedacht, wäre die Welt in Ordnung. Es gäbe keinen Krieg, keinen Hass, keinen Streit. Er war ein guter Mensch. Was aber niemanden sonderlich zu interessieren schien.

Sam wusste nicht, wie er sich bemerkbar machen sollte. Carmens Blickrichtung war von ihm abgewandt. Er sah gut aus, wie er fand. Mit seinen schwarzen, kurzen Locken, seiner Hornbrille und dem hellen Trenchcoat, den er unlängst gekauft und selbst im Lokal nicht abgelegt hatte.

Er wollte den Eindruck vermitteln, nur kurz, nur vorübergehend da zu sein. Er wollte wie jemand wirken, der anderes, Wichtigeres zu tun hat. Wie jemand, der stets ein Flugticket in der Tasche trug und der ebenso gut mit Dollar zahlen könnte. Er dachte, das käme gut an, als er die Frau an der Bar und ihre Begleiterin beobachtete. Etwas drängte ihn, sich selbst zu belügen. Weder hatte er ein Flugticket in der Tasche noch war er auf der Durchreise. Er wollte der Frau an der Theke gefallen. Er wusste nur nicht, wie.

Sam drehte sich eine Zigarette, klopfte abermals, als ob irgendjemand die Dramaturgie seines Handelns verstünde, suchend seine Taschen nach einem Feuerzeug ab, ging die wenigen Schritte nach vorn zur Theke und bat die Frau um Feuer. Carmen unterbrach ihr Gespräch, musterte ihn kurz und reichte ihm ihr Feuerzeug.

Sie können es behalten, sagte sie.

Ich schnorre lieber, sagte Sam. Falls Sie nichts dagegen haben.

Nice try, sagte die Frau. Und lächelte amüsiert.

Rauchen verbindet, sagte Sam, zündete seine Selbstgedrehte an, inhalierte tief, legte das Feuerzeug zurück auf den Tresen und ging lächelnd zurück an seinen Tisch.

Der Anruf aus dem Krankenhaus erreichte ihn an einem späten Vormittag. Eine Ärztin mit sanfter Stimme war am Telefon; Sams Vater war ins Krankenhaus Eisenerz eingeliefert worden, es ginge ihm nicht sehr gut. Obwohl sie es nicht direkt aussprach, machte die Ärztin deutlich, dass Sam kommen solle, wenn er seinen Vater noch einmal sehen wolle. Sam rief Benn an, dann die Allmeiers, sagte, dass er für ein paar Tage nicht zur Verfügung stehen würde, mietete ein Auto und fuhr nach Eisenerz. Wochen später stellte ihm die Autofirma drei Strafmandate in Rechnung. Er sei mit überhöhter Geschwindigkeit durch mehrere Ortschaften gerast.

Er fand seinen Vater überraschenderweise in einem hochtechnisierten Einzelzimmer. Auf dem Fenstersims stand eine Flasche Bier, auf dem Nachtkästchen eine Schnabeltasse. Er möge ihm doch bitte Bier in die Schnabeltasse füllen, sagte Vater, noch bevor Sam sich zu ihm auf die Bettkante setzen konnte. Die Frage, wie es ihm gehe, erübrigte sich. Sam füllte die Tasse zur Hälfte, Vater richtete sich ein wenig auf und trank. Sie ersparten sich gegenseitige Tröstungen. Vater wirkte zufrieden. Sie wussten nicht, worüber sie hätten sprechen können. Nach einer halben Stunde verabschiedete sich Sam. Er küsste Vater, obwohl er wusste, dass ihm die Geste nicht zustand, auf die Stirn. Es werde nicht mehr allzu lange gehen, sagte die Ärztin. Und es habe wenig Sinn, Patienten in diesem Zustand noch erziehen zu wollen. Sam hatte sie auf die Flasche Bier im Krankenzimmer angesprochen. Er hatte nicht mit so viel Humanität gerechnet.

Das Leben führt zum Tod, sagte die Ärztin. Bei manchen früher, bei manchen später. Sam erzählte ein wenig von Vaters Leben. Dass er aus Rumänien kam, viel zu viel geraucht, viel zu viel gearbeitet und viel zu viel getrunken hatte.

Sie sollten daraus etwas lernen, sagte die Ärztin.

Und was?, fragte Sam irritiert.

Sie sollten nicht mehr rauchen.

Und woher wissen Sie, dass ich rauche?

Ich kann es riechen, sagte die Ärztin.

Als Sam das Krankenhaus verließ, warf er seinen Tabak samt Zigarettenpapier und Filter in eine Mülltonne und fuhr nach Greith. Er konnte seine Mutter jetzt nicht alleine lassen. Noch bevor er das Ortsgebiet von Eisenerz verlassen hatte, kehrte er um und fuhr zurück zum Krankenhaus. Er war wütend. Er konnte und wollte nicht akzeptieren, dass das Leben vom Ende her gedacht werden müsse. Er fand es inakzeptabel, dass die Konsequenzen des Handelns das Sein bestimmen sollten. Er wollte sich nicht von seinem Körper beherrschen lassen. Er erinnerte sich an die Szene aus dem *Jäger des verlorenen Schatzes* von Steven Spielberg, wo Harrison Ford alias Indiana Jones sagte: *It's not the years, honey, it's the mileage.* Es kommt nicht darauf an, wie lange man lebt, sondern wie man lebt. Lieber kurz und intensiv als lang und langweilig. Niemals, beschloss er, werde er, um alt und noch älter zu werden, aufhören zu rauchen. Er hasste dieses Diktat. Diese Gesundheitsdiktatur. Gern hätte er die Ärztin näher kennengelernt. Sie war wesentlich smarter als Frau Doktor Löffler-Czerny. Aber ein sterbender Vater war wenig geeignet, um Bekanntschaften zu schließen. Die Mülltonne, in die er seinen Tabak geworfen hatte, war glücklicherweise bis oben hin voll gewesen. Es fiel es ihm nicht schwer, die blaue Packung mit der roten Schrift zu finden. Sie lag, nur etwas angestaubt von einer Ladung Asche, die in der Zwischenzeit jemand hineingekippt hatte, unversehrt ganz obenauf. Das Zigarettenpapier hatte er wie immer in die Packung geklemmt; Filter und Feuerzeug waren allerdings unauffindbar. Sie hatten sich ihren Weg in die Tiefen der Tonne gesucht. Sam setzte sich ins Auto, drehte sich eine und zündete sie mit dem Zigarettenanzünder an. Ohne Filter war der Tabak ohnehin besser. Nur die Krümel, die an der Zunge haften blieben, störten ein wenig.

Er spuckte sie aus dem geöffneten Autofenster und fuhr los.

Wenige Minuten nachdem er zu Hause in Greith angekommen war, läutete das Telefon. Die sanfte Ärztin aus Eisenerz sagte, sie habe leider die traurige Aufgabe mitzuteilen, dass Herr Sapadi verschieden sei. Mutter schrie und tobte. Um sie zu beruhigen, rief

Sam den Gemeindearzt. Er kam und verabreichte ihr eine Injektion. Mutter wollte nicht alleine schlafen in dieser Nacht. Sie wollte, dass Sam Vaters Platz im Ehebett einnähme. Sam weigerte sich und schlief oben im ehemaligen Kinderzimmer. Der Hund konnte sich zwischen den beiden offenen Schlafzimmertüren nicht entscheiden. Er lief auf und ab und fand die ganze Nacht keinen Platz.

Sam blieb zehn Tage. Er wusste nicht, wie man eine Beerdigung organisierte. Die Verwandten und Nachbarn halfen. Benn druckte die Partezettel und schickte sie mit der Bahn. Sams Mutter badete im Schmerz; gleichzeitig schien es ihr zu gefallen, als Witwe im Mittelpunkt zu stehen. Sam scheute weder Kosten noch Mühen. Eine Abteilung der Blasmusik spielte, der Kirchenchor sang. Es war klirrend kalt. Sam war noch nie auf einer Beerdigung gewesen, auf der es nicht klirrend kalt oder stechend heiß gewesen war, wo es nicht entweder geschüttet oder heftig geschneit hatte. Beerdigungen bei angenehmen Temperaturen schien es nicht zu geben. Er musste sich einen dunklen Mantel kaufen, sein Trenchcoat wäre zu dünn und viel zu hell gewesen.

Der Pfarrer trug nicht allzu dick auf. Sam hatte ihn vorbereitet. Er referierte Vaters Geschichte, sprach von seinem Arbeitswillen und von seinem Fleiß, kondolierte den Hinterbliebenen. Zum Leichenschmaus gab es Gulasch und Wiener Schnitzel. Das war mehr als üblich. Sam hielt eine kurze Ansprache, bedankte sich, hob sein Glas und zündete sich eine Zigarette an. Er hatte, um nicht mehr als nötig aufzufallen, zwei Schachteln rote *Gauloises* gekauft. Zigaretten drehte hier schon lange niemand mehr. Enthaltsamkeit, sagte Sam, zählte – wie alle wissen – nicht zu den Tugenden seines Vaters. Er wisse nicht, ob man im Himmel trinken und rauchen könne, daher empfehle er, hier und heute keine Zurückhaltung zu üben. Vater, falls er ihnen zusehen könne, würde sich mit Gewissheit darüber freuen.

Über all die Tage war Sam bewusst, dass man über ihn redete. Dass er Anlass zu Vermutungen gab. Er hatte weder Frau noch Kinder an seiner Seite, kein Haus, keinen anständigen Beruf, kein eigenes Auto, nicht einmal eine Freundin. Er hatte Eva nicht gebeten, ihn zu begleiten. Er hätte sie nicht erklären können. Zudem würden sie in wenigen Wochen nach Indien reisen. Eva hatte einen Ruf nach Hamburg angenommen. Ab dem kommenden Wintersemester würde sie an der dortigen Universität Soziolinguistik lehren. Zu viele Abschiede auf einmal, dachte Sam. Und wunderte sich darüber, dass man gleichzeitig zufrieden und unzufrieden, glücklich und traurig sein konnte.

Am späten Nachmittag, es war noch zu früh, um ins *Allmeier* zu gehen, schaute Sam noch im Café Prückel vorbei. Am Abend würde ihn Benn erwarten. Er hatte ein Essen mit Babutzky arrangiert, einem ehemaligen Tischlermeister und nunmehrigen Unternehmer, der ein »großes Ding« aufziehen wollte und deshalb einen entsprechenden Auftrag zu vergeben hatte. Riesensache, hatte Benn am Telefon gesagt. Ein Coup, den sie sich nicht durch die Lappen gehen lassen dürften. Und wenn die Sache klappte, würde auch Sam spürbar davon profitieren.

Nicht dass ihm unbedingt nach einem Kaffeehausbesuch gewesen wäre, so kurz nach seiner Rückkehr aus Greith. Aber es drängte ihn, seine Stammcafés regelmäßig zu besuchen.

Wenn er länger als eine Woche nicht da war, meldete er sich ab: im Café Daun bei ihm um die Ecke, im Café Prückel am Schubertring, im *Amacord* am Naschmarkt, wo er sich mit der Wirtin angefreundet hatte und bei Allmeiers sowieso. Er hatte Angst, dass man ihn für treulos hielt, wenn er nicht regelmäßig erschien. Er liebte es, Stammgast zu sein und erkannt zu werden und achtete streng darauf, andere Gast- oder Kaffeehäuser nur selten aufzusuchen.

Es war so schon schwierig genug, seine Stammplätze zu pflegen, seine Besuche und seine Aufmerksamkeit gerecht zu verteilen, seine Treue unter Beweis zu stellen. Das *Oswald & Kalb*, das er neuerdings ebenfalls regelmäßig besuchte, war eigentlich bereits um eines zu viel.

Er hatte sich angewöhnt, außer Haus zu frühstücken. Frühstücken musste man schließlich jeden Tag. Das erhöhte die Frequenz. Und entlastete die Tage und Abende. Sam hatte eine enge Bindung zu den Kellnern, er hasste es, wenn das Personal wechselte, er fühlte sich betrogen. Treue, sagte er sich, dürfe keine Einbahnstraße sein. Und er kam sich düpiert und wie ein Tölpel vor, wenn man ihn behandelte, als wäre er fremd. Er nahm sogar Missverständnisse in Kauf, sofern diese der Stabilität von Beziehungen dienten. Herr Oskar, der dienstälteste Kellner im Café Prückel, rauschte mit seiner schief sitzenden Brille mit den gewaltigen Gläsern stets an ihm vorbei und rief, ohne innezuhalten: Ein großer Brauner für den Herrn? Die Frage war eigentlich keine Frage, und Sam hatte nicht den Mut zu widersprechen. Er hasste große Braune. Er konnte nicht schlafen, wenn er zu spät am Tage einen großen Braunen getrunken hatte. Doch er freute sich darüber, dass Herr Oskar ihn, wenn auch falsch, in seinem Kellnerhirn gespeichert hatte. Jemand anderer, Sam war sich da sicher, bekam statt seiner regelmäßig, aber ebenso ungewollt, ein kleines Bier.

Es dauerte, nachdem er die Schwingtüren aufgestoßen und sich nach einem Platz umgesehen hatte, nicht lange, bis Sam den dichten dunkelbraunen Haarschopf entdeckte. Carmen saß mit dem Rücken zur Tür und hatte, soweit er sehen konnte, einen Stapel Papiere vor sich liegen. Sie war allein, trank Tee und blätterte in ihren Unterlagen. Sam blieb stehen. Zwei, drei kleine Tische waren unbesetzt, einer davon sogar direkt am Fenster. Er erwog zunächst, den Fenstertisch zu nehmen, den Mantel abzulegen und sich eventuell bei einem vorgetäuschten Weg auf die Toilette bemerkbar zu machen. Noch bevor er sich aus seiner Unschlüssigkeit befreit hatte, steuerte er auf den Hinterkopf zu, schlug einen kleinen Bogen um den Tisch und beugte sich ein wenig nach unten, um in Carmens Gesichtsfeld zu gelangen. Haben Sie Feuer?, fragte er und lächelte unsicher und ein wenig verschmitzt.

Sie schon wieder, sagte Carmen, nahm ihren Blick von den Papieren und schaute Sam nach einer langen Sekunde ins Gesicht. Ich wollte Ihnen doch schon letztens ein Feuerzeug schenken.

Dann hätte ich Sie jetzt nicht anschnorren können, sagte Sam.

Ah, ein strategisch denkender Mann, sagte Carmen.

Darf ich Sie für eine Zigarettenlänge stören?

Bitte, sagte Carmen und deutete auf den unbesetzten Stuhl ihr gegenüber.

Sam holte seinen Tabak aus der Manteltasche und begann, sich eine Zigarette zu drehen.

Ein Snob, sagte Carmen.

Ein was?, fragte Sam.

Ein Snob, sagte Carmen. Sie sind ein Snob. Nur Snobs drehen Zigaretten, obwohl sie sich auch *Marlboro* leisten könnten. Vermutlich haben Sie auch keinen Führerschein. Snobs lassen sich gerne chauffieren. Früher nahmen sie Droschken, heute winken sie weltmännisch Taxis herbei.

Sam war überrascht. Die Vorstellung, eine Droschke zu nehmen, gefiel ihm. Einen halben Snob kann ich anbieten, sagte er, höchstens. Zigarettendrehen ja, Führerschein auch. Nur Auto habe ich im Augenblick keines. Und Sie?

Ich habe einen Mini Cooper, sagte Carmen. Flaschengrün.

Eine große Frau und ein kleines Auto, sagte Sam und fürchtete im selben Augenblick, eine Spur zu weit gegangen zu sein.

Eins vierundsiebzig, sagte Carmen, das geht gerade noch.

Lustig, sagte Sam. Dann würde ich ja ebenfalls reinpassen in das Auto.

Sicher, sagte Carmen. Ein wirklicher Riese scheinen Sie ja nicht zu sein.

Eins vierundsiebzig, sagte Sam, wie Sie. Das haben wir zumindest gemeinsam.

Ist es nicht ein wenig früh, um nach Gemeinsamkeiten zu suchen?, fragte Carmen.

Wir haben nicht gesucht, sagte er. Wir haben gefunden.

Der Kellner kam vorbei, es war glücklicherweise nicht der alte Herr Oskar, und fragte, was der Herr bestellen wolle. Danke, nichts, sagte Sam, ich bin gleich wieder weg. Kein Stress, sagte Carmen, jetzt, da Sie ohnehin schon sitzen. Sam bestellte ein kleines Bier. Carmen reichte ihm ihr Feuerzeug, Sam zündete seine Selbstgedrehte an.

Sie arbeiten hier?, fragte Sam nach einer Pause und deutete auf die Papiere auf dem Tisch. Er sah Tabellen und Zahlenkolonnen, Grafiken und Statistiken.

Ja, sagte Carmen. Manchmal, wenn auch selten, fällt mir zu Hause die Decke auf den Kopf.

Und Sie arbeiten *was*?, fragte Sam.

Kurz oder lang?

Kurz oder lang?, wiederholte Sam fragend.

Na ja, ich kann Ihnen jetzt eine kurze oder eine lange Antwort auf Ihre Frage geben, sagte Carmen. Ich kann beides.

Kurz, vorsichtshalber, sagte Sam.

Carmen zündete sich eine *Gauloises* an, lehnte sich zurück, nahm einen Schluck Tee und blies den Rauch in Sams Richtung. Sie sei an sich Ökonomin, sagte sie, arbeite selbstständig und fasse für nationale oder internationale Auftraggeber Studien und Gutachten zusammen, die die Chancen, Kosten und Möglichkeiten verschiedener Investitionen bewerteten. Am Ende liege dann eine Studie vor, die Tausende von Seiten auf maximal hundert eindampfe, diese würden dann in einen sogenannten »Turbo« von maximal drei Seiten zusammengefasst, die Politiker oder Manager im Auto oder im Lift knapp vor ihren Meetings in wenigen Minuten lesen könnten. Entscheidungsträger haben keine Zeit, sagte Carmen. Sie hingegen schon. Sie habe früher bei *Greenpeace* gearbeitet, sich dann aber selbstständig gemacht.

Sam war beeindruckt. Das war also jetzt ein mündlicher Turbo, sagte er. Nur für mich.

Exakt, sagte Carmen. Honorarfrei obendrein.

Wir sind zwar gleich groß, sagte Sam, leben aber offensichtlich auf komplett unterschiedlichen Planeten.

Und warum?, fragte Carmen. Wir sitzen immerhin zur selben Zeit im selben Café. Was machen Sie, wenn ich fragen darf?

Ich hab mich auch mit Verdichtung beschäftigt, sagte Sam. Allerdings mit Lyrik. Jetzt bin ich Speisekartenlektor, unter anderem.

Interessant, sagte Carmen. Und davon kann man leben?

Man kriegt zu essen. Immerhin.

Sam ärgerte sich über seine mickrige Selbstpräsentation. Er wusste nicht, woher er das Bedürfnis hatte, sich klein zu machen. Schon die Art, wie sie mit überschlagenen Beinen dasaß und ihn freundlich musterte, löste ein Gefühl der Unterlegenheit aus. Sie spielten nicht in derselben Liga; die Frau ihm gegenüber repräsentierte offensichtlich die Welt. Eine Welt der Tatsachen, Zahlen und Fakten. Er hingegen kam sich vor wie der Hamster im Laufrad. Der sich an Rilke abgearbeitet, eine zum Sterben verurteilte Zeitung auf ihrem letzten Weg begleitet und seinen größten Erfolg mit einem Mittel gegen nächtlichen Harndrang gefeiert hatte.

Sam Sapadi, sagte er unvermittelt und erhob sich kurz, um sich vorzustellen.

Carmen, sagte Carmen. Carmen Kolb. Und kommen Sie mir jetzt bitte nicht mit der Oper.

Keine Sorge, sagte Sam. Erstens habe er mit Opern nichts am Hut, zweitens wolle er nicht mehr länger stören.

Ihr kleines Bier übernehme ich, sagte Carmen – und erklärte das Gespräch damit für beendet. Sie können sich ja ein andermal revanchieren.

Nichts lieber als das, sagte Sam, dem allmählich warm wurde in seinem Wintermantel. Wann?, fragte er.

Wie wär's mit Freitagabend, späterer Abend, im *Oswald & Kalb*? So gegen zehn.

Nichts lieber als das, sagte Sam noch einmal, obwohl er eigentlich vorgehabt hatte, am Wochenende nach Greith zu fahren, um nach seiner Mutter zu sehen. Sie würde warten müssen. Soll ich ein Feuerzeug mitbringen oder darf ich weiterhin schnorren?

Die Nummer ist durch, sagte Carmen lächelnd. Sie müssen sich schon was Neues einfallen lassen.

Ich werde mich bemühen, sagte Sam.

Er verabschiedete sich und schwebte zur Straßenbahn. Er wusste nichts mit sich anzufangen. Es war noch immer Zeit bis zum Treffen mit Babutzky und Benn. Er wollte nicht nach Hause. Im Kino lief *Basic Instinct* mit Michael Douglas und Sharon Stone. Da er zu früh war, trank er im Foyer noch zwei Gläser Weißwein und versank in der wohligen Wärme seines Stuhls. Er hatte noch nie eine Frau erobert oder verführt. Seine bisherigen Bekanntschaften waren ihm alle mehr oder weniger zugefallen. Jetzt hatte er Weichen gestellt. Carmen Kolb war weitaus interessanter als Sharon Stone. Gegen die Erregung, die ihn überkam, wollte und konnte er sich nicht wehren. Sam war hungrig, als er das Kino verließ. Er freute sich auf das Abendessen. Mehr als auf Babutzky und Benn.

10. Stuyvesant

BABUTZKY HATTE OFFENBAR keinen Vornamen. Das ist Babutzky, sagte Benn, als er sie miteinander bekannt machte. Babutzky studierte die Speisekarte und blieb sitzen, als er Sam die Hand zur Begrüßung reichte. Er war klein, grauhaarig, rauchte *Falk* und trank ein großes Bier. Stört es Sie, wenn ich rauche?, fragte er.

Keineswegs, sagte Sam. Ich rauche selbst.

Sicher nicht so viel wie ich, sagte Babutzky. Aber bei den Mengen an Staub, Leim und Lack, die man sich als Tischler in seinem Leben reinzieht, sind die Zigaretten auch schon wurscht. Wahrscheinlich sind sie sogar gut. Kleiden die Lungen von innen her aus. Wenigstens versuche er es mit den leichten, obwohl die nach rein gar nichts schmeckten.

Kann ich nachvollziehen sagte Sam, meine *Milde-Sorte*-Phase war nur von kurzer Dauer. Sie hat mit Kopfschmerzen geendet.

Wollen Sie's einmal mit *Falk* probieren?, fragte Babutzky.

Danke, vielleicht später, sagte Sam. Er hatte sie nie gemocht, diese Zigaretten in ihrer gelb-orangen Packung, an denen das Wort »extramild« wie eine Drohung haftete. »Mild« war schon schlimm genug, »extramild« erinnerte ihn an alkoholfreies Bier. Vermutlich musste man doppelt so viel rauchen, wenn man *Falk* rauchte. Insofern war das Konzept schon wieder überzeugend. Gut für die Tabakindustrie, wenn man zwei Packungen am Tag rauchte statt einer.

Bedienen Sie sich, sagte Babutzky. Meine Vorräte sind unerschöpflich.

Babutzky wirkte müde und unruhig zugleich. Sein Gesicht war eingefallen, faltig und hatte offensichtlich die unzähligen Zigaretten mitgezählt, die er sich im Laufe seines Lebens angezündet hatte. Er hatte etwas raubtierhaftes an sich, schien immer am Sprung zu sein, immer misstrauisch, immer in Bewegung, immer auf der Jagd. Hemd und Anzug waren ein wenig zu groß für den kleinen Mann, vielleicht hatte er abgenommen; der Krawattenknopf saß tief unter seinem Adamsapfel und sah aus, als ob schwere Hände ihn gebunden hätten. Während Benn durchaus genießerisch sein konnte, war es Babutzky demonstrativ egal, was er aß, trank, trug oder rauchte.

Karl Allmeier schnurrte vorbei und verbreitete gute Laune. Selfmademen unter sich, dachte Sam. Männer, die gar nicht anders können, als irgendwas zu wollen; angetrieben von einem inneren unsichtbaren Motor. Er dachte an Carmen, an die bevorstehende Indienreise mit Eva und verbot sich den Gedanken, dass er mit sich selbst kollidieren könnte.

Zuerst das Essen, dann das Geschäft, dekretierte Benn und bestellte eine Flasche Blaufränkischen. Babutzky bestellte einen Rehrücken, Benn nahm Muscheln zur Vorspeise und ein Kalbsbries danach, Sam trank Weißwein und aß Fisch. Babutzky habe, erzählte Benn während des Essens, als Tischlermeister begonnen und nach und nach ein Imperium aufgebaut. Er fertigte Tische und Türen, baute Küchen und Kästen und war an der Herstellung und Montage von Fertighäusern beteiligt. Nun wolle er den nächsten Schritt setzen, einen logischen Schritt, wenn man's recht bedenkt.

Er habe nichts gegen Schweden, sagte Babutzky, nachdem der Tisch abgeräumt war und er ein zweites Bier geordert hatte. Und schon gar nichts gegen IKEA. Er sehe nur nicht ein, warum man das Geschäft den Skandinaviern überlassen solle. Österreich sei ein Land der Bastler und Heimwerker. Baumärkte würden aus dem Boden schießen, und alle Welt sitze auf IKEA-Sesseln, schlafe in IKEA-Betten und verstaue seine Bücher in den immer gleichen

IKEA-Regalen. Dazwischen aber täte sich ein noch unbeackertes Marktsegment auf: Möbel zum Selbermachen. Er plane, seine verstreuten Kapazitäten zusammenzuführen und Bauteile anzubieten, aus denen sich jeder seine Schränke, seine Wohnung und sein Haus selber zimmern könne. Schrauben und dübeln kann jeder, sagte Babutzky, Bretter schneiden und hobeln aber nicht. Dazu braucht man Holz und Maschinen. Er wolle ein Baukastensystem anbieten, Bohlen für Fußböden ebenso wie Regalbretter, kleinteilige Einheiten für Nacht- oder Badezimmerkästchen. In allen Farben, Formen und Formaten. Beginnen werde man mit einem Großmarkt im Süden von Wien, eröffnet werden solle am sechsten Dezember. Die Banken seien dabei, die Genehmigungen erteilt.

Nur damit ich Sie richtig verstehe, sagte Sam. Sie sind, in einem übertragenen Sinn natürlich, das Fachgeschäft, in dem Hobbymaler ihre Farben, ihr Papier, ihre Leinwand und ihre Pinsel kaufen. Das Bild malen sie dann selbst. Beim Kochen ist es ja auch nicht anders. Die Nahrungsmittel kauft man, das Gericht bereitet man selber zu. Im Gegensatz zu IKEA. Dort kauft man das fertige Gericht, allerdings ist es beim Kauf aus Gründen der Lagerhaltung in seine Einzelbestandteile zerlegt. Bei IKEA ist der Urheber von allem und jedem stets IKEA. In Ihrem Konzept erschaffen sich die Heimwerker die Welt selbst.

So ungefähr, sagte Babutzky, dem Sams Erklärung zu langatmig, zu umständlich und zu geschwollen war. Es ist wie mit Ihren Zigaretten. Sie kaufen sich die Bestandteile und wuzeln sich die Dinger selbst. Das ist erstens billiger, und zweitens sind Sie auch noch stolz darauf. Ich glaub, wir verstehen uns, junger Mann.

Und wir sollen dabei behilflich sein, nehme ich an, sagte Sam.

Genau, sagte Babutzky, während er mit der flachen Hand die Rauchwolke, die sich wie ein Tiefdruckgebiet über der Tischmitte festgesetzt hatte, wegzuwedeln versuchte. Genau, wiederholte er.

Das Kind braucht einen Namen und jede Menge Werbung. Werbung, die die Leute auch erreicht. Ich bin Tischler, sagte er, Benn – bei aller Wertschätzung – ist Drucker. Kurzum: Wir brauchen einen kreativen Spinner, jemanden, der kompliziert denken und einfach schreiben kann.

Und was lässt Sie annehmen, dass gerade ich der Richtige bin?, fragte Sam. Baumärkte und Möbel – und seien es auch welche zum Selbermachen – sind mir so fremd wie … irgendwas.

Sam fiel kein passender Vergleich ein. Ursprünglich hatte er Mammutochsen sagen wollen, fand den Vergleich dann aber doch unangebracht.

Sie, sagte Babutzky, sind Benns Entscheidung. Nicht meine. Der Auftrag geht an Benn, nicht an Sie. Wen Benn engagiert, ist mir egal. Aber irgendwie hat er nach dieser Harndrang-Kampagne wohl einen Narren an Ihnen gefressen. Und dass Sie mit der Branche bisher nichts zu tun hatten, halte ich eher für einen Vorteil.

Wer gut schlafen will, wollen wir wetten, schläft am besten in Babutzky-Betten, sagte Sam und war nicht sicher, ob der Witz auch als solcher verstanden wurde. Kleiner Scherz, sagte er und wechselte umgehend in einen geschäftsmäßigen Ton. Wie viel Zeit haben wir?

Bis Juni, sagte Benn, muss das Konzept stehen. Name, Logo, Slogan, Strategie.

Okay, sagte Sam. Ich fahr jetzt einmal für ein paar Wochen nach Indien und lasse mich inspirieren. Berge, Buddhas, lange Fahrten mit der Bahn. Wenn mir nichts einfällt, werde ich es rechtzeitig sagen. Wollen wir noch einen Cognac trinken? Der Patron hat Hervorragendes unter Verschluss, ich lade Sie ein.

Ersteres ja, Zweiteres nein, sagte Benn entschlossen.

Und das heißt?, fragte Sam.

Geschäftsessen, sagte Benn, Abschreibposten. Anbahnung von geschäftlichen Aktivitäten.

Sein Steuerberater zwinge ihn förmlich dazu, so viel wie möglich zu fressen und zu saufen.

Schön, sagte Babutzky und lud Sam ein, ihn möglichst bald in seinem Hauptquartier – er sagte tatsächlich »Hauptquartier« – zu besuchen. Damit er sich ein genaueres Bild machen könne.

Sam trank einen Cognac und noch einen zweiten. Mit jener Klarheit, die sich erst in der Vernebelung einstellte, spürte er, dass es zwar ein verschlungener, aber doch logischer Weg war von Rainer Maria Rilke zu Babutzky und Benn. *Bleiben ist nirgends*, dachte er, erste Elegie. Für einen Moment lang schien ihm der Dichter wie ein Freund. Sam erschrak bei dem Gedanken. Vielleicht, dachte er, wusste Rilke, dass das *Schöne* nicht unbedingt *des Schrecklichen Anfang* ist. Vielleicht musste man Rilke von hinten nach vorne lesen, von rechts nach links. Dann konnte es ja sein, dass das *Schreckliche* nichts anderes war als der *Anfang des Schönen.*

Sam verabschiedete sich und ließ ein Taxi rufen. Er hatte zu viel getrunken, um zu Fuß nach Hause zu gehen. Seine Vermieter hatten angedeutet, dass sie über kurz oder lang wieder in die Alser Straße zurückkehren wollten. Das esoterische Fitnesscenter lief nicht so, wie sie sich das vorgestellt hatten. Er würde sich eine Wohnung suchen müssen. Er rauchte im Taxi. Noch im *Allmeier* hatte er sich eine auf Vorrat gedreht. Eigentlich mochte er Wien nicht. Er war hier nicht beheimatet. Vielleicht war ihm Rilke deshalb plötzlich sympathisch.

Das *Oswald & Kalb* war brechend voll am Freitagabend. Sam wollte rechtzeitig da sein und die Tür im Auge behalten. Er wollte vorbereitet sein und schon etwas getrunken haben, bevor Carmen kam. Er hatte Mühe, einen Platz an der Bar zu finden. Schließlich eroberte er einen am hinteren Ende der Theke. Die Rauchschwaden hingen tiefer als sonst unter den Lampen, es herrschte laute

Fröhlichkeit. Carmen kam wenige Minuten nach zehn. Sorry, sagte sie zur Begrüßung.

Keine Ursache, sagte Sam, alles was innerhalb des akademischen Viertels liegt, ist okay. Er nahm ihr den Mantel ab und hängte ihn zu seinem. Deshalb hasse er den Winter, sagte Sam, es gäbe nie ausreichend Platz für die Garderobe. Unsere Mäntel müssen sich jetzt einen Haken teilen.

Sie werden's ertragen, sagte Carmen. Oder finden Sie, dass Mäntel Empfindungen haben?

Sicher, sagte Sam. Meiner in jedem Fall. Er mag zum Beispiel keine braunen Kamelhaarmäntel.

Interessant, sagte Carmen. Und was tut er dann?

Er leidet.

Wegen der Kamele?

Nein, wegen der Träger.

In jedem Fall werden sie morgen riechen wie geräuchert, unsere Mäntel, sagte Carmen. Wir übrigens auch. Sie habe sich, fügte sie mit einem gespielten Vorwurf hinzu, noch eigens die Haare gewaschen.

Meinetwegen?, fragte Sam.

Sie legte den Kopf schief. Männer …, sagte sie, und ließ den Rest der Antwort offen.

Carmen hatte, während Sam sich um ihren Mantel kümmerte, seinen Platz an der Theke eingenommen. Der Barkeeper, Slavko oder Mirko oder einer von den anderen Jugoslawen, warf ihr einen freundlichen Blick zu. Sam hatte Mühe, sich zwischen all die Leute zu quetschen.

Es ist ein wenig eng hier, sagte er, nachdem es ihm gelungen war, sich direkt vor Carmen aufzupflanzen. Er hatte einmal gelesen, dass Menschen so etwas wie einen privaten physischen Raum vor sich hertragen würden. In Europa seien das etwa fünfundsiebzig

Zentimeter. In Asien und im arabischen Raum deutlich weniger. Weshalb die Busse und U-Bahnen in Tokio wesentlich voller sein durften als in Kopenhagen oder Wien. Würde dieser Raum von Unbekannten oder Fremden verletzt, weiche man automatisch zurück.

Unangenehm?, fragte Carmen und lächelte amüsiert und ein wenig spöttisch. Sie trug, wie beim ersten Mal, als er sie an der Bar um Feuer gebeten hatte, lange Hosen und ein kurzes Sakko, nur das T-Shirt war diesmal rot. Knallrot. Sie war geschminkt, das braune Haar war noch voller als zuletzt.

Keineswegs, sagte Sam. Er spürte die Körperwärme seines Thekennachbarn im Rücken.

Weißwein?, fragte er.

Nein, sagte Carmen, ich beginne mit einem kleinen Bier.

Biertrinkende Frauen sind eher selten, sagte Sam und registrierte, dass der Abend offensichtlich auf mehr als ein kleines Bier angelegt war.

Stimmt, sagte Carmen. Aber wer gehört schon gern einer Mehrheit an. Sie?

Kommt darauf an, sagte Sam und bot ihr eine *Stuyvesant* an.

Oh, Sie wuzeln nicht mehr? Keine Selbstgedrehten heute Abend?

Nein, sagte Sam, heute Abend nicht.

Und warum nicht, wenn ich fragen darf?

Erstens sei es ein besonderer Abend, sagte Sam, und zweitens gefalle ihm das Snob-Image nicht.

Ich habe nichts gegen Snobs, sagte Carmen. Sie sind wie teure Spielzeuge. Eine Weile lang unterhaltsam, dann wirft man sie in eine Ecke.

Eben, sagte Sam.

Und woher der plötzliche Sinneswandel?

Es sei kein Sinneswandel, sagte Sam. Nur eine Präzisierung. Er sei in sich gegangen und habe herausgefunden, dass ihm zum Snobismus das Aristokratische fehle. Er sei weder Oscar Wilde noch Beau Brummell, der fünf Stunden gebraucht haben soll, um sich anzukleiden. Wobei man hier wohl noch einmal zwischen Snobs und Dandys unterscheiden müsse. Er selbst sei ein Schnösel, bestenfalls. Die proletarische Version eines Snobs. Wobei man den Schnösel natürlich vom Strizzi abgrenzen müsse.

Und das geht wie?

Na ja, der Strizzi, sagte Sam mit sichtbarer Freude daran, dozieren zu dürfen, ist eine Art Schnösel mit kleinkrimineller Schlagseite. Letzteres fehle ihm völlig. Er habe noch nie gestohlen und sei nicht einmal in der Lage, eine Stange Zigaretten über die Grenze zu schmuggeln.

Und warum ausgerechnet *Stuyvesant*?, fragte Carmen, während sie sich eine Zigarette aus seiner Packung fischte und sich von Sam Feuer geben ließ.

Erstens weil sie kaum jemand raucht und zweitens wegen der Werbung. *Der Geschmack der großen, weiten Welt.*

Also doch ein Snob, sagte Carmen, egal was Sie rauchen und unabhängig davon, ob Sie einen Führerschein haben oder nicht. Sie verzog den Mund und blies, um Sam nicht mitten ins Gesicht zu nebeln, den Rauch in Richtung Theke.

Wir sind tatsächlich gleich groß, erwiderte Sam und blickte wie zum Beweis in ihre Augen. Auf Augenhöhe, sozusagen.

Schauen wir mal, sagte Carmen. Ich hab mir extra flache Schuhe angezogen, damit ich Sie nicht überrage. Männer haben das, soweit ich weiß, nicht so gern.

Sie haben auch hochhackige?, fragte Sam.

Halbhochhackige, sagte Carmen. Ein Paar rote und ein Paar schwarze. *Just in case.*

Manchmal trifft man ja auch auf wirklich große Männer, sagte Sam und versuchte so selbstironisch wie möglich zu klingen.

Selten, sagte Carmen, metaphorisch gesehen. Charles de Gaulle habe sie ja leider verpasst. Der soll Schuhgröße sechsundfünfzig gehabt haben. Muss schwierig gewesen sein, passende Schuhe für ihn zu finden.

Sam schwieg für ein paar Augenblicke. Was ganz anderes, sagte er nach einer Weile, bevor wir uns hier auf die schwierige Debatte über innere und äußere Werte einlassen, wobei er selbst es ja gar nicht möge, wenn innere Werte für wertvoller gehalten würden als äußere.

Sie meinen, wenn ich hässlich wäre, hätten Sie sich nicht mit mir verabredet?

Stimmt, sagte Sam. Ihre inneren Werte sehe ich ja nicht beim ersten Augenschein, die äußeren schon, was jetzt durchaus als Kompliment verstanden werden dürfe. Jedenfalls: Er kenne sich da zwar nicht aus, er habe ja nie eine Tanzschule besucht, wo man ihm dergleichen hätte beibringen können, und Kinderstube in diesem Sinne habe er auch keine, also er wisse nicht, ob man als Mann einer Frau …

Carmen, wenn es das ist, sagte Carmen und hob lächelnd ihr Glas.

Sam, sagte Sam. Nach wie vor: Sam Sapadi. Geadelt vom Schnösel zum Snob. Aber jetzt sei er doch neugierig auf die große Oper, wenn er schon Carmen sagen dürfe.

Und wie ist das mit Sam?, fragte Carmen. Sam heißen bei uns ja auch die wenigsten. Uncle Sam? Samuel? Samson? Sam Peckinpah, Sam Shepard oder gar Sam Hawkens? Falls er, was sie annehme, Karl May gelesen habe.

Wow, sagte Sam, während er von einem Bein auf das andere wechselte, ich bin beeindruckt.

Allzu langes Stehen tat seinen Hüften nicht gut. Ab dem dritten oder vierten Glas vergaß er seine Dysplasie aber meistens. Überdies war es nicht der Moment, um Schwäche zu zeigen.

Ladys first, sagte er. Zuerst die Oper. Die Sache mit seinem Sam sei vielleicht ein wenig lächerlich.

Wir könnten uns auch setzen, sagte Carmen mit Blick auf den hinten gelegenen Restaurantteil des Lokals, das sich allmählich zu leeren begann. Slavko hat sicher einen Tisch für uns.

Carmen war, wie sich herausstellte, die Tochter eines Großbauern in der Nähe von Mittersill. Sie hatte zwei ältere und einen jüngeren Bruder. Ihr Vater war nicht nur Bauer – Landwirtschaftsunternehmer, wie Carmen sagte –, sondern auch Politiker. Gemeinderat, Landwirtschaftskammerfunktionär; zwei Perioden lang saß er als Abgeordneter im Salzburger Landtag. Man hatte jede Menge Wald und Vieh und vermietete im Sommer Zimmer an Urlaubsgäste. Er sei ein beeindruckender Mann, ihr Vater, sagte Carmen, wenn sie auch politisch nicht immer mit ihm übereinstimme. Groß und mächtig und unbeirrbar, wie eine alte, knorrige Eiche. Und: Er liebe Opern. Italienische Opern. Verdi vor allem. Auch Donizetti, Bellini, Puccini, Rossini. Abends, wenn er nicht gerade bei Sitzungen war oder auch an Sonntagnachmittagen, setzte er sich in seinen Lehnstuhl, legte sommers wie winters eine leichte, karierte Wolldecke über die Knie und versank. Er hatte nicht viele Platten. Es war ihm auch egal, wer spielte, inszenierte oder sang. Opernhäuser mied er. Selbst den Salzburger Festspielen blieb er fern. Mozart interessierte ihn nicht. Geschweige denn Wagner oder Strauss. Bizet ging gerade noch. Die Russen lehnte er kategorisch ab. Er war in russischer Kriegsgefangenschaft gewesen. Das reichte, sagte er, für den Rest des Lebens. Er liebte *La Traviata*, *Aida*, den *Barbier von Sevilla*, *Nabucco*, *Turandot*, *La Bohème*, *Madame Butterfly* und vor allem die *Tosca.* Als ihm seine Frau nach zwei Söhnen die erste Tochter gebar, war ihm klar, dass er sie Tosca taufen würde. Tosca Katharina Kolb. Seine Frau widersprach. Tosca, sagte sie, heiße eine ihrer leistungsfähigsten Kühe. Und sie lasse es nicht zu, dass ihre Tochter den gleichen Namen trug wie eine Kuh. Aida ging ebenfalls nicht – das Kind kann nicht heißen wie eine Kuchen- und Kaffeehauskette! Also taufte man, nach gründlicher Überprüfung aller Kühe im Stall, das Kind auf den Namen Carmen. Angeblich, sagte Carmen, soll ihr Vater die Oper danach nie mehr gehört haben. Er empfand den Namen als Niederlage. Bestenfalls als Kompromiss. Bei den Söhnen war es einfacher. Sie wurden auf Johann, Walter und Fritz getauft.

Und du?, fragte Carmen. Woher kommt er nun, der Sam? Auch sie war in der Zwischenzeit auf Weißwein umgestiegen. Sie saßen an einem kleinen Tisch in einer Fensternische. Manchmal passierten Menschen die Bäckerstraße und hielten einen Augenblick inne, um die Gäste in ihren Schaukästen zu sehen. Sie gaben ein schönes Paar ab, dachte Sam. Schön und zugewandt. Sie saßen vornübergebeugt, Sam hatte die Arme auf die Ellbogen gestützt, die Zigarette zwischen den Fingern. Er rauchte *Stuyvesant*, sie ihre roten *Gauloises.* Sam erzählte, dass er eigentlich Thomas heiße und dass es ihm in seiner revolutionären Phase ein Bedürfnis gewesen sei, sich eine andere, neue Identität zuzulegen.

Samsa, sagte Carmen, nachdem er geendet hatte.

Samsa?, wiederholte Sam und hob fragend den Kopf.

Ja, Samsa, sagte Carmen. Sam-Sa, Sam Sapadi. Ich werde dich, falls wir uns noch das eine oder andere Mal sehen, Samsa nennen, wie den Kafka-Käfer. Der wacht schließlich auch eines Morgens auf und weiß nicht, wie ihm geschieht.

Samsa, wiederholte Sam und wusste nicht, ob er sich geschmeichelt oder veräppelt fühlen sollte. Kafka war gut, Käfer war schlecht. Carmen lächelte zufrieden. Ihre braunen Augen blitzten. Sie hatte alles unter Kontrolle, wie es schien. Mittlerweile waren kaum noch Gäste im Lokal, die Kellner hatten begonnen, die Tische abzuräumen.

Und jetzt?, fragte Sam.

Jetzt frage ich dich noch, was du so treibst – außer Speisekarten zu lektorieren.

Werbung, sagte Sam. Genau genommen arbeite er für eine Werbeagentur, wo er meistens langweilige Texte redigiere und manchmal einen Slogan erfinden dürfe. Früher sei er Literaturredakteur bei der *Arbeiter-Zeitung* gewesen.

Interessante Wendung, sagte Carmen. Politisch flexibel, der Herr Samsa.

Exakt, sagte Sam. Aber so sei das Leben eben. Es werde einem mehr genommen als gegeben. Außerdem könne man ja, um den Dichter Ernst Jandl zu bemühen, lechts und rinks heutzutage leicht velwechsern. Im Übrigen würde er sie, da sie schon von Arbeit sprächen, bei Gelegenheit gern zu einem Werkstattbesuch einladen.

In die Agentur?, fragte Carmen und zog die Augenbrauen hoch.

Nein, ins *Allmeier*, sagte Sam, falls du das kennst. Das sei sein Speisekartenarbeitsplatz.

Also doch ein Snob, sagte Carmen. Oder meinetwegen ein Schnösel. Und ja, gerne. Sie liebe Hauben. Je mehr, desto besser. Aber davor würde sie gern ihn einladen. Sie gäbe übernächste Woche ein kleines Essen, fünf, sechs Leute, höchstens, Bekannte und Freunde aus ihrer *Greenpeace*-Zeit. Sie könne nämlich kochen, so was kann man als Bauerstochter.

Nichts lieber als das, sagte Sam. Dann reise er nämlich für ein paar Wochen ab nach Indien.

Beneidenswert, sagte Carmen. Allein?

Nein, mit einer Freundin.

Mit *deiner* Freundin oder mit *einer* Freundin, wenn ich so indiskret sein darf.

Ich fahre mit *einer* Freundin, sagte er tonlos. Frau Universitätsprofessor Doktor Pickeis-Wachel. Sie hat meine Dissertation betreut.

Oh, ein Doktor Speisekartenlektor.

Ja, sagte Sam. Auch unsereins hat studiert.

Man lernt sich allmählich kennen, sagte Carmen. Ihr Lächeln war vorübergehend aus ihrem Gesicht verschwunden. Und worüber?

Worüber was?

Worüber hast du dissertiert?

Rilke, sagte Sam, die *Duineser Elegien.*

Ah, sagte Carmen, lehnte sich zurück und lächelte wieder. *Bleiben ist nirgends*, und so.

Bin abermals beeindruckt, sagte Sam. Allmählich kommen wir von den äußeren zu den inneren Werten. Eine Ökonomin, die Karl May und Kafka kennt und Rilke zitieren kann – Respekt, Madame! Ich baue gerade einen Teil meiner Vorurteile ab. Schade, dass es nichts mehr zu trinken gibt.

Ökonomen, sagte Carmen, verstehen sicher mehr von Poesie als Poeten von Ökonomie.

Stimmt, sagte Sam. Sein Kontostand würde das täglich beweisen.

Sie zahlten, teilten sich die Rechnung, gingen zum nächsten Standplatz und nahmen zwei Taxis. Ciao Samsa, sagte Carmen und küsste ihn links und rechts auf die Wange.

Ciao, sagte Sam. Ich weiß, was ich morgen tun werde.

Die Haare waschen?

Das auch, sagte Sam. Danach werde ich in den Plattenladen gehen und mir Carmen kaufen. Es soll da eine gleichnamige Oper geben, in der stolze Frauen auf ihren weißen Schenkeln dicke Zigarren drehen.

Aufregend, oder?

In jedem Fall, sagte Sam und küsste Carmen flüchtig auf den Mund.

11. Beedis

Die entscheidende Idee kam ihm auf 3780 Meter über dem Meer. Das Foto, das ihm Eva später aus Innsbruck schickte, zeigte ihn in einem dicken rostroten Fleecepullover, in Bergschuhen, Cargohose und mit Kappe an ein riesiges Schild gelehnt. Es war einer der Orte, an dem Touristen sich gern fotografieren ließen, nachdem sie die Straße von Gangtok hinauf an den Tsomgo Lake unbeschadet bewältigt hatten. Man hatte es auf 12.400 Fuß geschafft, wie das Willkommensschild von *Sikkim Tourism* in Riesenlettern verkündete.

Zu Fuß waren Eva und er nur die letzten paar Hundert Meter gegangen, aber immerhin. Es war der höchste Punkt, an dem Sam jemals gewesen war. Seine Knie fühlten sich weich an, rund um den See lag Schnee, die gesattelten und bunt geschmückten Yaks mit ihren Stirnlocken warteten auf Kundschaft, es wurde Hühnerfleisch auf Spießchen angeboten und dampfend heißer Tee.

Sam hatte nicht nachgedacht. Schon seit Wochen nicht. Er hatte allerdings auch nicht vergessen, dass er einen Auftrag hatte. Dass Benn und Babutzky mit ihm rechneten. Letztlich, dachte Sam, wurde er dafür bezahlt, dass er nichts tat. Dass er seinen Kopf frei machte, dass er die Leere zuließ, die sich in ihm ausbreitete. In gewisser Weise missbrauchte er Indien.

Je stärker und heftiger die äußeren Reize wurden, desto ruhiger wurde Sam. Und heftig war die Reise allemal. Sie waren von Delhi zunächst nach Jaipur gefahren, von dort nach Agra, um das Taj Mahal zu sehen, sie staunten über die erotische Freizügigkeit der Reliefs an den Tempeln von Khajuraho, blieben eine Woche im durchgeknallten Varanasi und fuhren mit dem Zug weiter in Richtung Darjeeling, um von dort aus einen Abstecher nach Sikkim zu machen – jenem kleinen, zwischen China, Nepal und Bhutan eingeklemmten indischen Bundesstaat, den Eva unbedingt besuchen wollte. Eva war großartig. Sie liebte die Fremde, war aufmerksam, neugierig, kontaktfreudig und ohne jede Furcht. Eva tauchte tief ein in den Hinduismus und den Buddhismus, erfreute sich an den Farben und Gerüchen, haderte mit dem Kastensystem und litt an der Armut und am Elend der Mädchen und Frauen. Abgesehen davon war sie bestens vorbereitet. Alex, den sie noch aus gemeinsamen Studientagen kannte und der es vom sozialistischen Studentenfunktionär zum österreichischen Botschafter in Indien gebracht hatte, hatte sie in Delhi empfangen, für zwei Tage in der Residenz beherbergt und für ein Auto samt Fahrer gesorgt. Die Hotels, die der Botschafter empfahl, lehnte Eva samt und sonders ab. So einfach wie möglich, sagte sie. Man werde schon etwas finden. Sie sei es von ihrem Hof in Südtirol gewohnt, ohne Strom und Komfort zu leben. Sie wolle essen, was die Menschen aßen, und trinken, was man hierzulande trank. Selbst ihre *Flirt* hatte sie zu Hause gelassen. Sie wollte Beedis rauchen, diese grässlich scharfen zigarettenartigen Dinger, die nach Gewürznelken schmeckten und ständig ausgingen, wenn man nicht wie wild an ihnen sog.

Sam hatte vorsichtshalber zwei Stangen *Stuyvesant* und zwei Päckchen *Drum* mitgebracht. Das sollte sich ausgehen für vier Wochen, sofern er nicht mehr als zwanzig täglich rauchte. Sam war Evas Begeisterung für alles Indische suspekt. Er freute sich mit ihr, blieb aber auf Distanz. Es erschloss sich ihm nicht, weshalb man Indien mehr lieben sollte als das Salzkammergut und weswegen es notwendig war, die Inder mehr zu mögen als die Steirer, Tiroler oder Burgenländer. Als ob die Schönheit mit der Entfernung von der Heimat proportional größer würde. Er war fast beruhigt darüber, dass Eva den Himalaja nicht so beeindruckend fand wie er. Es mache nicht so viel Unterschied, sagte sie, ob man aus fünftausend Meter Höhe auf viertausend schaue, oder von dreitausend auf zweitausend. Berg ist Berg. Man ist bloß ein paar Stockwerke höher oben. Und von Darjeeling aus gesehen seien der Kanchenjunga und der Mount Everest, den man bei klarem Wetter in den frühen Morgenstunden sehen konnte, auch nichts weiter als schneebedeckte Zacken, die kalt und trotzig in den Himmel ragten.

Manchmal schien es Sam, als ob er gar nicht selbst durch Indien reiste, sondern Eva dabei zusah, wie sie versuchte, sich mit der Fremde zu verbrüdern. Er selbst liebte die Tempel, die Buntheit, die Gerüche – und das Gedränge auch. Er war fasziniert von den Ritualen der Buddhisten und der Verspieltheit der Hindus. Die Armut jedoch ging ihn nichts an. Er litt nicht mit den Frauen, die bei sengender Hitze im Straßenbau Steine schleppten, er hatte kein Mitleid mit den Bettlern, den Aussätzigen und den Krüppeln, er fühlte sich belästigt von den Beinamputierten, die im Zug dahergerobbt kamen, um gegen eine kleine Spende den Dreck unter den Sitzbänken mit bloßen Händen unter die nächste Sitzbank zu bugsieren. Sam hatte ein soziologisches und politisches Interesse an dieser Koexistenz von stinkender Armut und prahlerischem Reichtum, an dieser Verwandtschaft von Grausamkeit und Milde, und an dieser Gleichzeitigkeit von Vergangenheit, Gegenwart und Zukunft. Mitleid verspürte er nicht. Und erst recht kein schlechtes Gewissen darüber, dass er aus einem Land kam, in dem man die Toiletten mit Trinkwasser spülte. Er vermisste den Wein zum Abendessen. Die Flasche Cognac, die er beim Abflug noch gekauft hatte, war bald leer. Es lag ein Hauch von Abschied auf dieser Reise. Und wie im späten Sommerlicht sahen sie einander zart und klar.

Du hast eine neue Frau, sagte Eva plötzlich auf einer der endlosen Autofahrten auf dem Rücksitz ihres weißen Ambassador.

Jener Automarke, die in Indien hergestellt wurde und dennoch aussah, als ob sie aus Kolonialzeiten stammte. Es war eher eine Feststellung als eine Frage. Sam war nicht überrascht, blickte aus dem Fenster und schwieg. Die Landschaft war langweilig, staubig und öd. Ganz Indien defäkiert, hatte er bei V.S. Naipaul gelesen, und er fand es auf eine seltsame Weise beruhigend, dass tatsächlich – vor allem in den Morgenstunden – Menschen allein oder auch in Gruppen in den Straßengräben hockten und dem *call of nature* folgten. Er mochte Indien, weil es nichts verbarg. Nicht das Leben, nicht den Reichtum, nicht die Armut und nicht den Tod. Sam fand den Gestank heimelig. Es stank in den Straßen, die Kanäle stanken und die Müllberge sowieso. Er hatte nie so recht verstanden, warum Menschen nur dann gut riechen sollten, wenn sie nach gar nichts rochen. Eva riss ihn aus seinen Gedanken.

Hast du nun oder hast du nicht?, fragte sie.

Habe ich *was*?

Eine neue Frau, wiederholte Eva.

Noch nicht, sagte Sam.

Aber du arbeitest daran.

Es arbeitet daran, sagte Sam.

Wer ist *es*?, fragte Eva ungeduldig.

Das Leben, sagte Sam. Das Leben arbeitet daran.

Ah, sagte Eva. Kismet oder Karma oder dergleichen. Darf ich fragen, wie sie heißt?

Carmen, sagte Sam.

Große Oper also?

Mal sehen, sagte Sam, kann sein. Ouvertüre bestenfalls.

Eva neigte sich zu ihm und legte ihren Kopf an seine Schulter. Er solle sich keine Sorgen machen, sagte sie nach einer Weile. Weder jetzt noch später. Ein klein wenig Traurigkeit werde sie sich vielleicht gestatten, wenn ihr ihr Lieblingsspielzeug abhandenkomme.

Spielzeug?, fragte Sam, zog eine Schnute und versuchte so beleidigt wie möglich dreinzuschauen.

Natürlich, sagte Eva. Große kleine Mädchen brauchen so was. Von Zeit zu Zeit zumindest.

Du wirst ein neues finden, sagte Sam. In Hamburg findet sich sicher ein geeigneter Pfeffersack.

Gute Retourkutsche, sagte Eva. Wollen wir eine rauchen?

Gern, sagte Sam und bot ihr eine *Stuyvesant* an.

Ausnahmsweise, sagte Eva, steckte ihre Beedis zurück in die Tasche und ließ sich dazu überreden, wenigsten für eine Nacht ein komfortables Hotel aufzusuchen.

Manchmal fragte sich Sam, ob er nicht ein schlechtes Gewissen haben müsste. Aber er konnte, so tief er auch grub, nichts dergleichen finden. Es war erst wenige Wochen her, seit er bei Carmen zum Essen eingeladen war. Er hatte lange überlegt, was er mitbringen könnte. Er hasste Gastgeschenke. Vor allem hasste er es, über Gastgeschenke nachdenken zu müssen. Blumen schloss er aus. Allein schon, weil er nicht gewusst hätte, welche. Rote Rosen wären zu plump gewesen, bei gelben wusste er nicht, welche Bedeutung man ihnen zuschrieb. Bei anderen Blumen kannte er sich nicht aus. Er kannte sich überhaupt nicht aus bei Pflanzen. Tulpen schienen ihm fett wie holländisches Essen; Nelken waren das Symbol der Sozialistischen Partei. Er wusste Petersilie kaum von Schnittlauch zu unterscheiden. Thymian hielt er für ein Stadt in Griechenland und Oregano für einen amerikanischen Bundesstaat. Er entschied sich schließlich für eine elegante Ausgabe der gesammelten Gedichte von Else Lasker-Schüler, die er seit seiner Zeit bei der *Arbeiter-Zeitung* auf seinem Schreibtisch griffbereit stehen hatte. Er nahm sich vor, die Gastgeberin wie beiläufig um Nachsicht dafür zu bitten, dass das Buch schon etwas abgegriffen wirke. Er habe oft darin geblättert, würde er sagen, um dem Geschenk einen persönlichen Charakter zu verleihen. Auf Seite einhunderteinundneunzig legte er als Lesezeichen einen Wollfaden ein, den er von seinem roten Winterschal geschnitten hatte. Er sollte auf ein raffiniert konstruiertes Gedicht verweisen, in dem Else Lasker-Schüler davor warnte, die Liebe im *Alltag blinder Lust* verdorren zu lassen. Das geht immer, dachte Sam. Und für den Titel des Gedichts, *Ouvertüre*, konnte er schlicht und einfach nichts.

Carmen wohnte in einer geräumigen Maisonette am Alois-Drasche-Park in Wien. Der Dachboden eines Gründerzeithauses war ausgebaut und geschickt mit dem darunterliegenden Stockwerk verbunden worden. Sie kenne eine Architektin, sagte Carmen, die das für sie erledigt habe. Vom modernen oberen Teil der Maisonette, den Carmen *ihr Studio* nannte, blickte man durch eine große Glasfront auf Rotbuchen und eine Gruppe von Platanen, auf einen Kinderspielplatz und die gegenüberliegenden Häuserfassaden. Ihr Vater, sagte Carmen, habe darauf bestanden, ihr Erbteil handfest anzulegen. Als Bauer sei es ihm unerträglich, dass eines seiner Kinder Immobilienhaien Geld in Form von Miete in den Rachen werfe. Ihr ältester Bruder habe den Betrieb in Mittersill geerbt, die anderen Brüder seien mit Baugründen und sie mit der Wohnung in Wien abgefunden worden.

Ich hoffe, du hast wenigstens ein schlechtes Gewissen ob dieser Pracht, sagte Sam, nachdem Carmen ihn durch die Wohnung geführt hatte.

Klar, sagte Carmen und lachte. Nicht nur Ökonomen wissen, dass Erben keine Leistung sei. Aber andererseits sei sie wohl zu schwach gewesen, um das Angebot abzulehnen.

Sam war aufgeregt gewesen, als er den Klingelknopf gedrückt

hatte. Er hatte sich am Vorabend noch mit Karl Allmeier beraten und sich eine Flasche chilenischen Rotwein mit auf den Weg geben lassen. Der sei zwar etwas »marmeladig«, hatte Karl gesagt, als Mitbringsel aber in jedem Fall geeignet. Carmen strahlte, als sie ihn empfing. Sie trug Jeans und einen tief ausgeschnittenen, weiten, grünen Pullover. Schön, dass du da bist, sagte sie, küsste ihn auf beide Wangen und bat ihn einzutreten. Sam hatte nicht viel Zeit, ihr den Gedichtband und den Rotwein zu erklären.

Sie waren zu sechst. Vier Männer und zwei Frauen. Die zweite Frau, offensichtlich eine Uraltfreundin, hatte bis tief in den Rücken fallendes hellrotes, gelocktes Haar und sah ein wenig aus, als ob sie einen Wollladen führte. Einer der Männer war ein früherer Kollege und arbeitete nach wie vor für *Greenpeace*, ein anderer, ein Franzose, der ein herrliches Deutsch mit einem ebenso herrlichen französischen Akzent sprach, war bei *Ärzte ohne Grenzen* und der dritte Mann war, soweit Sam das verstand, im Außenministerium mit Entwicklungshilfeprojekten beschäftigt. Wie immer bei Vorstellungsrunden drangen die Namen der anderen nicht zu ihm durch. Sams Gehirn schaltete unverzüglich ab. Er konnte nichts dagegen machen. Er wusste, dass er auch diesen Abend damit zubringen würde, die Namen der Gäste so unauffällig wie möglich aus dem Gesprächsverlauf zu rekonstruieren. Nur Bea, die Frau mit dem Wollladen, hatte er sich gemerkt.

Das ist Sam, sagte Carmen, als sie ihn den anderen vorstellte. Er macht Werbung und lektoriert Speisekarten. Doktor Sam, genau genommen. Er hat über Rilke promoviert und fährt in Kürze für ein paar Wochen nach Indien. Sam wusste nicht genau, ob er sich wohl oder unwohl fühlen sollte. Es gab, was ungewöhnlich war, unter den Gästen offenbar keine Paare. Die Männer wirkten bunt, trugen Mokassins und geflochtene Bändchen an den Handgelenken und sahen aus, als ob sie morgen wieder ins nächste Flugzeug steigen könnten. Es gab einen marokkanischen Lammeintopf mit Weißbrot. Robert, sagte Carmen entschuldigend und deutete auf den Arzt ohne Grenzen, habe es sich nicht nehmen lassen. Wenn er als Arzt so gut ist wie als Koch, müsse man sich um die Dritte Welt nicht länger Sorgen machen.

Ich hoffe, du magst Marokko, sagte Robert und prostete Sam zu.

Sicher, sagte Sam und dachte an Evas Aschenbecher im Institut. Er sei zwar noch nie da gewesen, aber was nicht ist, kann noch werden.

Man saß rund um den großen Holztisch, trank, lachte und rauchte. Man sprach über Entwicklungshilfe, kommentierte das aktuelle politische Geschehen und zeigte sich generell amüsiert. Als die Frage auftauchte, woher Sam und Carmen sich eigentlich kennten, sagte Carmen, Sam habe sie einmal zu viel um Feuer gebeten.

Mit Absicht natürlich, sagte Sam. Er hätte sonst nicht gewusst, wie er die Dame ansprechen hätte können. Und wenn er nicht schon geraucht hätte, hätte er ihretwegen sicher damit angefangen.

Apropos Rauchen, sagte Bea, ich hoffe, es stört unseren neuen Freund nicht, wenn ich etwas Gehaltvolleres produziere.

Ohne Sams Antwort abzuwarten, nestelte sie ein kleines Döschen aus ihrer hautengen Jeans, kramte in ihrer auf dem Sofa liegenden Tasche nach Zigarettenpapier und baute mit bemerkenswerter Geschicklichkeit einen großen formvollendeten Joint. Sam hatte Mühe, seinen Stress zu verbergen. In seiner Welt dominierten Alkohol und Zigaretten; mit Marihuana hatte er keinerlei Erfahrungen. Carmen warf ihm einen fragenden Blick zu, stand auf und sagte, man möge ihr verzeihen, aber wenn Joints im Umlauf seien, brauche sie Musik, und legte irgendetwas Jazziges auf. Auf dem Rückweg streifte sie wie zur Beruhigung mit ihrer Hand kurz Sams Schulter. Sam musste sich konzentrieren. Er beobachtete genau, wer wie viele Züge nahm, bis der Joint ihn erreichte. Es wäre ihm unangemessen erschienen, das »Gerät«, wie Bea es nannte, wortlos weiterzureichen. Zur Ehrlichkeit fehlte ihm der Mut. Als der Joint ihn erreichte, inhalierte er zweimal kurz und flach. Er tat es so selbstverständlich wie möglich. Ihm gefiel das Wissen, dass sechs Münder denselben Filter nässten. Es war wie in der Kirche. Ein Akt der Verbrüderung. Alle nahmen vom selben. Carmen war vor ihm an der Reihe. Zwischen ihnen saß Robert. Es erregte Sam, zu wissen, dass kleine Speichelpartikel von ihr zu ihm wandern würden. Der Effekt ließ nicht lange auf sich warten, Sam fühlte sich weich und fließend. Die Gespräche der anderen traten, als ob ein unsichtbarer Tontechniker den Regler ein Stück zurückgenommen hätte, in den Hintergrund. Die Musik drängte sich nach vorn.

Der Mann vom Außenministerium hatte Süßigkeiten aus der Türkei mitgebracht. Carmen fragte, ob jemand Kaffee möge. Ja, sagte Sam, sehr gern sogar.

Nachdem Robert und der Kollege aus dem Außenministerium gegangen waren, baute Bea einen zweiten Joint. Sam rückte an Carmens Seite und rauchte noch vorsichtiger als beim ersten. Er hatte sich, um unklare Situationen zu vermeiden, vorgenommen, rechtzeitig zu gehen. Er wollte nicht wie damals zu Silvester bei Merle einfach übrig bleiben. Bea und der *Greenpeace*-Mann schienen alle Zeit dieser Welt zu haben. Ich muss jetzt dann, sagte Sam und tippte Carmen mit den Fingern seiner rechten Hand sanft auf den Oberarm. Schon?, fragte Carmen und zauberte einen leicht gekränkten Ausdruck in ihr Gesicht. Ja, erwiderte Sam, leider.

Ich werde sie trösten, sagte Bea.

Sam verabschiedete sich, man wünschte ihm alles Gute für die Indienreise und bestand auf einem umfassenden Bericht nach seiner Rückkehr. Gern, sagte Sam, er würde sich freuen.

Carmen begleitete ihn zur Tür und lehnte sich zwischen Garderobenspiegel und Eingangstür mit dem Rücken an die Wand. Wir hatten nicht viel Zeit füreinander, sagte sie entschuldigend.

Kommt noch, sagte Sam. Keine Sorge.

Kommst du wieder, Samsa?

Fährst du mit mir nach Sansibar?

An sich gerne, sagte Carmen. Allerdings leide sie unter Flugangst, was unter anderem der Grund dafür sei, dass sie hier in Wien festsitze und Studien erstelle.

Gar keine Flüge?, fragte Sam.

Kaum, sagte Carmen. Und warum gerade Sansibar?

Weil es so schön klinge. Wie auch Timbuktu oder Ouagadougou. Er habe als Kind immer den Schulatlas studiert und nach schönen Namen gesucht.

Wenn schon, dann Angkor Wat, sagte Carmen. Natur frisst Kultur, das müsse sie, einmal zumindest, sehen. Sie würde sich mit einer entsprechenden Dosis Beruhigungsmittel zudröhnen, seine Hand halten und das Elend über sich ergehen lassen. Schlimm seien immer nur Start und Landung. Daher seien Langstreckenflüge besser als kurze.

Sam zog Carmens Kopf in seine Richtung und küsste sie vorsichtig auf den Mund. Du hast prachtvolle Haare, sagte er.

Ein wirklicher Draufgänger bist du nicht, sagte Carmen.

Nein, sagte Sam. Das bin ich leider nicht.

Wollen wir noch eine rauchen?, fragte Carmen.

Hier?

Ja, hier, warum nicht. Carmen entschwand kurz und kam mit einem Aschenbecher und zwei *Gauloises Blondes* wieder zurück.

Macht man sich Sorgen um uns?, fragte Sam.

Nein, sagte Carmen. Man hätte sich nur Sorgen gemacht, wenn der Abschied nicht gedauert hätte.

Wieder zurück in Darjeeling, schickte Sam vom Büro des New Elgin Hotel ein handgeschriebenes Fax an Benn. Lange Zeit schon spukten Abkürzungen durch sein Gehirn. Die in Österreich höchst erfolgreiche Supermarktkette BILLA stand für *Billiger Laden*, BMW für die *Bayerischen Motorenwerke*, Carmen hatte aus Sam Sapadi *Samsa* gemacht, die weniger bekannte ÖGUSSA war die *Österreichische Gold- und Silberscheideanstalt* und ODESSA, was freilich als Argument weniger taugte, stand für die *Organisation der ehemaligen SS-Angehörigen*. Babutzkys Möbel zum Selbermachen konnten daher nur einen Namen haben: *MÖSE*. Oder auch *MöSe*, wenn sich das grafisch besser umsetzen ließe. Alles Weitere könne man ja dann besprechen, wenn er zurück sei aus Indien. Er bitte um eine kurze Antwort. Namaste!

Die Antwort von Benn ließ nicht lange auf sich warten. Als Eva und er am späten Nachmittag in der Lobby des New Elgin saßen, eine Kanne Darjeeling-Tee und dazu einen Whiskey tranken, kam ein Diener vorbei und brachte ein Fax für Mr. Sapadi. Er wisse zwar noch nicht, wie Babutzky reagieren werde, schrieb Benn, er jedenfalls sei begeistert. Schiff klar, volles Rohr voraus. Er solle eine Präsentation vorbereiten. Alles weitere dann. Gruß, Gottfried.

Eva bemühte sich erst gar nicht, ihren Ekel zu verbergen. Er sei ein Schwein, sagte sie, ein widerliches, sexistisches Arschloch. Sie wisse gar nicht, wie sie ihn so lang habe ertragen können. Er habe nichts gegen Möbel zum Selbermachen, sagte Sam und lächelte zufrieden.

Zwei Tage später flogen sie zurück. Nach ihrer Landung am frühen Morgen wollte Eva keine Zeit mehr verlieren. Sie fuhren kurz in die Alser Straße, Sam stellte sein Gepäck ab und begleitete sie zum Bahnhof.

Mach's gut, Sam, sagte Eva und umarmte ihn lang und herzlich.

Du auch, sagte Sam. Danke für alles. Und vor allem für die Reise.

Sie sparten sich weitere Höflichkeiten. Er würde sie vermutlich nie in Hamburg besuchen. Und sie ihn nicht noch einmal in Wien. Es war ein Abschied, keine Trennung. Eine Träne rollte über Evas rechte Wange. Sam beugte sich zu ihr und küsste sie weg. Er wunderte sich darüber, dass die Träne tatsächlich salzig schmeckte. An den Geschmack seiner eigenen Tränen erinnerte er sich nicht mehr.

12. Camel lights

AUF DEM WEG zurück durch die Bahnhofshalle blieb Sam vor der Tabaktrafik stehen und wusste nicht mehr, was er rauchen sollte. *Der Geschmack der großen, weiten Welt* hatte sich erledigt. Rote *Gauloises* wären anbiedernd gewesen, eine falsche Geste. Die gelben *Gauloises*, die infrage gekommen wären, waren bloß ein müder Abklatsch, eine schlechte Kopie. *Gitanes* schloss er aus, er war weder Hemingway noch Picasso. *Marlboro lights* waren keine Option, die rauchte schon Benn. Und für die Zigarette aller Zigaretten, die *Marlboro rot*, fehlte ihm das Standing. Er trat in die Trafik und kaufte zwei Schachteln *Camel lights*. Das ging. Schöne, blaue Packung, dezenter Stil. Ein Kamel, das möglicherweise ein Dromedar war, Palmen und zwei Pyramiden. Er hatte einmal von einem kretischen Sprichwort gehört, demzufolge die Seele eines Menschen nicht schneller reisen könne als ein Kamel. Das gefiel ihm einerseits, andererseits hatte er nicht so viel Zeit, um anzukommen.

Noch vom Bahnhof aus rief er Carmen an. Sie verabredeten sich um acht im *Oswald & Kalb*.

Ob er nicht zu müde sei, fragte sie und zu jet-lagged.

Beides, sagte Sam. Aber es gäbe Wichtigeres.

Von zu Hause meldete er sich bei Allmeiers zum Dienst zurück, wie er sagte, und rief Benn an. Benn wollte für den nächsten Tag ein Treffen mit Babutzky arrangieren. Sam legte sich in die Badewanne, wusch die Haare, rasierte sich und schlief eine Stunde. Er hatte für Allmeiers ein Säckchen Safran und für Carmen eine kleine Rolle mit Abbildungen der Tempelreliefs aus Khajuraho mitgebracht. Sie funktionierten wie ein Adventkalender. Wenn die Bildchen geschlossen waren, zeigten sie Männer und Frauen in höfischer Sittsamkeit. Wenn man sie aufklappte, sah man sie in allen nur erdenklichen sexuellen Posen. Sam hatte keinerlei Bedenken. Er wusste nichts über Carmens private Verhältnisse. Aber er wusste, dass alles gut werden würde.

Carmen erwartete ihn bereits, als er das *Oswald & Kalb* betrat. Sie saß in der Fensternische und habe, wie sie augenzwinkernd sagte, ihre Beziehungen spielen lassen müssen, um überhaupt einen Tisch zu ergattern.

Vorsicht, sagte Sam. Er neige zur Eifersucht. Vor allem wenn es sich um Mirko oder Slavko oder um andere jugoslawische Kellner handle.

Rassist, sagte Carmen. Aber schön, dass du wieder da bist. Außerdem stehe es gerade *ihm* nicht zu, eifersüchtig zu sein. Soviel sie wisse, komme er gerade von einer vierwöchigen Reise mit *einer* oder *seiner* Freundin zurück. Sie fragte, wie es gewesen sei.

Spannend, sagte Sam. Unten heiß und oben kalt. Er sei gleichzeitig da und gleichzeitig dort gewesen. Und wenn es nicht allzu kitschig klinge, würde er gerne sagen, dass er sich auf diesen Augenblick sehr gefreut habe. Er sei ein wenig aufgeregt, fügte er hinzu und bitte allfällige Tollpatschigkeiten zu verzeihen.

Der Mann der sprachlichen Umwege, sagte Carmen und legte ihre Hand beruhigend auf die seine. Direkter geht's nicht?

Knapp bin ich nur, wenn's um Slogans geht, sagte Sam.

Und was ist der für mich passende Slogan?

Früher, als ich noch *Smart* geraucht habe, hätte ich gesagt: semper et ubique.

Und jetzt? Fragte Carmen.

Jetzt hab ich noch keinen, sagte Sam, griff mit seiner freien Hand in die Sakkotasche und legte die hellblaue Packung auf den Tisch.

Kamele?, fragte Carmen.

Ja, Kamele, sagte Sam. Ausdauernde und wertvolle Tiere mit braunen Augen, sanften weichen Lippen, hinreißenden Wimpern und einem wunderbar melancholischen Blick.

Du wechselst die Zigarettenmarke mit jeder Lebensphase?

Sieht so aus, sagte Sam.

Und wenn schon Kamele, warum gerade *Camel lights*?

Wegen der vielen lauen und luftigen Nächte, sagte Sam. Tausendundeine sollten es mindestens sein. Später könne er sich dann ja noch hochrauchen in Richtung *Camel heavy*. Er rechne jedenfalls mit einer langen und dauerhaften Phase; und genau dafür stünden die Pyramiden, die Palmen und das Kamel. Außerdem sei er mit den gängigen Zigarettenmarken allmählich durch. Über kurz oder lang werde er wohl aufhören müssen.

Wär schön, wenn wir uns noch näher kennenlernen könnten, sagte Carmen, bevor du wieder die Zigarettenmarke wechselst. Außerdem sei das Kamel auf der Packung genau genommen kein Kamel, sondern ein Dromedar. Kamele hätten zwei Höcker und Dromedare nur einen. Als Bauerstochter wisse sie so was.

Ihr habt Kamele zu Hause in Mittersill?, fragte Sam.

Noch nicht, sagte Carmen und lächelte. Nur Kühe, Schafe, Hühner und Schweine. Ein Nachbar habe neuerdings ein paar Lamas. Trampeltiere hätten sie aber immer schon interessiert.

Und wie weiß man nun, wer was ist?, fragte Sam.

Ganz einfach, sagte Carmen und bemühte sich, wie eine Lehrerin zu klingen. Das Ka-mel hat zwei Silben und zwei Höcker. So kann man sich's merken.

Und das dreisilbige Dro-me-dar, fragte Sam zurück, hat demzufolge drei?

Scherzkeks, sagte Carmen. Aber es ist auch wiederum egal, weil Dromedare zur Familie der Kamele gehören und man daher nicht falsch liegt, wenn man Dromedare als Kamele bezeichnet. Nur andersrum wär's falsch.

Bin beeindruckt, sagte Sam. Offenbar wird der volksbildnerische Wert des Rauchens bisher völlig unterschätzt.

Slavko oder Mirko kam, zündete die Tischkerze an und gab zu verstehen, dass er wusste, dass er einen intimen Bereich betrat. Sie tranken zum Einstand ein Glas Champagner. Sam freute sich auf den Weißwein, den er wochenlang vermisst hatte. Carmens Wangen waren gerötet. Er fasste mit der Hand über den Tisch und fuhr mit gespreizten Fingern durch Carmens dichtes Haar.

Haben wir eigentlich einen Plan?, fragte Sam nach einer Weile.

Klar, sagte sie. Wir lernen uns, wie gesagt, noch ein bisschen besser kennen.

Und wo?

Zuerst hier, dann bei mir.

Sind wir noch in der Ouvertüre?, fragte Sam.

Ja, sagte Carmen. Gerade noch.

Carmen Katharina Kolb war, wie sich zu Sams Verblüffung herausstellte, geschieden. Ehe und Scheidung waren keine Kategorien, mit denen er bisher in Berührung gekommen war. Er verstand zum Leidwesen seiner Mutter nicht, wozu man gegen Ende des zwanzigsten Jahrhunderts noch heiraten sollte. Es sei denn, es fiele einem nichts Besseres ein.

So jung und schon geschieden?, fragte er.

Charmeur, sagte sie. Sie habe früh begonnen und sei knappe acht Jahre lang verheiratet gewesen. Ihr Ex-Mann sei ein Cousin zweiten Grades, der Sohn eines Verwandten ihres Vaters. Sie seien gemeinsam zur Schule gegangen, gemeinsam aufgewachsen, er war ihr erster Freund, und es gab nicht den geringsten Zweifel, dass sie zusammenbleiben würden. Und da sie beide denselben Nachnamen trugen,

Kolb, musste sie weder bei der Hochzeit noch bei der Scheidung ihre Papiere ändern lassen. Die Entfremdung habe eingesetzt, als er das Hotel seiner Eltern in Mittersill übernommen und sie bei *Greenpeace* zu arbeiten begonnen habe. Andere Leute, andere Milieus. Von da an hätten sich die beiden Leben nicht mehr so recht synchronisieren lassen. Mittlerweile habe er zwei Kinder und sei Vizebürgermeister. Mit einem wirklichen Drama könne sich nicht aufwarten. Vermutlich fad für einen, dessen Geschäft die Zuspitzung sei.

Sie blieben nicht allzu lange im *Oswald & Kalb*. Zu trinken, sagte Carmen, nachdem sie gegessen hatten, gäbe es zu Hause auch noch was. Außerdem habe Bea ein kleines Geschenk für sie hinterlassen. Sie hakte sich bei ihm ein, als sie zum Taxistand gingen und nannte dem Fahrer ihre Adresse am Draschepark.

Die Bäume entlang des Stadtparks hatten bereits ausgetrieben, es war deutlich wärmer als am Himalaja. Sam schaute aus dem Fenster und wagte kaum, Carmen anzusehen. Er spürte, dass ihr Blick auf ihn gerichtet war. Es war noch keine zehn Stunden her, dass er Eva verabschiedet hatte. Das bisschen Melancholie schmeckte süß.

Bist du noch in Indien?, fragte Carmen vorsichtig.

Nein, sagte Sam und wendete den Kopf. Meine Seele fliegt so schnell wie eine Boeing.

Im Übrigen habe er ihr etwas mitgebracht. Er drückte ihr die kleine Rolle in die Hand, schloss ihre Finger und hielt ihre Hand in der seinen.

Und was ist das, wenn ich fragen darf?

Hindu-Pornos, sagte Sam. Züchtig und unzüchtig zugleich.

Werden wir sie brauchen?, fragte Carmen.

Ich hoffe, du hast ein großes Bett, sagte er, als das Taxi von der Favoritenstraße in die Kolschitzkygasse bog.

Groß genug, antwortete Carmen. Groß genug.

Sam blieb am nächsten Morgen nicht allzu lang. Er wachte wegen des Zeitunterschieds früh auf und beobachtete Carmen im Schlaf. Er wusste immer noch wenig über sie. Es war trotz ihres urbanen Lebensstils etwas Gesundes, Ländliches an ihr. Sie muss als Kind, dachte er, viel Zeit an der frischen Luft verbracht haben. Vielleicht war sie auf Bäume geklettert oder hatte mit Pferden zu tun. Sie sah so aus, als ob sie reiten könnte. Er würde sie fragen, wenn sie begannen, ihre Geschichten auszubreiten.

Sam selbst mochte es gar nicht, im Schlaf beobachtet zu werden. Er hatte Angst, lächerlich zu wirken. Max Frisch hatte einmal geschrieben, dass er, wenn er auf längeren Zugfahrten einschlief, immer in dem Wissen aufwachte, dass sein Unterkiefer herunterklappen könnte.

Sam wollte nicht aussehen wie ein Schaf. Als Carmen die Augen aufschlug, schlang sie ihren linken Arm um seinen Hals, zog ihn an sich und sagte, als ob sie seine Gedanken erahnt hätte: Keine Sorge, Samsa, schlaf weiter. Du bist in Sicherheit.

Ich mache Kaffee, sagte Sam, falls ich mich in deiner Küche zurechtfinde. Er könne leider nicht lange bleiben, er müsse sich noch vorbereiten.

Worauf?, fragte Carmen.

Auf eine Präsentation, sagte Sam.

Mittlerweile hatte auch Benn ernsthaft zu rauchen begonnen. Er tat es mit Inbrunst und Verachtung. Er schien jede einzelne Zigarette, die er anzündete, zu hassen. Es sei der Stress, sagte er, die Firma wachse ihm über den Kopf. Außerdem habe er zugenommen. Besser rauchen als fressen, sagte er, ungesund sei beides. Und da er schon keine Zeit mehr habe, um Tennis zu spielen, sei es ihm auch egal, wenn er keine Luft mehr kriege. Er war auf *Philip Morris* umgestiegen, eine dieser leichten Sorten, die Sam nicht ausstehen konnte. Das sei persönlicher, sagte Benn. Er rauche lieber einen Namen als eine Marke. Guter Name, übrigens, Philip Morris. Und ein sehr erfolgreicher Unternehmer. Habe mit einem Laden in London angefangen, und heute sei der Konzern weltweit führend. Außerdem sponsere *Philip Morris Ferrari*, sein absolutes Lieblingsteam in der Formel eins, und da fahre mit Michael Schumacher endlich wieder einer, der schon bewiesen habe, dass er das Zeug zum Weltmeister hat. Und klar werde man ein rotes Renngeschoß nicht mit Leicht- oder Damenzigaretten verunstalten, die nur nebelten, aber nach nichts schmeckten, sondern mit dem, was am besten zu Männern und Motoren passte: *Marlboro* eben, *Marlboro rot*, der *Ferrari* unter den Zigaretten, das Renommierprodukt des Philip-Morris-Konzerns. Er würde ausschließlich *Marlboro* rauchen, wenn er könnte, wie er wollte, aber er müsse doch auch ein wenig auf seine Gesundheit achten. Zigaretten seien eben wie Visitkarten, die man ständig mit sich trage. Vielleicht sollte er seine leichten *Philip Morris* in *Marlboro*schachteln umfüllen, das würde ohne Frage besser zu ihm passen. Dass Babutzky *Falk* rauche, einen Raubvogel also, passe ebenso zu ihm, wie die Kamele zu Sam. Smarter Junge, unser Sam, ein intellektueller Feinspitz, der im Gegensatz zu ihm und Babutzky allerdings auch keinerlei Verantwortung zu tragen habe.

Sie trafen sich am frühen Nachmittag in Benns Agentur. Benn, Babutzky, Sam und Laszlo, ein ungarischstämmiger Grafikdesigner, den Benn engagiert hatte. Eigentlich hieß er Mrotszco, Mrotszco Országh, und war nach seinem Großvater benannt, der ein bekannter ungarischer Geiger und Komponist war. Weil Benn aber fand, dass der Vorname Mrotszco unaussprechlich sei, hatte er beschlossen, Mrotszco der Einfachheit halber *Laszlo* zu nennen. Laszlo erinnere ihn an Lasso und damit an Cowboys, die mit ihren Wurfseilen Pferde einfingen. Und was sonst sollte die Aufgabe eines Grafikers – oder seinetwegen: Grafikdesigners – sein, als Ideen einzufangen und grafisch umzusetzen. Mrotszco/Laszlo schwieg zu alledem, rauchte als Einziger nicht und trank Tee aus einer Thermoskanne, die er stets mit sich führte.

Er habe es mit dem Magen, sagte er, als Benn Kaffee für alle orderte. Aber man möge sich durch ihn nicht stören lassen.

Zeit, zur Sache zu kommen, sagte Benn und unterbrach seinen eigenen Redefluss. Man sei schließlich hier, um Nägel mit Köpfen zu machen – *time is money!* – und nicht, um über Zigarettenmarken zu philosophieren. Wobei natürlich alles mit allem zusammenhänge und man von der Tabakindustrie in Sachen Werbung und Marketing einiges lernen könne, siehe *Marlboro* und *Ferrari*. Wir haben einen Vorschlag auf dem Tisch, sagte Benn, schlug Sam auf die Schulter und übergab das Wort an seinen, wie er augenzwinkernd sagte, »Kreativdirektor«.

Sam war gut vorbereitet. Er hatte noch in Darjeeling begonnen, an seiner Präsentation zu arbeiten und die toten Stunden im Flugzeug genutzt, um sich vorzubereiten. Nach dem knappen Frühstück mit Carmen war er noch in der Alser Straße gewesen, um seine Notizen durchzugehen und mit Benn zu telefonieren. Er musste sicher sein, dass Benn hinter ihm stand, wenn er Babutzky sein Konzept präsentierte. Sam holte weit aus. Es gehe um zwei verschiedene Dinge, sagte er. Einerseits um den Namen, andererseits um eine Werbestrategie. Er wolle mit dem Namen beginnen. Wenn man sich erfolgreiche nationale und internationale Firmen ansehe, könne man eine interessante Gemeinsamkeit feststellen: In vielen Fällen seien die kurzen, knackigen Namen nichts weiter als Abkürzungen, oder Akronyme, wie der Fachmann sagt. Er nannte BILLA und BMW, wies darauf hin, dass ADIDAS nur eine Kurzform von **Adi Das**sler, einem der Gründer, sei und selbst IKEA

– Sam wandte sich direkt an Babutzky – setze sich aus den Anfangsbuchstaben des Namens seines Gründers, **I**ngvar **K**amprad, den Anfangsbuchstaben des elterlichen Hofs, **E**lmtaryd und des Dorfes **A**gunnafryd zusammen, in dem Kamprad aufgewachsen sei. Er könne noch eine Reihe weiterer Beispiele anführen, wolle aber nicht langweilen. Man könne also den eigenen Namen verwenden, um ein Akronym zu bilden, oder die Firmenbezeichnung selbst. Das sei bei BILLA oder BMW der Fall. Er wolle Herrn Babutzky nun nicht zu nahetreten, aber zu Babutzky sei ihm in dieser Hinsicht nicht allzu viel eingefallen. Sehr viel aber zum Unternehmenszweck, nämlich *Möbel zum Selbermachen* anzubieten. Eine Abkürzung liege da auf der Hand. In Frage käme MS, so heiße aber bereits eine italienische Zigarettenmarke, gleichzeitig stehe MS für Multiple Sklerose, was dem Heimwerkergedanken sicherlich abträglich wäre. Perfekt würde das Ganze dadurch, wenn man noch zwei weitere Buchstaben dazunähme. Ein ö und ein e. Egal, ob klein oder groß geschrieben. Das sei nicht zuletzt eine Frage des grafischen Erscheinungsbilds. Er schlage daher in Abstimmung mit Gottfried Benn den Namen *MÖSE* vor. Als Name des Baumarkts, wie auch als Logo. Kurz, knackig, eingängig. Er sei sich des Risikos dieser Namensgebung bewusst. Aber er gehe, wie er die Herren kenne, davon aus, dass sie besser als andere wüssten, dass es Mut brauche, um ein Risiko einzugehen. Und davon sei ja, wenn er sich die Geschichte der Herren Benn und Babutzky vor Augen halte, reichlich viel vorhanden.

Sam hielt inne, ließ seine Worte wirken und trank einen Schluck Wasser. Babutzky schwieg – und steckte sich eine weitere *Falk* ins Gesicht. Benn lächelte zufrieden. Laszlo fragte, ob er etwas frische Luft hereinlassen dürfe. Er stand auf, öffnete einen Fensterflügel und setzte sich wieder. Er sei für ein großes M und ein großes S und für ein kleines ö und e, sagte er so unbeteiligt wie möglich.

Das betone die Möbel zum Selbermachen, entschärfe das Problem und sei, grafisch gesehen, signifikanter.

Welches Problem?, fragte Benn. Baumärkte würden in erster Linie von Männern besucht. Babutzky mache ihnen ein ehrliches Angebot. Und da sollte man nicht so tun, als ob es bestimmte Dinge nicht gäbe.

Es lag ein peinliches und hilfloses Schweigen im Raum. Benn hatte ein kleines und funktionales Besprechungszimmer in der Agentur eingerichtet. Es war weder schön noch hässlich. Es erfüllte seinen Zweck. Sie fühlten sich ein wenig wie Schuljungen, die bei unzüchtigen Handlungen ertappt wurden und keine Worte dafür fanden. Das »Problem«, wie Laszlo es nannte, hatte keinen Namen. Es hieß nicht Vagina, nicht Vulva, nicht Muschi und auch nicht Scheide. Es hieß *Möse*, ein Wort, das in Österreich zwar bekannt, aber eher ungebräuchlich war. Muschi hätte man einen Baumarkt südlich von Wien niemals nennen können. *MöSe* aber schon. Das klang wie Möwe, wie die Möwe Jonathan, die unbeirrt ihrer Wege fliege und keine Konflikte scheue. Und wenn sich jemand auf den Schlips getreten fühle, könne man immer noch darauf verweisen, dass MöSe nicht mehr und nicht weniger sei als die Kurzform einer höchst funktionalen Bezeichnung. Wie BMW eben. Wie ORF, ÖBB, ÖNB, ÖMV, BRD oder USA. Ein Schelm, wer Böses denke. Und für die Fantasien seiner Kunden sei Babutzky nicht verantwortlich. Er verkaufe keine ebensolchen, sondern Bretter, Bohlen, Furniere, Schrauben und Dübel in allen Größen und Formaten.

Babutzky schien weniger überrascht als befürchtet. Er reagierte nicht. Zumindest nicht gleich. Er erkannte die Sprengkraft der Idee, wusste aber auch, dass er es war, der die Folgen zu tragen haben würde. Manchmal bedauerte er, nicht einfach Tischler geblieben zu sein. Im Grunde misstraute er allen Dienstleistern: den Anwälten und Steuerberatern und Werbefritzen. Sie kamen ihm vor wie Parasiten, die mit den Leistungen anderer ihr Geld verdienten. Gleichzeitig brauchte er sie. Benn war wenigstens Drucker gewesen, ein handfestes, ehrliches Gewerbe, bevor er seine Werbeagentur gründete.

Und haben wir dazu einen Slogan?, fragte er.

Ich hätte einen, sagte Sam, falls wir überhaupt einen brauchen. Aber der wird Ihnen nicht gefallen, fürchte ich.

Und der wäre?

Der Slogan, dozierte Sam weiter, liege an sich auf der Hand. Worum geht's? Es könne einzig und allein darum gehen, möglichst viele Leute in die *MöSe* zu locken. Die Zielgruppe sei klar definiert: tatkräftige Männer mit behaarten Unterarmen, die gerne Hand anlegten. Nicht zu vergessen all die Türken, Jugoslawen, Polen und Rumänen, die froh wären, wenn sie sich ihre Möbel so billig wie möglich selber basteln könnten – handwerklich geschickt sind sie ja! –, und andererseits kein Problem mit einem Slogan hätten, den eine bildungsbürgerliche oder gar bigotte Minderheit höchstwahrscheinlich ablehnte. Also wenn schon, denn schon – dann volles Rohr!

Und das heißt?, fragte Babutzky.

Rein in die MöSe, heißt das, sagte Sam. Denn das ist das, was Männer wirklich wollen.

Sam genoss seine Pointe. Und auch die Verwirrung, die er damit auslöste. Laszlo schloss das Fenster, als ob der Satz nicht nach außen dringen dürfe, Benn zündete sich eine weitere *Philip Morris* an und starrte gespannt ins Leere.

Nach einer, wie Sam fand, endlos langen Pause stand Babutzky wortlos auf, richtete seinen Krawattenknoten, blieb ein paar Augenblicke stehen, als ob er eine Rede halten wollte, blickte sich um und setzte sich wieder. Ich bin, sagte er mit leiser Stimme, seit achtundzwanzig Jahren glücklich verheiratet und habe drei Töchter.

Sie sind zweiundzwanzig, siebzehn und fünfzehn Jahre alt, die ältere studiert schon, die beiden jüngeren sind im Gymnasium. Meine Frau engagiert sich ehrenamtlich bei der Caritas und unterstützt mich so gut sie kann. Ich werde meinen Ruf und den meiner Familie nicht aufs Spiel setzen und ich werde mich – er richtete sich direkt an Benn – von deinem Kreativdirektor nicht blamieren und zum Narren machen lassen.

Verstehe ich irgendwie, sagte Benn und wirkte betroffen.

Über *Möbel zum Selbermachen* und die Kurzform, also das Logo, können wir reden, fuhr Babutzky fort, ohne das Wort MöSe in den Mund zu nehmen. Den schleimigen Slogan hingegen wolle er nie wieder hören. Nie wieder! Er sei nicht nur geschäftlich eine Schnapsidee, falls man überhaupt von einer Idee sprechen könne, sondern an sich widerlich und ekelhaft. Mit derlei wolle er nichts zu tun haben. Und es sei ausschließlich die Freundschaft zu Benn, die ihn daran hindere, aufzustehen, zu gehen und sich eine neue Agentur zu suchen.

Benn entschuldigte sich kurz, stand auf, ging ins Vorzimmer und kam mit einer Flasche Wodka zurück. Er schien einen zu brauchen. Seine Sekretärin folgte ihm und balancierte vier Gläser auf einem winzigen Tablett. Er trinke nichts, sagte Laszlo entschuldigend.

Benn füllte drei Gläser, schloss das Fenster und zündete sich eine weitere *Philip Morris* an. Sam rauchte ebenfalls. Und dachte trotz der Anspannung amüsiert darüber nach, dass er möglicherweise gerade einen hübschen Einblick in die männliche Moral erleben durfte. Möse geht gerade noch. *Rein in die Möse* geht allerdings nicht. Zumindest darf man's nicht sagen.

Gut, sagte Sam, während er seine Zigarette ausdrückte. Er schaute Benn an; Benn leitete seinen Blick an Babutzky weiter.

Wenn wir in der Vorweihnachtszeit einen Baumarkt mit dem Namen *MöSe* bewerben, sagte Babutzky, der überraschend schnell zu einem sachlichen Ton zurückgefunden hatte, können wir zumachen, bevor wir aufgesperrt haben. Ich erwarte also Vorschläge. *Brauchbare* Vorschläge, wenn ich bitten darf.

Gern, sagte Sam. Zunächst einmal freue es ihn, dass der Name *MöSe* nicht gänzlich vom Tisch sei. Er habe ja durchaus damit gerechnet, dass Herr Babutzky vom *Rein-in-die-Möse*-Konzept nicht eben begeistert sein werde. Schließlich sei Herr Babutzky ein seriöser Geschäftsmann und er, Sam, gebe ja auch zu, dass Werber manchmal ein wenig übers Ziel schießen würden. Das sei aber auch ihre Aufgabe. Wer nicht nach den Sternen greife, werde auch den Mond nicht erreichen. Man müsse das Feld der Möglichkeiten vermessen, bevor man es bespiele. Letztlich gehe es aber um Geschäftsinteressen. Und den geschäftlichen Wert des Namens habe Herr Babutzky als erfolgreicher Unternehmer ja ganz offensichtlich erkannt. Auch wenn es ihm aus moralischen, ethischen oder familiären Gründen etwas schwerfalle. Und ja, er wolle nicht allzu lang um den heißen Brei herumreden, der Skandal sei natürlich Teil des Kalküls. Es werde in jedem Fall einen Skandal geben, sagte Sam. Aber einen, den wir für uns nutzen können. Skandale seien ja, geschäftlich betrachtet, nicht unbedingt etwas Schlechtes. Er verwies auf die legendäre Unterwäschekampagne von *Palmers* oder auf die aktuellen provokanten Bilder des italienischen Fotografen Oliviero Toscani für den Modehersteller *Benetton*. Haben die Skandale dem Umsatz geschadet? Nein, sagte Sam, keineswegs! Man müsse sie nur steuern und kontrollieren. Er habe daher – um Herrn Babutzky zu zitieren – nicht nur schleimige Slogans anzubieten, sondern auch einen Plan. Einen Plan B sozusagen.

Und der wäre?, fragte Babutzky sichtlich genervt.

Wir lassen es erst am Tag der Eröffnung ordentlich krachen, sagte Sam. Bis dahin laufe das Projekt unter dem Titel *Möbel zum Selbermachen*. Anständige Werbung, sachliche Inserate, Flyer,

Postwurfsendungen etc. Bis dahin wird es keine Proteste geben und keinen Widerstand. Es gibt dafür weder einen Anlass noch einen Grund. Beworben wird ein preisgünstiger Baumarkt für Möbel zum Selbermachen. Das Kind wird erst am Tag seiner Geburt getauft. Erst am Tag der Eröffnung wird aus den *Möbeln zum Selbermachen* die *MöSe*. So als ob man ein Kind, sobald es da ist, mit seinem Kurznamen ruft. Aus Michael wird Michi, aus Elisabeth wird Eli und aus Annelies die Liesi. Der logistische und produktionstechnische Aufwand werde zwar beträchtlich sein, aber lohnend. Schließlich hätten sie vom Tag der Eröffnung an jede Menge Werbung gratis. Das könne er, Sam, garantieren. Und der von Herrn Babutzky so sehr verschmähte Slogan sei dann auch vollkommen überflüssig, denn die Leute würden genau das tun, was Herr Babutzky nicht hören wolle: Sie werden reinwollen in die *MöSe*. Wir müssen nur darauf vorbereitet sein.

Babutzky antwortete nicht direkt. Er öffnete seinen Krawattenknoten wieder, trank seinen Wodka und fragte, welche konkreten Maßnahmen denn in Angriff zu nehmen seien.

Dürfen wir das als Zustimmung verstehen?, unterbrach ihn Benn.

Zustimmung sei vielleicht zu viel gesagt, antwortete Babutzky mürrisch. Er brauche zunächst einen Zeitplan und einen Kostenvoranschlag. Er verfüge zwar über jede Menge Hobelmaschinen, doch über eine Gelddruckmaschine verfüge er leider nicht.

Jederzeit, sagte Benn höflich lächelnd und schenkte einen zweiten Wodka ein. Das sollten sie aber bilateral verhandeln, dazu bräuchten sie »seine Künstler«, wie er mit Blick auf Sam und Laszlo sagte, nicht. Der Ball liege zunächst bei Laszlo. Bisher hätten sie von der *MöSe* ja nur gehört. Beim nächsten Meeting sollten sie etwas davon sehen.

Sam trank noch einen dritten Wodka und rief von Benns

Vorzimmer aus Carmen an. Ob er sie heute ins *Allmeier* einladen dürfe, fragte er. Erstens würde er sie gerne vorstellen, zweitens gäbe es was zu feiern.

Du klingst euphorisch, sagte Carmen.

Bin ich auch, sagte Sam ein wenig beschwipst.

Und weshalb, wenn man fragen darf?

Deinetwegen, natürlich, sagte Sam. Wenn auch nicht nur.

Karl und Huberta zeigten sich ausgesprochen interessiert an Sams neuer Begleitung. Als Gastwirte hatten sie ein feines Gespür für emotionale Schwingungen. Sie wussten, ob ein Mann mit seiner Geliebten zum Abendessen kam oder mit seiner Frau. Sie spürten, ob etwas ausklang oder sich anbahnte. Und Sam und Carmen verhehlten nicht, dass sie sich berühren wollten und am Ende des Abends nicht in getrennte Taxis steigen würden.

Er verstehe zwar nichts von Opern, sagte Karl in der ihm eigenen Art, von der man nie wusste, ob sie charmant oder anzüglich oder beides war, aber er verstehe etwas von schönen Frauen. Wobei die schönste aller Frauen natürlich seine eigene sei. Mitunter, nach den Vorstellungen, kämen sie ja alle noch auf einen Happen bei ihnen vorbei, die Künstlerinnen und die Künstler. Auch die vom Burgtheater. Er habe zwar nie Zeit, um in die Oper oder ins Theater zu gehen, dafür kämen das Theater und die Oper eben zu ihm. Und die Frau Kolb – er hatte sich den Namen tatsächlich gemerkt – sei ohne Frage die attraktivste Carmen, die er je gesehen habe. Nur Agnes Baltsa, die vor Jahren ebenfalls einmal hier gewesen sei, hätte ihm fast ebenso gut gefallen.

Das *Allmeier*, das sich seit einiger Zeit über eine dritte Haube freuen durfte, war zu einer der gefragtesten Adressen der Stadt geworden. Sam freute sich auch – und wusste, dass ihre Zusammenarbeit nicht mehr ewig währen würde. Die Speisekarten waren schlank und rank geworden, sachliche Prosa war eingezogen. Fehler fand Sam nur noch selten. Und während seiner Indienreise war man gut ohne ihn ausgekommen. Benn brauchte ihn mittlerweile dringender. Er würde Karl in den nächsten Tagen vorschlagen, die Speisekarten nur noch bei Bedarf zu lektorieren. Er würde ihm stattdessen anbieten, den Werbeauftritt des *Allmeier* zu betreuen. Benn war zwar überlastet, würde sich über diesen neuen Kunden aber sicher freuen.

Und, was gibt's zu feiern, Sam Sapadi?, fragte Carmen, nachdem die Allmeiers sie wieder sich selbst überlassen hatten.

Sam berichtete vom Treffen mit Benn und Babutzky und davon, dass sie im Begriff waren, einen großen Auftrag an Land zu ziehen. Er erzählte, dass er in Sikkim auf knapp viertausend Meter eine kühne Idee gehabt hatte. Sie solle nicht erschrecken, Werbung sei eben Werbung und mitunter ein Spiel mit niederen Instinkten.

Möse?, wiederholte Carmen einigermaßen fassungslos, nachdem Sam die Katze aus dem Sack gelassen hatte. Echt?

Ja, echt, sagte Sam. Der Baumarkt wird *MöSe* heißen, *Möbel zum Selbermachen*, mit großem M und großem S und kleinem ö und kleinem e. Auch wenn ihm das jetzt ihr gegenüber ein wenig peinlich sei.

Ich habe dich unterschätzt, Samsa, sagte Carmen, ließ die Arme fallen und lehnte sich zurück.

Ich mich auch, sagte Sam.

Das Paar am Nebentisch, das sich, wenn auch auf Englisch, nichts zu sagen hatte, beschwerte sich nicht bei ihnen, sondern beim Kellner. Seit das *Allmeier* in internationalen Reiseführern als eines der führenden Restaurants Wiens gehandelt wurde, kamen zunehmend Amerikaner; zahlungskräftige Kunden, wie Karl sagte. Es sei ihm furchtbar unangenehm, sagte der Kellner, aber die Herrschaften vom Nebentisch fühlten sich durch den Zigarettenrauch gestört. Sam unterdrückte das Bedürfnis, den Rauch aus vollen Lungen in Richtung Nebentisch zu blasen.

Calm down, Samsa, sagte Carmen und nahm seine Hand.

Sorry sir, sagte Sam, und wandte sich an den Nachbartisch, *but smoking is not prohibited in this restaurant.*

Der grauhaarige, akkurat gekleidete Mann, der sich und seiner blondierten Frau zur Belohnung für ein arbeitsreiches und erfolgreiches Leben wohl eine teure Europareise gönnte, zeigte wenig Verständnis. Er und seine Frau fühlten sich *disturbed*, und in Amerika sei es undenkbar, in einem Restaurant auf diese Art belästigt zu werden.

Den Hinweis, dass man eben nicht in *America*, sondern gottlob in *good old Europe* sei, versagte sich Sam. So weit kommt's noch, sagte er auf Deutsch zum Kellner. Er zumindest habe ein anderes Verständnis von dem, was die Amis so vollmundig Freiheit nannten. Der Kellner wirkte überfordert und fragte, ob er den Patron rufen solle.

Nicht nötig, sagte Carmen, zeigte den Tischnachbarn gegenüber Verständnis und bot in makellosem Englisch an, Rücksicht zu nehmen.

Scheiß Amerikaner, sagte Sam. Nichtrauchen können sie auch zu Hause. Ist ja genügend Platz da, in Utah und Wyoming.

Und was ist, wenn sie's wirklich stört?, fragte Carmen.

Dann sollen sie nicht in Restaurants gehen, zumindest nicht in unsere.

Sam hatte das Bedürfnis, sich noch eine anzuzünden, oder *anzustecken*, wie es in amerikanischen Romanen immer hieß. Er hatte James Baldwins großartiges Buch *Ein anderes Land* gelesen; da wurde gepofelt ohne Ende. Alle *steckten* sich ununterbrochen Zigaretten an. Männer wie Frauen. Kaputte Existenzen allesamt. Aber zumindest sympathisch.

Er habe ja nichts gegen Nichtraucher, sagte er. Sie sollten nur ja kein Dogma daraus machen.

Sei nicht so streng, sagte Carmen. Zigarettenrauch stinkt nun einmal.

Findest du?, fragte Sam. Nähern wir uns unserer ersten Beziehungskrise?

Wir sind schon mittendrin.

Und warum?

Du hast mich heute Abend noch nicht geküsst.

Öffentlich küssen darf man sich in den USA sicher auch nicht, sagte Sam und blickte auf ihre Nachbarn.

Stimmt, sagte Carmen. Es ist zwar unsittlich, aber es stinkt wenigstens nicht.

Kannst du eigentlich reiten?, fragte Sam.

Was für eine Frage, sagte Carmen. Und wie er gerade jetzt darauf komme.

Ich hab dich schlafen gesehen, sagte Sam.

Und das hat genügt?

Ja, sagte Sam. Vermisst du Pferde?

Und ob, sagte Carmen. Sie vermisse Pferde. Und auch ihren Hund.

Du hast einen Hund?, fragte Sam.

Hatte, sagte Carmen. Er habe Multi geheißen, ein Alleskönner. Aber jetzt sei ihr wenigstens ein Käfer zugeflogen. Ohne Frage ein Gewinn für ihren kleinen Zoo.

Ein Mistkäfer?

Ein Kafka-Käfer. Ein Tier, von dem man noch nicht so genau wisse, wer oder was es sei.

Wollen wir heute zu mir?, fragte Sam. Agnieszka ist heute dagewesen und hat sauber gemacht.

Nein, sagte Carmen, noch nicht. Sie könne nicht unvorbereitet in fremden Betten schlafen.

Und *ich* soll das können?, fragte Sam.

Ja, sagte Carmen. Männer können das. Außerdem habe sie eine Zahnbürste für ihn gekauft. Nur Rasierzeug habe sie leider keines.

Soll ich mir einen Bart wachsen lassen?, fragte Sam. Früher mochten die Damen das.

Gott behüte, sagte Carmen und strich ihm mit zwei Fingern sanft über die Stirn.

Bisweilen hatte Sam den Eindruck, sich über seine Ziel- und Planlosigkeit Sorgen machen zu sollen. Er war nicht wirklich besorgt. Er sorgte sich bloß auf einer Meta-Ebene um sich selbst. Wobei er wiederum nicht wusste, ob Meta-Sorgen nicht ebenso quälend sein konnten wie Sorgen mit Hand und Fuß. Nahezu alles, was er gelernt hatte oder einmal gewesen war, hatte er hinter sich gelassen. Er war weder Volksschullehrer noch Germanist oder Literaturredakteur geblieben. Seine revolutionäre Phase schien ihm im Nachhinein kindisch. Und lächerlich. Sie war damals notwendig gewesen, dennoch schämte er sich. Er schämte sich nicht der Ziele und politischen Ideen wegen, die sie damals verfolgt hatten. Er schämte sich, weil sie die Ziele missbraucht hatten, um sich selbst zu retten. Es war nicht der Widerspruch zu seinem heutigen Leben, der ihn beschäftigte, es war das Wissen, dass er bloß hatte gefallen wollen.

Bisweilen beneidete er, wenn er tief in sich hineinhorchte, Menschen, die Urlaub machten, Häuser bauten und Familien gründeten. Er bewunderte Menschen, die Ärzte, Schriftsteller oder Gärtner werden wollten, es wurden und auch blieben. Ein Leben lang. Er sah sie wie Tiere im Zoo. Gefangen im Gehege wie Eisbären, Pandas oder Blumenfledermäuse. Gut versorgt und grundsätzlich glücklich. Für die Paarung wurde ebenso gesorgt wie für das Futter. Ihm schien, als ob ihm die Werkzeuge dafür fehlten, die man brauchte, um Pläne, gar Lebenspläne, zu entwerfen. Er hatte weder Stifte noch Papier. Und selbst wenn er die Werkzeuge besessen hätte – er hätte nicht gewusst, welche Skizzen er entwerfen sollte.

Bisweilen bedauerte Sam, die Welt der Nutzlosigkeit hinter sich gelassen zu haben.

Lyrik war kein Geschäftsfeld, im Gegensatz zu dem, was er nun betrieb. Es wehte ihn von einem Ort zum nächsten. Am liebsten hätte er im Hotel gewohnt. Er empfand kein Vergnügen dabei, sich mit Lebensmitteln oder Zimmerpflanzen zu beschäftigen. Er vergaß sogar zu lüften, wenn es nebelte und stank. Und er hasste Rainer Maria Rilke noch immer dafür, dass er es verstand, Gefühlslagen auszubeuten. *Bleiben ist nirgends.* Besser und brutaler konnte man es nicht sagen. Nein, Lyrik war nicht tröstlich. Manches war witzig, amüsant. Und wenn lustige Gedichte gut waren, umkreisten sie doch nur die Wunden, die sie nicht zu berühren wagten. Vielleicht hätte er, dachte Sam, doch Evas Rat befolgen und ein Buch über Rilke und die *Duineser Elegien* schreiben sollen. Es hätte nicht schaden können, neben dem Haupt- noch einen Nebenwohnsitz zu errichten. Doch schon das Denken in solchen Kategorien widerte ihn an.

Er verspürte eine grimmige Genugtuung bei dem, was er tat. Sam rächte sich, indem er es mit Benn und Babutzky trieb. Er rächte sich auf seine Weise, wenn er Rundbriefe für die Bäckerinnung formulierte und gemeinsam mit Laszlo Flyer für eine Kfz-Werkstatt entwarf.

Sie kreierten Postwurfsendungen für einen Pizza-Zustelldienst, und wenn er gelegentlich in die Alser Straße kam, quollen ihm aus dem Postfach seine eigenen Publikationen entgegen. Kaum ein Autor, dachte Sam, hatte Auflagen wie er. Kaum jemand ein vergleichbares Werk. Kaum ein Dichter hatte einen vergleichbaren Einfluss. Vielleicht war das der unsichtbare Plan. Vielleicht war er deshalb in Carmens Armen gelandet. Sam Sapadi rächte sich. Immer noch. Allein er wusste nicht, wofür.

Sie bekundeten keine Absichten, sie gaben keine Versprechen ab, sie fällten keinen Beschluss. Carmen kaufte ihm einen Morgenmantel, Sam brachte sein Rasierzeug mit, eine kleine Reisetasche mit Socken, und Unterwäsche folgte. Sam konnte sogar arbeiten am Draschepark. In Carmens Studio mit den tief nach unten gezogenen Fenstern standen sich zwei Schreibtische gegenüber, auf jedem ein kürzlich angeschaffter dickbäuchiger Computer, dazu ein Drucker, moderne Leuchten und ein Kopiergerät. An den Wänden Regale mit säuberlich beschrifteten dunkelgrauen Ordnern, Fachliteratur in Deutsch und Englisch, Stapel mit internationalen Zeitschriften. Der zweite Schreibtisch sei eigentlich für Tina, sagte Carmen, sie komme manchmal und helfe ihr, Grafiken, Tabellen und Diagramme zu erstellen. Ihre Auftraggeber lasen wie gesagt nicht gern. Sie wollten Torten sehen. Alles auf einen Blick.

An manchen Tagen saßen sie sich gegenüber und arbeiteten. Benn hatte die Agentur vor einer Weile elektronisch aufgerüstet. Nicht weil er es wollte, sondern weil er es musste. Wer nicht mit der Zeit geht, *geht* mit der Zeit, pflegte er mit seiner Vorliebe für Sinnsprüche zu sagen. Und als Drucker sei er es gewohnt, alle paar Jahre Neues anzuschaffen. Sam war dankbar für die Nachhilfe, die Carmen ihm erteilte. Widerstand sinnlos, sagte sie. Auch du wirst die Dinger brauchen.

Was hast du eigentlich bei *Greenpeace* gemacht?, fragte Sam, als er sie stundenlang reglos vor ihrem neuen Bildschirm sitzen sah. Er habe immer den Eindruck gehabt, dass da Leute arbeiteten, die sich an Bäume ketteten, Riesentransparente über Häuserfassaden entrollten und in waghalsigen Manövern Walfänger in der stürmischen See beim Schlachten störten.

Gut für *Greenpeace*, sagte Carmen, wenn es gelungen ist, Menschen wie dir Bilder wie diese in den Kopf zu schießen. *Greenpeace* lebe ja ausschließlich von privaten Spenden. Und um Aufmerksamkeit zu erzeugen, benötige man halt spektakuläre Aktionen, Fotos, die auf Tränendrüsen drückten. Mit der Gründergeneration, dieser obskuren Mischung aus kanadischen Quäkern, Aussteigern und Tierschützern auf der einen und kalifornischen Friedensaktivisten, Pazifisten und Hippies auf der anderen Seite, habe und hatte sie nichts am Hut. Zu viel Dope, zu viel Alkohol, zu viel missionarischer Eifer. Andererseits habe ihr die Idee, »Gedankenbomben« zu zünden, durchaus gefallen. Sie sei erst zugestiegen, als sie mit dem Studium fertig war, und Anfang der 1980er Jahre *Greenpeace Österreich* gegründet wurde. Man hatte ein paar Leute gesucht, die klar und sachlich denken konnten. Bald schon habe sie aber festgestellt, dass sie nicht recht zur Firma passte. Der Stallgeruch – und als Bauerstochter kenne sie sich aus mit Ställen – sei nicht ihrer gewesen. Sie sei weder Vegetarierin noch eine Heldin. Und da wegen ihrer Flugangst Auslandseinsätze ohnehin nicht infrage gekommen seien, habe sie nach ein paar Jahren beschlossen, sich selbstständig zu machen. Der Job sei aber mehr oder weniger derselbe. Nur die Auftraggeber seien breiter gestreut. Im Grunde täte sie hier – sie drehte sich einmal im Kreis und verwies stolz auf ihr Studio – das, was sie auch bei *Greenpeace* getan hatte: rechnen, in erster Linie. Rechnen und recherchieren. Wer profitiert wie viel, wenn in Rumänien unter Drecksbedingungen Kohle abgebaut wird, und wer trägt die Kosten? Es gibt zu jedem Thema unzählige Studien und Artikel, sagte Carmen. Und ich bin die, die sehr viele davon liest. Sie sei natürlich keineswegs besser als die Forschungsabteilungen der großen Institute. Sie sei bloß schneller und flexibler, habe keine Hierarchie und keine Bürokratie im Hintergrund und verfolge keine eigene politische Agenda. Und vor allem sei sie als Eineinhalb-Personen-Agentur deutlich billiger als die große Konkurrenz.

Du und billig?, fragte Sam und heuchelte Erstaunen.

Keine Sorge, Samsa, sagte Carmen, es bleibt genug.

Und wenn du gerade keinen Auftrag hast?, fragte Sam.

Das sind die besten Zeiten, sagte Carmen. Sie lese dann. Adalbert Stifter zum Beispiel. Oder Krimis. Oder Gedichte. Aber soweit sie sehe, werde sie in Hinkunft auch Postwurfsendungen lesen müssen. Bisher, ergänzte sie, habe sie diese literarische Form ja eindeutig unterschätzt.

Sam strich mit seinen Fingern über die langen Reihen grauer Ordner und blickte hinaus in den dichtgrünen Park. Er fasste Carmen mit beiden Händen an den Schultern und küsste sie auf den Hals.

Du rauchst kaum, wenn du arbeitest, sagte er nach einer Weile.

Du rauchst zu viel, sagte Carmen. Er solle sich davon aber nicht irritieren lassen. Manchmal sei ihr einfach nicht danach, und sie wolle herausfinden, wie viele Zigaretten sie am Tag wirklich brauche.

Und?, fragte Sam.

Nicht viele, sagte Carmen. Vielleicht keine. Aber das wolle sie ihm jetzt nicht antun, nachdem sie gerade begonnen hatten, sich aneinander zu gewöhnen.

13. Camel

DIE NACHRICHT ERREICHTE Sam mit zwei Tagen Verspätung. Die Vorbereitungen für die *Möbel-zum-Selbermachen*-Kampagne waren in vollem Gange. Sie buchten Inseratenplätze in den Bezirks- und Lokalblättern, bereiteten Radiospots vor, entwickelten Flyer und Postwurfsendungen. Parallel dazu musste der Zweitauftritt der Kampagne ab dem Tag der Eröffnung vorbereitet werden. Briefpapier, Schilder und Verpackungen, selbst die Kassabons – nicht die unwichtigsten aller Werbeträger, sagte Benn –, waren Teil einer umfassenden Choreografie. Firmenfahrzeuge mussten gebrandet werden, ebenso die Arbeitsmäntel und Overalls der Arbeiter und Verkäufer. Benn liebte seine Rolle als Regisseur, sprach von einem »Gesamtauftritt«, wie die Branche noch keinen gesehen habe, und war allerbester Laune.

Sam beobachtete mit Erstaunen, dass die ursprüngliche Berührungsangst bald verschwunden war. Je öfter sie sich mit dem Schriftzug beschäftigten, je öfter sie das Wort in den Mund nahmen, desto einfacher fiel es ihnen, von der *MöSe* zu sprechen. Bald war *MöSe* ein Firmenname geworden wie jeder andere auch. Man hantierte mit der *MöSe*, war von *MöSe*n umgeben, möserte herum, bemöserte alles und jedes und freute sich auf die Eröffnung; den Tag, an dem man endlich rein durfte in die *MöSe*. Um sicherzugehen und unnötige Missverständnisse zu vermeiden, hatten sie vor, unter dem Logo noch in kleinstmöglicher Schrift den Satz *Möbel zum Selbermachen* anzubringen. Laszlo stöhnte. Ob sich das grafisch ausgehe, sagte er, wisse er nicht. Benn ignorierte den Einwand. Wird schon gehen, sagte er, alles geht.

Am schwierigsten war es, die *MöSe*-Strategie geheim zu halten.

Sie wussten, dass kein Wort nach außen dringen durfte. Niemand durfte davon erfahren, dass am Tag seiner Eröffnung aus einem Baumarkt, der Möbel zum Selbermachen anbietet, eine *MöSe* werden würde. Das Team musste klein bleiben. Und je weniger Leute involviert waren, desto mehr hatten die Wenigen zu tun.

Sam war über alle Maßen beschäftigt in diesen Tagen. Die bestehende Kundschaft durfte nicht vernachlässigt werden, auf Anraten von Benn hatte er sich sogar zwei Anzüge gekauft; das mache sich besser im Außenauftritt, sagte Benn. Wenn abends Zeit blieb, ging er mit Carmen essen und manchmal ins Kino. Die Nächte verbrachten sie fast ausschließlich am Draschepark. Carmen mochte die Wohnung in der Alser Straße nicht. Unbeseelte Hallen, sagte sie und lag damit nicht falsch. Je seltener Sam in die Alser Straße kam, desto abweisender zeigte sich die Wohnung. Nur manchmal, wenn Carmen ihre Eltern in Mittersill besuchte oder er bis tief in die Nacht in der Agentur blieb, kroch er in sein eigenes, unbewohntes Bett.

Diesmal war er nur gekommen, um ein paar frische Sachen einzupacken. Er hatte es eilig, als ihm beim Leeren des Briefkastens das Telegramm in die Hände fiel. *Bitte dringend melden, Mutter gestorben. Mit herzlichem Beileid, Gemeindeamt Greith.*

Der Anrufbeantworter in der Wohnung blinkte aufgeregt und zeigte ein Dutzend neuer Nachrichten an. Mehrere waren vom Gemeindeamt, eine vom Landeskrankenhaus Bruck an der Mur, die Nachbarn aus Greith hatten angerufen, und Tante Luise bat unter Tränen mehrfach um Rückruf.

Mutter war, wie sich herausstellte, über die Kellertreppe gestürzt und offenbar erst Stunden später von Tante Luise, die nach dem Einkaufen nur einmal kurz vorbeischauen wollte, auf den unteren Stufen liegend gefunden worden. Im Krankenhaus konnten sie nicht mehr viel tun. Die Verletzungen am Kopf und im Bereich der Halswirbelsäule waren letal, wie der Arzt, mit dem Sam später telefonierte, sachlich vermerkte.

Sam trank einen Cognac und starrte auf seine Zigarettenschachtel. Light war im Augenblick gar nichts, dachte er. Die Nachbarn und Verwandten in Greith hatten nichts wissen können von Benns Agentur und auch nichts davon, dass er seine Wohnung nur noch sehr selten nutzte.

Er packte den dunkleren seiner beiden Anzüge ein, suchte und fand eine schwarze Krawatte – weiße Hemden hatte er mittlerweile mehrere –, rief Carmen an, borgte sich ihren Mini Cooper und fuhr nach Greith. Katastrophen kommen immer ungelegen, sagte Benn, als er ihn darüber informierte, dass er mindestens eine Woche lang nicht zur Verfügung stehen würde.

Die Vorbereitungen für die Beerdigung verliefen routiniert. Es war von Vorteil, bereits einen Elternteil beerdigt zu haben, dachte Sam. Er wusste, was zu tun war. Kränze, Partezettel, Totengräber, Pfarrer, Musikkapelle, Chor, Leichenschmaus. Und er wusste, dass er dieses Wissen nie mehr würde nutzen müssen.

Carmen kam am Tag vor der Beerdigung. Sam holte sie am Bahnhof ab. Sie war still und zurückhaltend. Sam wusste es zu schätzen, dass sie ihn nicht alleine ließ. Er war noch nie in Mittersill gewesen, sie noch nie in Greith. Tut mir leid, sagte Sam, dass deine erste Begegnung mit meiner Familie ein Abschied ist. Irgendwie passe das aber auch.

Passt wozu?, fragte Carmen.

Meine Familie ist tödlich, sagte Sam. Man stirbt leichter, als man lebt.

Das letzte Mal hatte Sam seine Mutter wenige Wochen vor ihrem Tod gesehen. Sie hatte schlecht gehört in ihren letzten Jahren. Sam spreche zu leise, sagte sie. Ihr Misstrauen wuchs. Mit den Tanten könne sie sich auch unterhalten, wenn sie zum Kaffee kämen. Zu ihrem Kaffee, dem besten im Dorf. Dass die Tanten, weil ebenfalls schwerhörig, brüllten, anerkannte sie nicht. Sam sei gemein, sagte sie. Schließlich willigte sie ein, einen Ohrenarzt aufzusuchen. Aber nur wenn Sam eigens käme, um sie hinzubringen. Den Altenhelfer wolle sie nicht so viele Stunden beschäftigen. Sam mietete ein Auto, was sie missbilligte, fuhr nach Greith und weiter in die Bezirkshauptstadt. Das Ergebnis war eindeutig. Beim Audiotest verstand sie »Milch«, wenn die Stimme aus dem Lautsprecher über ihr »Mönch« sagte. Das meiste verstand sie gar nicht.

Dem Arzt glaubte sie. Auch wenn sie nicht verstand, was er ihr mitzuteilen versuchte.

Auf dem Nachhauseweg hatten Sam und sie im benachbarten Kurort zu Mittag gegessen. Sam aß einen Salat mit Putenstreifen, sie einen Topfenstrudel. Es war ein warmer, sonniger Septembertag. Die Stöcke und Gehhilfen, die ihr Sam schon vor Jahren mitgebracht hatte, hatte sie nie angerührt. Sie sei ja schließlich noch nicht alt, sagte sie.

Sam und Carmen schliefen auf der ausziehbaren Couch im ehemaligen Kinderzimmer. Ein Raum, in dem es erst spät eine Heizung gegeben hatte. Im Winter hatte man früher einen Ziegel ins Ofenrohr gelegt, dann in ein Handtuch eingewickelt und dem Buben mit ins Bett gegeben. Sam hatte das kantige, schwere Ding gehasst, das immer nur einen Punkt des klammen Betts erwärmte. Oft blieb er eine halbe Stunde starr und reglos liegen und wartete darauf, dass seine Körperwärme die Kälte besiegte. Sam hatte zu viel getrunken an diesem Tag. Die Verwandten hatten Schnaps mitgebracht, spät am Abend hatte er noch eine Flasche Rotwein aufgemacht. Carmen mochte es, wenn er trank. Sie mochte ihn aber nicht, wenn er getrunken hatte. Sam spürte, dass sie sich ihm entzog.

Es sei wirklich schade, sagte Tante Luise nach der Beerdigung, die der von Sams Vater um nichts nachstehen durfte, dass seine Mutti Carmen nicht mehr kennenlernen konnte. Sie hätte sich so über eine Schwiegertochter gefreut. Sie habe sich immer Sorgen um ihn gemacht. Und jetzt, wo sie sich keine Sorgen mehr machen müsste, sei sie ohnehin alle Sorgen los.

Onkel Rudi, Tante Luises ebenso kleiner wie quicklebendiger Mann, nickte zustimmend und griff dankend zu, als Sam ihm eine Zigarette aus seiner Schachtel bot.

Ob Mutter noch gelebt habe, fragte Sam, als die Tante sie auf der Kellerstiege fand?

Sie wisse es nicht, sagte die Tante. Sie sei jedenfalls reglos gewesen, die Augen weit offen, aber sie habe keinen Pieps mehr gemacht.

Sam blieb noch ein paar Tage und erledigte das Nötigste. Auf Mutters Sparbuch lag eine bemerkenswerte Summe Geld. Sie konnte nicht anders, als zu sparen. Das Haus würde er verkaufen. Er nahm die Dokumente zu sich, die Fotos – viele waren in Schwarz-Weiß und hatten einen gezackten Rand –, die Micky-Maus-Hefte und ein kleines, mit Intarsien ausgelegtes Kästchen, das Vater selbst gebastelt und in dem er seine Rauchwaren aufbewahrt hatte. Den Landtabak, die *Dreier* und später seine *Smart.* Sam würde nach dem Verkauf des Hauses mit einem und zum ersten Mal über Geld verfügen. Über viel Geld, für seine Verhältnisse. Nichts davon hatte er selbst verdient. Alles in ihm sträubte sich dagegen, dankbar sein zu müssen.

Als er wieder nach Wien kam, war Sam bereits auf *Camel* umgestiegen. Richtige *Camel* diesmal, die in der gelb-braunen Packung. Es war Zeit, sich zu steigern, dachte Sam. Das Dromedar, die Palmen und die Pyramiden waren dieselben, nur der Inhalt hatte sich verschärft.

Neue Lebensphase?, fragte Carmen, als er den Mini und sich selbst zu ihr nach Hause brachte.

Ja, sagte Sam. Ich bin verliebt, erwachsen, Vollwaise und habe Geld. Ersteres schon länger, Letzteres ist neu.

Gutes Kraut, sagte Carmen, zog eine *Camel* aus seiner Schachtel und zündete sie an. Kamele stehen ja nicht nur für Ausdauer, sondern auch für Langlebigkeit. Soweit sie wisse, würden Kamele bis zu vierzig Jahre alt. Das sollte für sie beide vorerst reichen.

Fahren wir zu den alten Tempeln?, fragte Sam. Falls das machbar ist mit deiner Flugangst.

Wohin?, fagte Carmen.

Angkor, sagte Sam. Zuerst Kambodscha und dann Vietnam. Oder umgekehrt. Er wisse zwar nicht, ob es dort Kamele gäbe, aber dafür jede Menge Wasserbüffel. Affen und ein paar Gürteltiere könne er garantieren.

Sicher, sagte Carmen. Wann?

Wenn das Schlimmste vorbei ist, sagte Sam.

Sam wusste nicht, was er erwarten oder erhoffen sollte. Er beschäftigte sich nicht ungern mit Baumärkten. Seine Studienreisen schienen ihm wie Reisen in fremde Welten. Baumärkte waren wie Städte. Alle kannten ihre Wege, alle hatten ein Ziel. Er staunte über die Ordnung der Waren und Produkte, die man in unzähligen Straßen, Sektionen, Regalen und Fächern erwerben konnte. Er fragte sich, woher all die Männer mit ihren robusten Frauen an gewöhnlichen Dienstagvor- oder Donnerstagnachmittagen die Zeit nahmen, sich mit Werkzeugen, Farbeimern, Rohren, Bürsten, Schleifpapieren oder Kabelbindern auszurüsten. Es war eine Welt von unendlicher Vielfältigkeit. Eine Welt der Maße, der Größen, Breiten, Längen und Tiefen, eine Welt der Materialien und Oberflächen, eine Welt, die in Meter und Zentimeter, in Watt und Volt bemessen werden konnte, eine Welt der Nützlichkeit, der Preise, des Wissens und der Kompetenz. Seine Welt war eine ohne Bemessungsgrundlage. Was wog ein Gedicht? Der Erfolg eines Werbeslogans ließ sich wenigstens über Umwege errechnen.

Babutzkys Reich war größer, aber einfältiger als das der üblichen Baumärkte. Die riesige Halle sah aus wie das von Sägespänen befreite Lager eines Sägewerks. Es gab Konstruktions- und Leimholz, Schnittholz, Holz für den Garten, jede Menge Plattenwerkstoffe, Furniere, Bretter, Latten und Massivholzdielen aus Ahorn, Douglasie, Eiche, Kirschbaum, Kiefer und Fichten aus heimischen Wäldern sowie Holzarten aus Skandinavien, Mittel- und Nordamerika. Alles fein nach Größen und Materialien sortiert. Die Bretter hatten eine »vorzügliche Materialqualität« und wiesen eine »Materialstärke von 19 mm« auf, während herkömmliche Standardmöbel offenbar mit Plattenstärken von 16 bis 18 Millimeter auskommen mussten. Dazu gab es jede Menge Scharniere, Schrauben, Dübel, Winkeleisen und andere Teile, deren Funktion Sam nicht verstand. Befestigungstechnik, sagte Babutzky. Mit Holz alleine komme selbst der beste Tischler nicht aus.

Rauchen war in der Halle generell verboten. Nur Babutzky schlotete in seiner Kommandozentrale. Er war unaufhörlich in Bewegung. Er dirigierte die Staplerfahrer, scheuchte die Arbeiter durch die Hallen und folgte einem Plan, den außer ihm niemand zu kennen schien. Benn und Laszlo hatten sich für die Firmenfarbe Grün entschieden. Knapp vor der Eröffnung sollten die Stapel beschildert und die vier mannshohen Buchstaben auf dem Flachdach der Halle montiert und enthüllt werden. Die Vorbereitungen dazu waren schon im Gange. Auch die Transporter und Lieferwägen, ebenfalls allesamt in Waldgrün, warteten noch auf ihre Beschriftung. Grün, fand Benn, sei die Farbe des Waldes und gehöre zum Holz wie die Blätter zum Baum. Preisschilder, Produktbezeichnungen, Briefpapier und Notizblöcke wurden vorbereitet. Sie gaben dicke Bleistifte, wie Zimmerleute sie verwendeten, in Auftrag, und sie druckten einen Übersichtsplan, einem Stadtplan gleich, der den Besuchern den Weg zum Ziel erleichtern sollte. Alles wurde bemöst oder vermösert. Laszlo adaptierte den Schriftzug für alle Größen und Formate. Benn war aufgedreht, Babutzky mürrisch. Er weigerte sich, eine Eröffnungsrede zu halten. Stattdessen sollte es am Eröffnungstag Musik, Bier und Würstel für alle geben. Gratis, selbstverständlich. Inklusive der grünen Servietten, auf denen der Schriftzug *MöSe* prangen sollte. Sie hatten Angst, dass die Sache auffliegen könnte. Mittlerweile waren zu viele Leute involviert. Die Autos mussten beschriftet werden, anschließend wurde der Schriftzug überklebt. Am Tag X sollten nur noch die Folien abgezogen werden. Es musste schnell gehen. Die Arbeitsmäntel und Overalls sollten erst eine Stunde vor der Eröffnung ausgegeben werden. Seine Leute in der Druckerei hatte Benn im Griff. Er drohte unverhohlen mit Entlassung, falls jemand ein Sterbenswörtchen verlieren sollte. Irgendwie gelang es ihm, eine Art verschworener Gemeinschaft zu bilden. Die Leute empfanden Lust daran, Geheimnisträger zu sein. Etwas zu besitzen, was nur sie besaßen.

Weißt du übrigens, sagte Sam, als er sich an einem späten Nachmittag gemeinsam mit Benn einen Cognac zur Zigarette gönnte, dass Babutzky tatsächlich einen Vornamen hat?

Nein, sagte Benn. Er hat keinen und er braucht auch keinen.

Und was meinst du, wie seine Frau ihn nennt? Babutzky?

Mir egal, sagte Benn. Babu vielleicht, oder Butzky. Seine Frau nenne ihn in jedem Fall Friedl. Aber Benn sei ihm ohnehin lieber. Das klinge wie ein Pistolenschuss.

Sam hatte, weil er fand, dass man die Öffentlichkeit später vielleicht mit ein paar Informationen zum Betreiber und Inhaber der *MöSe* füttern müsse, ein wenig recherchiert und war dabei auf ein etwas unscharfes Foto gestoßen, das Babutzky zeigte, wie er auf einer Bühne eine Urkunde entgegenkam; die Wirtschaftskammer oder Bundesinnung der Tischler hatte ihn für seine Leistungen ausgezeichnet. Ralph Babutzky, las er in der Bildunterschrift. Der Mann, der gerne harte Bretter bohrt. Nicht schlecht, dachte Sam. Allerdings schien ihm der Vorname überhaupt nicht zu Babutzky zu passen. Vielleicht weil er ihn zu sehr an Ralph Benatzky und sein *Weißes Rössl am Wolfgangsee* erinnerte. Er hatte vor Jahren den Film mit Peter Alexander und Waltraut Haas gesehen. Sam dachte an die Bretter, die die Welt bedeuteten. Der eine ließ sich darauf feiern, der andere schnitt sie zu. Und doch war es definitiv keine Operette, in die er da hineingeraten war. Eher eine Seifenoper, eine Schmierenkomödie. Aber immerhin eine, zu der er, Sam Sapadi, das Libretto beigesteuert hatte. Sein Stück *Die MöSe* würde bald uraufgeführt werden. Auch wenn die Kritiken miserabel sein würden, das Publikum würde ihm folgen. Dessen war Sam Sapadi sich gewiss.

Sam hatte kaum Zeit, sich um seine neue Wohnung zu kümmern. Sie war klein und reichte gerade, um die Bücher und Kleider unterzubringen. Carmen hatte ihn darauf aufmerksam gemacht, dass unweit des Drascheparks im oberen Teil der Graf-Starhemberg-Gasse in einem Neubau Appartements vermietet würden. Sam zögerte nicht lange. Babutzky stellte ihm für einen Tag einen der Transporter und zwei Arbeiter zur Verfügung. Sam verließ die Alser Straße ohne Wehmut. Ganz offiziell bei Carmen einzuziehen war keine Option. Sie sprachen auch nicht darüber. Später vielleicht, dachte Sam. Und es war ihm nicht unrecht, eine eigene Postadresse zu haben. »Dr. Sapadi« stand unten am Klingelbord. Immerhin, dachte Sam, eine akademische Notschlafstelle. Er kaufte ein Bett, Bücherregale und eine Kaffeemaschine; mehr war nicht vonnöten.

Manchmal kam Agnieszka vorbei, staubte ab, brachte seine Anzüge zur Reinigung und holte sie wieder ab. Noch Monate nach seinem Einzug roch die Wohnung neu und unbewohnt. Er blieb immer nur so kurz, dass es sich nicht einmal lohnte, eine zu rauchen.

Sam war überfordert, aber nicht unglücklich. Die *Arbeiter-Zeitung* und selbst die Allmeiers wären auch gut ohne ihn ausgekommen. Benn hingegen brauchte ihn. Und Benn stand nicht nur voll hinter der Kampagne, er hatte sie sich auch angeeignet. So als ob er die *MöSe* erfunden hätte. Manchmal war Sam ein wenig gekränkt. Gleichzeitig fühlte er sich geschützt in Benns mächtigem Schatten.

Sam schwitzte und fror gleichzeitig. Wie immer, wenn er zu viel geraucht hatte. Es war die Doppelgleisigkeit, die ihnen zu schaffen machte. Sie fuhren eine Strategie bis zum 5. Dezember, und ab dem 6. Dezember eine andere. Die Zielgruppe war klar definiert. Sie hatten vor, die Werbung auf die sogenannten Arbeiterbezirke zu beschränken. Sam textete und redigierte Anzeigen, Postwurfsendungen und Inserate. Um nicht immer mit denselben drei Sätzen hantieren zu müssen, schlug er Benn und Babutzky eine zusätzliche Formulierung vor. *Selbst ist der Mann*, sollte die Titelzeile lauten. Darunter: *Möbel zum Selbermachen. Billiger war Wohnen nie.* Benn hatte nichts dagegen. Laszlo seufzte. Babutzky versuchte ein Lächeln. Das ist die erste wirklich gut Idee seit Langem, sagte er und bot Sam eine seiner Zigaretten an. Sam wagte es nicht abzulehnen, obwohl er Babutzkys Zigaretten wirklich nicht mochte.

Carmen empfing ihn abends mit derselben Gelassenheit, mit der sie ihn morgens entließ. Sie zeigte sich an seiner Arbeit interessiert, kommentierte diese aber nicht. Sie selbst las, schrieb und telefonierte viel, machte aber von ihrer Arbeit wenig Aufhebens. Sie überließ ihm die Bühne. Manchmal fragte er sich, wieso Carmen ausgerechnet ihn gewählt hatte und nicht einen Bank- oder Museumsdirektor, den Chef einer NGO oder zumindest einen Auslandskorrespondenten.

Du riechst wie ein Aschenbecher, sagte sie, wenn er spätabends nach Hause kam.

Du meinst, ich stinke, sagte Sam.

So weit würde ich nicht gehen, sagte Carmen. Aber Umziehen, Duschen und Haarewaschen würden helfen.

Bei uns stinken alle, sagte Sam. *Blood, sweat, tears, and cigarettes.* Ich riech das schon nicht mehr. Er gab einen kurzen Überblick über den Stand der Ereignisse und erzählte mit einem gewissen Stolz in der Stimme, dass sie einen neuen Satz in ihre Kampagne eingeführt hätten.

Welchen?, fragte Carmen.

Selbst ist der Mann, sagte Sam.

Carmen schlug die Augen auf und blickte ihm fragend ins Gesicht. Und wann, Doktor Samsa, kommst du wieder runter von dem Trip?

Bald, sagte Sam. Im Augenblick werde ich noch gebraucht.

Von wem, wenn ich fragen darf?

Vom Kapitalismus, sagte Sam.

Jedenfalls eine ernst zu nehmende Konkurrenz, erwiderte Carmen.

Carmen, dachte Sam manchmal, mochte ihn vermutlich mehr, als sie ihn liebte. Sie hielt sich ihn wie ein Haustier, wie einen Kater. Ein seltsames Wesen, das man streicheln, füttern, aber nicht ändern konnte. Sam sollte das recht sein. Für große Gefühle hatte er gerade keine Zeit.

Es war ihm keineswegs unrecht, als sie für ein paar Tage aufbrach, um in Opatija einen Kongress zu besuchen. Irgendwas mit Ökologie, Ökonomie und Verteilungsgerechtigkeit, soweit Sam das verstanden hatte. Sie war seit Längerem mit der Frage beschäftigt, warum der Reichtum an Bodenschätzen, Öl und Gas in den betreffenden Ländern üblicherweise Armut hinterließ. Vor ihrer Abreise hatte sie sich die Haare schneiden lassen. Sam war ein wenig eifersüchtig. Er wusste, wie einladend Carmen wirken konnte. Und er konnte es anderen Männern nicht verübeln, wenn sie verstohlene Blicke auf sie warfen. Einmal, während Carmens Abwesenheit, schlief er sogar für ein paar Stunden in seiner kleinen Wohnung in der Graf-Starhemberg-Gasse. Er kam sich vor wie in einem Hotel.

Für Anfang Februar hatte Carmen Flüge nach Vietnam und Kambodscha gebucht. Bea hatte ihr geraten, es zur Vorbereitung mit autogenem Training zu versuchen. Joints, sagte sie bedauernd, könne man im Flugzeug ja leider nicht rauchen. Benn hatte Sam, wenn auch etwas unwillig, vier Wochen Urlaub eingeräumt. Dann, wenn alles vorbei sei, wie er betonte.

Vor dem Abflug wollte Carmen sich noch geeignete Beruhigungsmittel verschreiben lassen. *Heavy stuff*, sagte sie. Alles andere helfe nicht.

Am Tag der Eröffnung, einem kalten, trüben Mittwoch, brachen sie gemeinsam zu einem Lokalaugenschein auf, wie Benn es nannte. Carmen war wieder zurück und ließ es sich nicht nehmen, sie zu begleiten. Sam stellte sie vor. Erst jetzt verstehe er, sagte Benn zu Carmen, welche Opfer Sam erbracht haben musste, um eine so schöne Frau Abend für Abend alleine zu lassen. Carmen lächelte pflichtbewusst. Sie sei Ökonomin, sagte sie, und habe Verständnis für die Herausforderungen der Marktwirtschaft. Außerdem sei es ihr ohnehin lieber, wenn Sam die Agentur vollqualme und nicht ihre Wohnung.

Sie hatten Mühe, einen Parkplatz zu finden. Von Weitem schon sah man das Logo auf dem Dach der Halle prangen. Die Firmenwägen waren gebrandet, Briefpapier und Visitkarten gedruckt, die Kassabons eingespannt, die Mäntel und Overalls der Beschäftigten mit einem selbstklebenden Emblem versehen. Von der Decke hingen grüne Stoffbahnen, die die immer gleiche Werbebotschaft trommelten. Grüne Aufsteller wiesen den Kunden den Weg zu den Abteilungen, nur mit den Preisschildern waren sie nicht rechtzeitig fertig geworden. Überall wurde darauf hingewiesen, dass auch *Spezialanfertigungen* möglich seien. Wer nicht fündig wurde in dem Angebot aus Platten, Regalbrettern, Vorder- und Hinterwänden, Leisten, Brettern und Bohlen, sollte an eine von Babutzkys Tischlereien verwiesen werden. Schlitzohrig wie er war, hatte er es geschafft, aus der Not eine Tugend zu machen. Wer abweichende Größen oder Stärken benötigte, andere Farben oder Beschichtungen wünschte, wurde von Babutzky zu Babutzky umgeleitet. Vom Baumarkt zur Tischlerei. Oder umgekehrt.

Die riesige Halle war zum Bersten voll. Es erschloss sich nicht, ob die Menschenmassen Kaufabsichten hegten oder es die Neugier war, die sie in Scharen in Babutzkys Hände trieb. Das Logo schien keinen zu stören. Noch protestierte niemand, niemand regte sich auf. Die Moral schien zu Hause geblieben zu sein. Im Eingangsbereich sorgte eine aus älteren Herrschaften bestehende Dixieland-Band in grünen, seidig glänzenden Anzügen für Volksfeststimmung; es gab Würstel, Glühwein, Tee und Bier.

Sam legte seine Hand um Carmens Hüfte und zog sie an sich. Sie hatten das Ding durchgezogen.

Hast du eigentlich immer daran geglaubt?, fragte Sam und wandte sich an Benn, als sie sich durch das Gewimmel in Richtung Babutzkys Kommandozentrale wühlten.

Nicht immer, sagte Benn. Aber er habe versucht, es sich nicht anmerken zu lassen.

Babutzky war nirgendwo anzutreffen. Weder in seinem Kommandostand noch im Verkauf. Er sei auf der Bühne, sagte seine Sekretärin schmallippig. Nachdem sie sich im Zickzackkurs gegen den Strom der Einkaufswägen in den Eingangsbereich zurückgearbeitet hatten, sahen sie ihn plötzlich. Er stand schräg hinter dem Banjo, hatte ebenfalls einen grünen Anzug an, ein grünes, flaches Hütchen auf dem Kopf, wippte mit dem rechten Fuß im Takt – und spielte Klarinette. Sie hatten ihn nicht erkannt, als sie die Halle betreten hatten. Sich nur mit Möbeln zu beschäftigen, sagte Babutzky, als die Band Pause machte, sei selbst ihm zu blöd. Ursprünglich habe er Profimusiker werden wollen. Bis er in der Tischlerei seines Vaters mit der linken Hand in die Hobelmaschine geraten sei. Aber für *Oh When the Saints* und seine Altherrenband reiche es noch. Er heiße übrigens Ralph, sagte Babutzky, stellte seine Klarinette vorsichtig auf den Boden und umfasste mit beiden Händen Sams rechte Hand.

Ich weiß, sagte Sam. Babutzky wie Benatzky.

Stimmt, sagte Babutzky. Der andere Ralph hätte sicher eine Freude mit uns gehabt.

14. Nicorette

Es WAR KEINESWEGS so, dass Sam ein Bedürfnis verspürt hätte, aufzuhören. Er rauchte. Er war Raucher. Und Rauchen war weit mehr als eine Tätigkeit, eine Angewohnheit, eine schlechte noch dazu, wie viele meinten. Er mochte seine *Camel*. Er liebte die formvollendete Schönheit von Zigaretten. Perfekt wie ein Ei. Schlank, rund, sie rochen gut. Und erst recht die Packungen. Handlich, gediegen, schön. Manchmal hatte er den Eindruck, nicht *er* brauchte Zigaretten, sondern die Zigaretten brauchten *ihn*. Wie sonst hätten sie überleben, sich vermehren können. Er liebte Tabaktrafiken. Es wäre Sam nie in den Sinn gekommen, Zigaretten stangenweise zu kaufen. Zigaretten musste man *leben*, nicht *horten*. Er kaufte jeden Morgen auf dem Weg zur U-Bahn in der überladenen Tabaktrafik, die der alte Herr Wohinz gemeinsam mit seiner Frau seit Jahrzehnten in der Kolschitzkygasse betrieb, zwei Schachteln. Und manchmal für Carmen eine Schachtel *Gauloises*. Dazu die Zeitungen. Nur am Samstagvormittag kaufte er mehr.

Er vermied Zigarettenautomaten. Sie kamen ihm vor wie Notfallstationen, wie jene Apotheken, die auch an Wochenenden und in der Nacht eine Luke geöffnet hielten. Für schwere Fälle, um das Schlimmste zu verhindern, um das Elend abzumildern, das ohne Stoff drohte. Sam Sapadi rauchte nicht, weil er *musste*, sondern weil er *existierte*. Nichtrauchen würde ihn verkleinern, reduzieren. Es wäre weniger von ihm vorhanden, wenn er darauf verzichtete.

Die Abläufe waren entlang von Zigaretten organisiert. Die wunderbare erste zum Kaffee, die zweite, wenn er nach einem kleinen Frühstück das Haus verließ, die dritte noch bevor er das Büro betrat, die vierte, wenn er sich am Schreibtisch niederließ. Er liebte es, den Rauchwölkchen zuzusehen. Er war fasziniert von den organischen Verformungen und Bewegungen, die der Rauch einer einzigen Zigarette schuf. Eine Choreografie der Flüchtigkeit, die immer gleich und immer anders war. Allein das Meer und die Wolken am Himmel konnten ein vergleichbares Schauspiel bieten.

Aber wie oft war man schon am Meer. Und der Himmel über Wien war häufig wie ein bleigrauer Schirm. Es wäre Sam nie in den Sinn gekommen, sich für süchtig oder abhängig zu halten.

Man aß, trank und atmete, um Mensch bleiben zu können. Sam rauchte, um Sam Sapadi zu sein. Er wollte das Gebäude stützen, das er sich errichtet hatte. Denn ohne Stützen hielt es nicht. Andrerseits brauchte Sam Sapadi einen Gegner. Notfalls übernahm er die Rolle selbst.

Der Tag Anfang Februar, an dem sie abreisten, war kalt und grau. Sam hatte genügend Zeit gehabt, um zu packen. Die Turbulenzen rund um die Eröffnung der *MöSe* waren abgeklungen. Der Baumarkt brummte. Über Weihnachten war Carmen bei ihren Eltern in Mittersill, Sam blieb in Wien, ging am Weihnachtsabend ins Kleine Café am Franziskanerplatz und war am Stefanitag bei Benn und seiner Familie zum Mittagessen eingeladen. Benn war in Feierlaune und er wusste, dass er Sam einiges zu verdanken hatte. Die Kampagne war sowohl von der Konkurrenz als auch von potenziellen Kunden mit Interesse beobachtet worden.

Die Nachbeben der Eröffnung waren wie erwartet und erhofft beträchtlich gewesen. Noch am Abend des Tages der Eröffnung meldete die *Austria Presseagentur*, dass einem eben eröffneten Wiener Baumarkt, der sich auf *Möbel zum Selbermachen* spezialisiert habe, *ein ausgewachsener Skandal* drohe. Im Zentrum der Kritik stehe die Verwendung eines Synonyms *für das weibliche Geschlechtsteil, wohl mit der Absicht, ein vorwiegend männliches Publikum anzulocken.*

Die Zeitungen des nächsten Tages enttäuschten Sam nicht. *Baumarkt-Porno*, titelte die auflagenstärkste Tageszeitung Österreichs auf Seite sieben und berichtete, dass ein Baumarkt im Süden Wiens, der Möbel zum Selbermachen anbiete, eine *sexuell anzügliche Strategie* verfolge. Der Name des Markts entspreche einer wenn auch hierzulande unüblichen Bezeichnung *des weiblichen Geschlechtsorgans*. Das täglich erscheinende Konkurrenzblatt wusste ebenfalls Bescheid. *AUSGELÖCHERT*, hieß es in erstaunlich großen Lettern auf der Chronikseite, *Wiener Baumarkt auf dem Holzweg*. Das prophezeite Ende des Baumarkts trat allerdings nicht ein. Im Gegenteil.

Sam war nachgerade entzückt darüber, wie die Zeitungen, Institutionen und Verbände den Ball aufschnappten, den er und Benn ihnen zugeworfen hatten. Die Konkurrenz wies reflexartig und wie von unsichtbarer Hand gesteuert darauf hin, dass ihre Märkte *familienfreundlich* seien; die Bundeswirtschaftskammer und der Handelsverband distanzierten sich und sprachen eine scharfe Verurteilung aus. *Sexismus, Pornografie und die Verwendung eines anzüglichen Vokabulars zum Zwecke der Bewerbung von Produkten aller Art* seien *verabscheuungswürdig* und dürfen in einer *demokratischen, aufgeklärten Gesellschaft keinen Platz mehr finden*. Die Frauenverbände nahezu aller Parteien zeigten sich entrüstet und riefen zu einem Boykott auf. Der Katholische Familienverband hielt in einer Presseaussendung fest, dass es gerade in der Vorweihnachtszeit darum gehen müsse, Kinder und Jugendliche zu schützen.

Sam hatte für Babutzky eine schriftliche Stellungnahme vorbereitet, in der es hieß, dass im Zentrum seines wirtschaftlichen Handelns *ausschließlich qualitätsvolle Produkte und zufriedene Kunden* stünden. Man sei *zuversichtlich*, dass *die Wogen sich glätten* würden und freue sich, den Kunden weiterhin *ein Angebot bieten zu können, das keine Wünsche offenlässt*.

Sam beobachtete mit Vergnügen, wie die Boulevardpresse sich mühte und wand. Man sprach von *sexistischen Verkaufsstrategien*, von einer *obszönen Wortwahl*, von einem *nicht stubenreinen* Firmennamen und von der *Ausbeutung männlicher Fantasien auf Kosten der Frauen*. In der Qualitätspresse erschienen Kommentare und Essays über Sexismus in der Werbung und über die Zurschaustellung des weiblichen Körpers. Ein linkes Stadtmagazin wies darauf hin, dass man sich nicht darüber wundern dürfe, wenn der Kapitalismus und die ungezügelte freie Marktwirtschaft von Zeit zu Zeit mit der Moral kollidierten. Kein einziges Mal, in keinem der unzähligen Artikel, Proteste und Stellungnahmen, wurde der Stein des Anstoßes benannt. Je mehr über den »Fall« berichtet wurde, desto größer wurde die Neugier. Die Zeitungen vermieden es, sich selbst zu beflecken. Je umständlicher die Umschreibungen waren, desto länger wurden die Artikel. Nicht ein Mal kam das Wort *Möse* vor. Die Scham ist ein guter Helfer, dachte Sam, ein unbezahlbarer Komplize.

Carmen ertrug den Start mit Fassung. Sie hatte zwei Xanor genommen, sprach nicht, schloss die Augen und hielt Sams Hand fest umklammert. Erst als das Flugzeug seine Reisehöhe erreicht hatte, entspannte sie sich ein wenig. Sie aß kaum und überließ Sam den Weißwein, der so tat, als ob er irgendeinem französischen Chateau entstammte. Direktflüge nach Hanoi gab es nicht. Sie mussten in Bangkok zwischenlanden und abermals starten. Carmen schluckte noch eine Xanor. Sicher ist sicher, sagte sie. Auch einen Absturz würde sie bei dieser Dosierung gelassen erdulden.

Sam bewunderte und liebte sie. Sie ließ das Geschehen über sich ergehen wie eine Wurzelspitzenresektion. Unangenehm, aber unvermeidbar. Sie überwand ihre Angst nicht seinetwegen. Sie wollte nicht, dass er ihr dankbar war. Sie tat es, weil sie in ihre Beziehung investierte. Und wie jede Investition geschah auch diese aus Eigennutz. Abgesehen davon, dass sie an Vietnam und Kambodscha interessiert war. Vietnam boomte, Kambodscha hatte einen Jahrzehnte dauernden Albtraum hinter sich. Carmen hatte im Gegensatz zu Sam keine erkennbare politische Haltung. Armut war für sie in erster Linie ein ökonomisches Problem, kein moralisches. Sam wusste nicht, welche Partei sie wählte. Niemals hätte sie sich als Feministin bezeichnet. Carmen war weder kokett noch romantisch. Nie und nimmer wäre es ihr in den Sinn gekommen, sich auf Reisen anzubiedern. Sie trug weder folkloristische Seidenschals noch batikbedruckte Blusen. Sie war Europäerin und verhehlte es auch nicht. Nur beim Essen verwandelte sie sich sofort: Sie liebte Volksküchen und alles, was die Straße bot. Sie fiel auf mit ihren einhundertvierundsiebzig Zentimeter Körpergröße. Sie wirkte wie eine Königin.

Sam war unendlich stolz auf sie.

Sie versuchten erst gar nicht, sich nicht wie Touristen zu benehmen. Sie verloren sich im Gewühl und freuten sich, wenn es ihnen gelang, die Straßen unfallfrei zu überqueren. Sie erwiesen Ho Chi Minh die Ehre, besuchten die Halong-Bucht und reisten auf den Spuren des Kriegs Richtung Süden. Von Saigon, was, wie sie fanden, besser klang als Ho-Chi-Minh-City, flogen sie hinüber nach Siem Reap, dem Basislager für die Besuche von Angkor Wat, Angkor Thom und all der anderen Khmer-Tempel, die der Natur zuerst abgerungen, dann von dieser gefressen und schließlich, nach Jahrhunderten im Dornröschenschlaf, wieder freigelegt worden waren. Nirgendwo, fand Sam, war das ewige Drama anschaulicher. Besonders mochte er jene Tempel, in denen der Kampf noch nicht entschieden war. Die großen Würgefeigen hatten mit ihren gewaltigen Wurzeln ganze Tempelanlagen umgelegt – und hielten sie doch fest im Griff. Wie Katzen, die mit ihren Opfern spielten, verzögerten sie den Akt der Vernichtung. Sie umklammerten ihre Opfer, ließen aber keinen Zweifel daran, wer am Ende stärker war. Falls nicht wieder Menschen auftauchten, die mit ihren Baggern und Äxten den Dschungel ein weiteres Mal zurückdrängten.

Sie waren mit Moped-Taxis unterwegs. Einmal am Morgen, am späteren Nachmittag ein weiteres Mal. Tagsüber war es zu heiß, um Ausflüge zu unternehmen. Die Fahrer kannten die sicheren Pfade. Kambodscha war ein vermintes Land. Überall sah man Männer, denen Arme oder Beine fehlten, die ihre Rümpfe auf Skateboards wuchteten und grimmig durch die Straßen pflügten. Manchen fehlte die Nase, ein Auge, Teile des Gesichts. Die Roten Khmer hatten gelernt, dass Massenmorde allein nicht reichten. Tote wurden verscharrt und verschwanden aus dem Blickfeld der Überlebenden. Amputierte Beine, abgerissene Arme oder weggesprengte Gesichter hinterließen bleibende Zeichen. Im kleinen *Cambodian Landmine Museum* in der Nähe von Siem Reap waren auch Zigaretten ausgestellt. Zigaretten, die dem Terror dienten. Wenn die Glut sich an den winzigen Sprengsatz herangefressen hatte, detonierte die Zigarette. Wer Glück hatte, verlor ein paar Finger. Wer Pech hatte, verlor sein Gesicht.

Sam war nicht wirklich überrascht, als Carmen ihm während eines Sonntagsspaziergangs eröffnete, dass sie versuchen werde, auf der Reise nicht zu rauchen. Sie formulierte es vorsichtig, sprach nicht davon, *aufzuhören*. Unumstößliche Aussagen lagen ihr fern. Carmen rauchte jetzt schon kaum. Gut fünfzehn Stunden lang, sagte sie, gäbe es, mit Ausnahme eines Zwischenstopps in Bangkok, ohnehin keine Möglichkeit, sich eine anzuzünden. Die Fluggesellschaften hatten das Rauchen, auch auf den Langstrecken, in ihren Maschinen mittlerweile verboten.

Sam zögerte nicht lange. Ähnlich wie damals, als er aufgehört hatte, weil Lucinda gedroht hatte, ihn nicht mehr zu küssen, spürte er abermals die Versuchung, mit einem Mal Held sein zu können. Denn mehr noch als sich selbst wollte er ihr gefallen, Carmen, die neuerdings gerne seine Sachen trug. Sie sah famos aus in seinen Hosen, Hemden, T-Shirts und Sakkos. Er wog bei gleicher Größe bloß zwei Kilo mehr als sie. Und Carmen hatte eine diebische Freude daran, sich in ihm zu verkriechen. Sein Brustkorb blähte sich. Sie forderte nicht, dass er sich ihr anschloss. Über ein Geschenk, über diesen Liebesbeweis, würde sie sich aber mit Gewissheit freuen.

Die Angst, das wusste Sam, musste von etwas Größerem, Stärkerem unterworfen werden.

Er könnte als Sieger nach Wien heimkehren. Als Nichtraucher. Als einer, der eine Schlacht gewonnen hatte. Und der alle Raucher in seiner Umgebung mit gnadenloser Nachsicht und Toleranz bestrafte.

Ich bin dabei, sagte er unvermittelt, blieb stehen, wandte sich Carmen zu und versuchte entschlossener zu klingen, als er war.

Wobei?, fragte Carmen.

Ich lass es ebenfalls bleiben, sagte Sam. Zumindest unterwegs.

Bist du sicher?, fragte Carmen vorsichtig.

Sicher bin ich sicher, sagte Sam. *Smoking kills*, macht impotent und verursacht bekanntlich Lungen-, Zungen- und Rachenkrebs. Um nur eine kleine Auswahl anzubieten.

Und wie willst du das schaffen?, fragte Carmen, von vierzig auf null? Galgenhumor allein wird nicht genügen.

Wär ja nicht zum ersten Mal, sagte Sam. Zudem gäbe es Nikotinkaugummis. Er werde zwei Familienpackungen kaufen. Eine für Kambodscha und eine für Vietnam.

Die letzte Zigarette rauchten sie am Flughafen. Carmen hatte sich eine einzelne aufgehoben, um sich feierlich von ihrem lässlichen

Laster zu verabschieden, wie sie sagte; Sam hingegen war in den letzten Tagen maßlos gewesen. Er hatte seinen Körper um Mitarbeit gebeten, hatte auf einen Raucherhusten gehofft, auf Halsschmerzen, auf Durchblutungsstörungen oder wenigstens auf veritable Kopfschmerzen. Er hätte gern einen Teil der Verantwortung abgetreten, hätte gern medizinische Gründe geltend gemacht, hätte gern gesagt: Der Doktor hat's verboten. Doch sein Körper weigerte sich, ihn bei seinem Vorhaben zu unterstützen. Er rebellierte nicht auf Zuruf, sendete keine Signale. Sein Körper ließ Sam allein. Er rauchte zwei hintereinander. Die verbleibenden fünf – Sam hatte mehrfach nachgezählt, es waren genau fünf – warf Sam zusammen mit Carmens leerer Packung und einem Einwegfeuerzeug in den Müll. Davor noch, unmittelbar nach dem letzten Zug aus der letzten Zigarette, hatte er sich den ersten Nikotinkaugummi seines Lebens in den Mund geschoben, *Nicorette*, vier Milligramm. Es gab auch leichtere, und auch solche, die nach Minze schmeckten. Der Plan war, mit den schweren Bombern anzufangen, um dann die Dosis schrittweise reduzieren zu können.

Sam wartete nicht, bis ihn das Bedürfnis nach einer Zigarette überfiel. Er kaute vorbeugend, prophylaktisch, mit kräftigen Bewegungen. Es dauerte eine Weile, bis der braune Gummi weich wurde. Er brannte auf der Zunge und auf der Innenseite der Backen. Sam hätte sich am liebsten einen zweiten in den Mund gesteckt und vielleicht sogar noch einen dritten. Er biss nicht auf Kaugummis, er kaute an seiner Panik. Kurz erwog er, Carmen um eine Xanor zu bitten. Das war es schließlich, was er im Augenblick brauchte. Starke Nerven, Beruhigung und Zuversicht. Die Überdosis Nikotin zog ihm einen Schweißfilm auf die Haut. Es war nicht das Verlangen, das ihn quälte. Es war die Angst vor dem Verlangen und davor, es nicht stillen zu können. Sam hasste mit einem Mal die Fähigkeit zur Antizipation. Wie einfach wäre es gewesen, nur dann einen Nikotinkaugummi zu kauen, wenn er das Bedürfnis zu rauchen hätte. Nein, er kaute, weil er Angst hatte. Und jeder Biss auf den grob schmeckenden Gummi erinnerte ihn daran, dass er kaute, weil er sich ohne jede Not ein Problem geschaffen hatte.

Er kaute, weil er Carmen gefallen wollte. Manchmal gelang es ihm, den Kaugummi, wie es im Beipackzettel empfohlen wurde, unter der Zunge zu parken. Auch dort, hieß es, würde das Ding Nikotin absondern, das dann über die Schleimhaut dem Nervensystem zugeführt werden würde, um dort seine Aufgabe zu erfüllen. Sam vertraute der ruhenden Kugel unter seiner Zunge nicht. Er kämpfte und kaute. Er würde mit seinen Kaugummis haushalten müssen. Möglicherweise hatte er für vier Wochen zu wenig eingekauft. Er war froh, sich um Carmen kümmern zu können. Ich bin stolz auf dich, Samsa, sagte sie mit halb geschlossenen Augen, als sie Georgien überflogen.

Ich liebe dich auch, sagte Sam, auch wenn das nicht leicht ist, so ganz ohne Zigaretten.

Carmen lächelte. Allmählich wich die Anspannung aus ihrem Gesicht.

Sam verfolgte einen genauen Plan. An den ersten drei Tage in Hanoi wollte er sich keine Beschränkungen auferlegen. Ab dem vierten wollte er nur noch jede zweite Stunde einen Kaugummi nehmen, bei sechzehn Stunden Wachzeit waren das acht Stück pro Tag. Jeden zweiten Tag wollte er das Pensum um einen Kaugummi reduzieren, nach zehn Tagen sollte der Umstieg auf die schwächeren *Nicorette* erfolgen. *Nicorette*, zwei Milligramm, statt wie bisher vier. Zum Beginn dieser Phase wiederum durfte er, um den Schock der halbierten Nikotinzufuhr erträglich zu gestalten, die Stückzahl um zwei Kaugummis erhöhen. Nach exakt einundzwanzig Tagen wäre er bei einem Kaugummi täglich angelangt, ab dem zweiundzwanzigsten Tag schließlich hätte er jegliches Nikotin aus seinem Körper verbannt.

Sam wurde zum Buchhalter seiner selbst. Er rechnete, führte Listen und schrieb Tabellen. Er zögerte den Moment hinaus, in dem er den ersten Kaugummi des Tages aus der Hartplastikschale löste. Er wusste, dass es leichter war, am Vormittag auf Nikotin zu verzichten als am Abend. Sam war beschäftigt. Und wenn er morgens aufwachte, wusste er, dass er sich etwas abverlangte; dass er liefern und sich konzentrieren musste, auch wenn der eigentliche Zweck ihrer Reise ein anderer war. Carmen belächelte ihn und bot ihm an, die Buchhaltung und Berechnung zu übernehmen. Das sei schließlich ihr Fachgebiet. Sam lehnte dankend ab.

Er musste den Verzicht selbst verbuchen, er brauchte dieses Entlastungsgerinne, er musste sichtbar machen, er musste verzeichnen und notieren, was er tat und was er unterließ. Er war nicht sicher, ob er für die Attraktionen ihrer Reise nur die halbe Aufmerksamkeit zur Verfügung hatte, oder ob sich seine Wahrnehmungsenergie schlicht verdoppelt hatte. Ein Teil seines Gehirns war unentwegt mit der Aktivität des Nichtrauchens beschäftigt. Er rauchte nicht nur nicht, sondern er hatte auch noch Ersatzhandlungen zu verwalten, ein interessierter und kundiger Reisender zu sein, und er wollte Carmen lieben. Alles und jedes verlor seine Leichtigkeit. Jegliche Selbstverständlichkeit war mit der letzten Zigarette am Flughafen Schwechat abgetötet worden und erloschen.

Nicht zu rauchen war schwere, harte Arbeit. Es gab weder Pausen noch Feierabend. Es gab weder Entspannung noch Erholung. Und es machte keinen Unterschied, ob er acht, sechs, fünf, vier, drei oder nur zwei Kaugummis am Tag kaute. Am Ende ersetzte er Nikotinkaugummis durch nikotinfreie. Er hatte sich mit großen Mengen *Wrigley's Doublemint* eingedeckt. Er hatte sich buchstäblich verbissen. Und es machte nach drei Wochen auch keinen Unterschied mehr, ob die Gummis in seinem Mund Nikotin enthielten oder nicht. Er aß zu viel. Biss und kaute, was ihm in die Quere kam. Sein Zahnfleisch war wund geworden, und seine Backen schmerzten. Gleichzeitig versuchte er, Sorglosigkeit zu versprühen. Als Carmen in einem französischen Restaurant einem Tischnachbarn höflich eine Zigarette abschnorrte, ließ ihn das völlig ungerührt. Er mochte es, wenn Carmen ihn anblies. Seine Kampfzone war mittlerweile eine andere. Sie lag in ihm. Und sie lag weit tiefer. Sam Sapadi fürchtete, dass sich ein Schlund in ihm aufgetan hatte. Ein Schlund, von dem er nicht wusste, wie er gefüttert werden konnte.

Seinen allerletzten Nikotinkaugummi nahm Sam am Abend ihrer Ankunft in Kambodscha mit einem Glas Champagner Rosé. Carmen hatte den kurzen Flug von Saigon nach Siem Reap mit nur einer Xanor mühelos überstanden und war in Feierlaune. Sam nahm den Kaugummi hin wie eine Hostie. Es war der letzte, den er hatte. Manche hatte Carmen ihm weggefressen, wie er nicht ohne Vorwurf sagte. Sie kaute kurz darauf, zog eine Grimasse und entsorgte die fädenziehenden Gummiklumpen nach wenigen Minuten. Schmeckt grauslich, sagte sie. Sie brauchte keine Zigaretten, wiewohl sie nicht ungern rauchte. Sie brauchte auch keinen Alkohol, wiewohl sie nicht ungern trank. Vielleicht braucht sie auch keinen Mann, dachte Sam – und verwarf den Gedanken im selben Augenblick.

Der nächste Morgen war klar und heiß. Sam stand früh auf, trank einen Café au lait, schwamm ein paar Längen im Pool und zelebrierte seinen ersten nikotinfreien Tag. Ein Kapitel, das stand außer Frage, war abgeschlossen. Er musste nicht mehr rechnen und nicht mehr zählen. Er fühlte sich frisch, sauber und rein. Aber er wusste, dass die Geschichte noch kein Ende gefunden hatte. Er war in keinem Theaterstück, in dem nach zweieinhalb Stunden der Vorhang fiel. Er wusste, dass es Geschichten gab, deren Ende mit dem Schlussapplaus noch nicht besiegelt war.

15. Joints

DIE BESUCHE HÄUFTEN sich, seit Sam nicht mehr rauchte. Eine Weile lang war er nur gemeinsam mit Carmen vorbeigeschneit, dann kam er auch alleine. Bob und Bea wussten, was Sam erwartete, wenn er, manchmal auch erst am späten Abend, vorbeikam. Es machte für sie keinen großen Unterschied, ob noch jemand mitrauchte oder nicht. Sam zeigte sich immer erkenntlich, brachte eine Flasche Rotwein mit, die sich Bob und Bea nicht leisten konnten, manchmal auch Bonbonnieren oder Eis.

Bob und Bea – Carmen und er nannten sie B & B – weigerten sich, die Sechziger- und Siebzigerjahre zu verlassen. Bob, der eigentlich Robert hieß, band seine langen, mittlerweile leicht ergrauten Haare zu einem Rossschwanz; Bea stellte unverdrossen ihre rote Mähne aus. Sie war das Hippiemädchen geblieben, das sie zu Schulzeiten gewesen war. Das schmale Zinshaus in der Wiener Brigittenau, das sie von ihrem Vater geerbt hatte und in dessen Beletage sie mit Bob seit Jahren wohnte, beeinträchtigte ihre Weltsicht kaum. Politik war ein fragwürdiges Geschäft, Politiker waren korrupt, schuld an allem waren die Multis und das internationale Finanzkapital. Sie beklagten die Einstellung der *Arbeiter-Zeitung*, wiewohl sie sie, wie die meisten Sympathisanten, nie gelesen hatten. In ihren Augen tobte stets der Kampf zwischen David und Goliath, wobei niemals David, immer nur Goliath gewann. Sam selbst hatte das Ende seines früheren Arbeitgebers nur aus den Augenwinkeln wahrgenommen. Der Chefredakteur war wieder zum Fernsehen zurückgekehrt, die letzte Ausgabe zeigte eine nachdenkliche Redaktion auf dem Titelbild. Sam fühlte sich keineswegs wie die sprichwörtliche Ratte, die das sinkende Schiff noch vor dem Untergang verlassen hatte. Er fühlte gar nichts.

Du bist herzlos, sagte Bea, während sie den ersten Joint des Abends drehte.

Ich bin nicht herz-, sondern heimatlos, sagte Sam und wunderte sich über diesen Gedanken. Genau genommen wunderte er sich darüber, dass er noch nie zuvor über seine Heimatlosigkeit nachgedacht hatte.

Bob und Bea lebten von den Mieteinkünften ihres Hauses, zusätzliche Erwerbstätigkeit war nicht vonnöten. Sie rechtfertigten ihre komfortable Existenz damit, dass sie bloß »moderate Mieten« einkassierten und somit knapp zwei Dutzend Menschen leistbare Lebensumstände einräumen konnten. Kapitalisten waren sie keinesfalls, Kapitalisten waren die anderen. Bob war gelernter Starkstromtechniker und handwerklich geschickt und kümmerte sich um die Instandhaltung des Hauses, Bea las esoterische Bücher und telefonierte viel und lang mit ihren Freundinnen. Sie kochten gern und episch, konnten sich endlos mit der Frage beschäftigen, welche speziellen Lebensmittel wo am günstigsten zu kriegen waren, zogen durch die Märkte, machten täglich lange Spaziergänge entlang der Donau oder durch den Wienerwald, abends hörten sie Jazz, sahen sich Filme an und rauchten Joints.

Carmen und Bea verband etwas, das sich Sams Verständnis weitgehend entzog. Sie wirkten wie Schwestern, konnten endlos und unaufgeregt plaudern und schienen kein Problem damit zu haben, dass sie intellektuell auf völlig unterschiedlichen Planeten hausten. Sie hatten sich bereits als Kinder kennengelernt, als Beas Vater, der mit dem Bau von Tiefgaragen wohlhabend geworden war, mit Frau und Kindern am Hof der Familie Kolb Sommerferien machte. Zunächst teilten sie die Liebe zu Pferden, dann die Liebe zur Popmusik. Und als Carmen zum Studium nach Wien übersiedelte, verfestigte sich die Beziehung weiter. Bea, die mit Ach und Krach durch die Schule getreten wurde, begann in einer Galerie zu arbeiten, versuchte eine Lehre als Restauratorin, lernte Robert kennen und zog sich, nach dem Tod ihres Vaters, in ein unspektakuläres Leben als Erbin eines vierstöckigen Zinshauses zurück.

Bob und Bea hatten es gern, wenn sich die Tür zur großen, weiten Welt gelegentlich einen Spaltbreit öffnete und das »Business«, wie sie es etwas abschätzig nannten, bei ihnen Erholung und Entspannung suchte. Es hing eine wohltuende Schlaffheit in der Luft. Niemand musste und niemand wollte irgendwas. Bloß Sam hatte klare Absichten. Er wollte, was er sich sonst verbat: Er wollte rauchen. Und nur Haschisch oder Gras gestatteten es ihm, sich Tabakrauch so tief wie möglich in die Lungen zu ziehen. Bob und Bea wussten, dass er sich selbst betrog. Sie wussten, dass er lieber mehrere Joints mit weniger Inhalt rauchte, als eine große Tüte.

Sie ließen ihm den Schwindel durchgehen, sie begrüßten ihn in ihrem kleinen Klub. Die wiederholten Angebote, sich ein bisschen was mit nach Hause zu nehmen, lehnte Sam kategorisch ab. Er hätte sich Zigaretten oder Tabak besorgen müssen. Noch leistete er Widerstand.

Gegen den ersten Rückfall war Sam Sapadi völlig machtlos. Er hatte kein Problem gehabt auf der Rückreise. Seit vier Wochen hatte er keine Zigarette angerührt, seit mehr als einer Woche verzichtete er auf Nikotin. Nur sein Mund musste beschäftigt werden. Er kaute Doublemints und Cashewnüsse, trank Kaffee und Grünen Tee und Weißwein und war froh darüber, dass er sich auf der Rückreise um Carmens Flugangst kümmern durfte. Er zog sie an sich, strich ihr über den Hinterkopf, küsste ihren Haaransatz und hielt sie an der Hand. Sie waren ein prachtvolles Paar, fand Sam. Doch er wusste, dass ein dunkler Teil seiner selbst weder ihr noch ihm gehörte. Er erinnerte sich an Fernando Pessoa, der einmal sagte, er hasse die Lüge, weil sie eine Ungenauigkeit sei. Das war es, was Sam Sapadi am meisten fürchtete: Dass es ihn zu viel Zeit, Aufwand und Energie kostete, seine Rollen und Identitäten auseinanderhalten zu können. War er nun Nichtraucher, ein ehemaliger Raucher, ein Raucher, der gerade nicht rauchte, einer, der gerade Schluss gemacht hatte – und wenn ja, womit?

Wäre es glaubwürdig, wenn er versuchte, als galanter Gelegenheitsraucher durchzugehen? Wie einer, der nach einer Trennung seine ehemalige Geliebte noch hin und wieder sieht? Und vor allem: Wem gegenüber nahm er welche Rolle ein? Gleichzeitig lebte Sam Sapadi in der Gewissheit, dass es dieser Unordnung und Unübersichtlichkeit bedurfte. Erst das drohende Chaos konnte ihn dazu zwingen, Ordnung zu etablieren, Systeme zu entwickeln, Regie zu führen in einem Film, dessen Drehbuch mehr Rollen und Charaktere enthielt, als ein Einzelner überblicken konnte. Sam Sapadi wuchs mit dieser Aufgabe. Er hatte kein Skriptgirl, keine Assistenten und kein Team. Er allein war Viele. Und weil er Viele war, brauchte er einen Kopf, einen Chef, einen, der die Übersicht behielt. Er war Manager geworden. Manager des kleinsten Teams der Welt.

Es fügte sich gut, dass Gottfried Benn nach dem Erfolg der *MöSe*-Kampagne die Agentur neu organisierte. Er wollte sie, nach dem Vorbild der Konkurrenz, in drei Bereiche gliedern. *Creation, Contacts, Service.* Nicht dass Benn das Englische besonders liebte. Aber *Idee und Entwicklung, Dienstleistungen und Kontakte* waren selbst ihm zu bieder. Dass er Sam zum Kreativdirektor ernannte, überraschte niemanden. Immerhin eine Rolle, dachte Sam, sei hiermit klar.

Ob er sich eine nehmen dürfe, fragte Sam, als er am Tag nach ihrer Ankunft Benn recht früh am Morgen in dessen Büro besuchte. Der Jetlag hatte ihn zeitig aus dem Bett gejagt. Und er wusste, als er die Augen aufschlug, dass es nun nichts mehr gab, das ihn schützte. Es war ihm nichts gutgeschrieben worden, es gab keine strafmildernden Umstände, seine bisherige Leistung zählte nicht. Das Spiel wurde von Neuem angepfiffen, alles war möglich. Die Tabaktrafik des alten Herrn Wohinz passierte er mit Tunnelblick und hochgestelltem Mantelkragen. Wien war unfreundlich, wie immer Anfang März. Als er die Agentur betrat, wusste er, dass er dieses Match verlieren würde. Sam Sapadi gegen Sam Sapadi, hieß das Spiel. Schiedsrichter gab es keinen. Und gewinnen konnte nur, wer gleichzeitig verlor.

Sam hätte die erste Zigarette weder verhindern noch vermeiden können. Er unterließ es daher, sich zu erklären. Ich habe jetzt vier Wochen lang nicht geraucht, hätte er entschuldigend sagen können, zur Belohnung für den gesunden Verzicht stünde ihm jetzt doch ohne Frage eine zu. Benn wäre das egal gewesen. Er hatte Besseres zu tun, als sich in die neurotischen Labyrinthe seiner Mitarbeiter zu vertiefen.

Bitte, greif zu, sagte Benn und schob die Packung *Philip Morris* über den Tisch. Die Zigarette schmeckte nach gar nichts. Und doch war Sam froh, dass ein neues Kapitel aufgeschlagen war.

Möglicherweise, dachte er, mochte er Schlusskapitel nicht. Nichts sollte jemals enden.

Man konnte nicht einfach aufhören. Und selbst wenn man es tat, lief alles weiter. Insofern machte es keinen Unterschied, ob er Benn um eine Zigarette bat oder nicht.

Knapp vor Mittag ging er in die Apotheke am Nestroyplatz und kaufte eine kleine Packung Nikotinkaugummis. Die leichten zunächst, 30 Stück, 2 Milligramm. Es musste noch Luft nach oben sein.

Streng genommen konnten zwei bis drei Zigaretten täglich nie und nimmer schaden. Die Lunge hatte mit all den Abgasen und Schadstoffen in der Luft weit größere Aufgaben zu bewältigen. Und Nikotin war ein reines Nervengift. Effizient, aber ungefährlich. Zumindest für die Lunge. An der Sucht an sich, an der Abhängigkeit per se, war noch niemand je gestorben. Man stirbt nicht an der Heroinsucht, man stirbt an einer Überdosis, man stirbt nicht an der Alkoholsucht, man stirbt an einer zerfressenen Leber. Sam hatte bewiesen, dass er Nichtrauchen konnte, dass er nicht rauchen musste. Doch er verabscheute das Endgültige, das Totale und Absolute. Er verabscheute es in den Religionen, im Leben und in der Politik. Er schlug sich einen Kompromiss vor, es schien ein gangbarer Weg. Zwei, drei Zigaretten täglich, Nikotinkaugummis je nach Bedarf, gelegentliche Besuche bei B & B. Rauchen würde er nur in der Agentur, er würde schnorren. Und manchmal, als Geste seiner Großzügigkeit, Zigaretten für alle kaufen, mehr, als er schnorrte, mehr, als er jemals rauchen würde. Als Chef, der er nun war, konnte ein wenig Großzügigkeit nicht schaden. Die paar Zigaretten, die er täglich rauchen würde, standen für Genuss, für Lust und auch dafür, dass Regeln gebrochen, Prinzipien geopfert und Dogmen über Bord geworfen werden mussten. Nur Carmen gegenüber würde er vom einmal eingeschlagenen Weg nicht abweichen wollen. Es wäre ihm unfair erschienen, wie ein Verrat an der gemeinsamen Reise, wie Betrug, wie Treuebruch. Es war schließlich auch ihre Leistung, dass Sam nicht mehr rauchte, und sie war sichtbar froh darüber, dass es am Draschepark nicht mehr stank. Sie hatte die Aschenbecher weggeräumt, selbst die Feuerzeuge waren verschwunden. In Carmens Gegenwart kaute Sam *Wrigley's Doublemints* – oder er tat zumindest so, als ob es welche wären. Er verbarg die Packungen mit den Nikotinkaugummis, spuckte in der Toilette seinen *Wrigley's* in die Kloschüssel und ersetzte ihn durch ein, manchmal zwei Stück *Nicorette*. Nach Minze rochen beide,

Unterschied war keiner festzustellen. Nur dass Carmen immer öfter seine Hosen und Sakkos trug, erhöhte den Aufwand. Auf keinen Fall durfte er Nikotinkaugummis in den Hosen- oder Sakkotaschen parken. Er wäre in eine missliche Lage geraten, hätte Carmen sie entdeckt.

Eine Weile lang nahm Sam die Sache sportlich. Misstrauen war Carmen gänzlich fremd.

Er war auch nicht allzu oft zu Hause. Benn hatte Babutzky, offensichtlich im Zuge eines Gegengeschäfts, ins Boot geholt und die Agentur umbenannt. *WaBuP* hießen sie nun, *Werbeagentur Benn und Partner*. Und weil die Firma wuchs, kaufte Benn eine ehemalige in einem Hinterhof der Praterstraße gelegene Wäschemanufaktur und funktionierte sie zum neuen Standort um. Die *WaBuP* wurde schick. Das alte Industriedesign suggerierte eine Tradition von Handwerk und Gewerbe, die der Agentur, die ihren fünften Geburtstag noch vor sich hatte, fehlte. Im Inneren des weiträumigen Lofts lockte das kommende Jahrhundert.

Laszlo, der jede Verklärung der Vergangenheit mit Verachtung strafte, hatte Benn dazu überredet, seine Freundin, eine junge kroatische Innenarchitektin, zu engagieren. Ist besser als Pfusch und billiger als Firma, sagte Laszlo. Benn, der familiäre Beziehungen zu schätzen wusste, stimmte zu. Er mochte Ljubica. Und er hatte ein Gespür für Talente. Glas und Stahl und einzelne kräftige Farbelemente bestimmten das Bild. Sam fühlte sich wohl. Er arbeitete viel mit Freiberuflern, tauchte abermals ein in die Welt der Exzentriker, der Freidenker, derer, die sich nur um Kunst, nicht aber um Konventionen scherten. Sie betreuten eine kleine Brauerei, die sich als qualitätsbewusster Familienbetrieb etablieren wollte; einen Fußballklub, der den Aufstieg in die Oberliga geschafft hatte; weiterhin die Pharmafirma, für die Sam den Prostaxil-Slogan erfunden hatte; Babutzky natürlich; das *Allmeier*; eine Immobilienfirma, die für teure Villen und luxuriöse Dachausbauten warb; einen Verlag, der mit populärwissenschaftlichen Büchern beachtliche Auflagen erzielte; und den burgenländischen Winzereiverband. Nur den Auftrag für ein traditionsreiches Filmfestival, das sich unter neuer Führung neu positionieren wollte, kriegten sie zu Sams Bedauern nicht.

Sam, dessen Erbe bisher unangetastet geblieben war und der erstmals in seinem Leben gut verdiente, sehnte sich nach Greith zurück. Er schämte sich ein wenig dafür. An sich gefiel ihm die Idee der Heimatlosigkeit. Das Land hatte ihm nie gutgetan; in Dörfern war er immer unglücklich gewesen. Doch die Stadt schien ihr Gegenstück zu fordern, und Sam und Carmen gaben diesem Wunsch nach. Während ihrer Reise hatten sie sich darauf geeinigt, nach einem Zweitwohnsitz Ausschau zu halten. Mittersill war für Wochenendausflüge zu weit weg, zudem wollte Sam nicht in den bauernbündischen Schoß der Familie Kolb geraten. Greith hingegen kam durchaus infrage. Sam hatte Bekannte, aber keine Familie mehr. Sah man von den paar verbliebenen Tanten, dem alten Onkel Rudi und ein paar Cousins und Cousinen ab. Als die Allmeiers den alten Gasthof direkt am Hauptplatz kauften, gewann Greith an Attraktivität. Sie wollten sich ein bisschen was für ihre alten Tage schaffen, sagten Karl und Huberta. Außerdem seien sie ja eher Missionare als Gastwirte. Und kulinarisch hätte die Gegend dringend Bedarf. Einstweilen würde ihre Tochter den Landableger ihres Wiener Haubenlokals führen. Sie könne sich damit erste Sporen verdienen, bevor sie irgendwann Wien übernehme. Wobei es sehr hilfreich wäre, wenn Sam die Speisekarte weiterhin im Auge behielte, eine Weile zumindest, bis sich alles einlaufe.

Sicher, sagte Sam, zumal hier ja nicht mit destilliertem Hummer an Holunderblütenextrakten und gratiniertem Kartoffelerbsenschaum zu rechnen sei. So ein Wiener Schnitzel sei ja schnell lektoriert.

Karl und Huberta lächelten höflich. Abgemacht?, fragte Huberta.

Abgemacht, sagte Sam. Seine Dienstleistung sei in diesem Fall übrigens gratis. Sie wüssten vielleicht gar nicht, wie viel er ihnen zu verdanken habe.

Es waren auch die Allmeiers, die Sam bei einem seiner Besuche darüber informierten, dass das kleine hübsche Holzhaus am Ortsende zu verkaufen war. Die alte Frau Sommerauer war gestorben, die Kinder zeigten kein Interesse. Sam rief Ringo in Graz an, vereinbarte einen Besichtigungstermin, setzte sich mit Carmen in den Mini und fuhr los.

Das Haus lag am Bach, war verwinkelt, finster – und entzückend. Es sei machbar, sagte Ringo, nachdem er es einen halben Nachmittag lang inspiziert hatte. Sam zögerte nicht lange, kaufte das Häuschen und beauftragte Ringo mit dem Umbau. Wie er es denn gerne hätte, fragte Ringo, der im Lauf der Jahre bedächtiger geworden war.

Alt und neu, sagte Sam. Außen dunkel, innen hell. Und technisch auf dem neuesten Stand, ergänzte Carmen. Gut zu heizen und total komfortabel.

Kein Problem, sagte Ringo und lächelte pflichtbewusst. Unmögliches sei schließlich seine Spezialität.

Guter Slogan, sagte Sam.

Braucht man heutzutage, sagte Ringo, holte einen Zollstock und eine große Ringmappe aus der Tasche und begann sich Notizen zu machen.

Auf dem Weg zurück nach Wien schlug Carmen Sam vor, sein

Appartement aufzugeben, sobald das Haus in Greith benutzbar wäre. Drei Adressen für zwei Leute seien um eine zu viel.

Das klingt für mich wie ein Heiratsantrag, sagte Sam.

Ist es aber nicht, sagte Carmen.

Nein?, fragte Sam und spielte den Enttäuschten.

Nein, sagte Carmen. Dergleichen hatte ich schon.

Wir sind also nur vernünftig?

Genau, sagte Carmen. Nur das »wir« können wir streichen. Vernünftig bin in erster Linie ich. Sie nahm den Blick von der Straße und sah Sam prüfend von der Seite an. Er mochte es, wenn sie fuhr. Er musste den Sitz nicht adjustieren, wenn er das Auto übernahm. Das kam selten vor, wenn ein Mann und eine Frau sich ein Auto teilten. Nicht nur ihre Beine, auch ihre Arme hatten dieselbe Länge.

Hast du nicht manchmal Lust auf eine Zigarette?, fragte Sam unvermittelt.

Manchmal, sagte Carmen. Aber es sei ihr den Aufwand nicht wert. Allerdings denke sie gern daran zurück, wie sie beide noch gepofelt hätten. Er allerdings weitaus mehr als sie.

Und du?

Immer, sagte Sam. Ich hab immer Lust auf Zigaretten.

Armer Samsa, sagte Carmen.

Sie nimmt mich nicht ernst, dachte Sam. Und wusste nicht, ob das gut oder schlecht für ihn war.

Als es auf dem Weg von Greith nach Wien dunkel wurde, griff er mit der rechten Hand in die Außentasche seines Sakkos und knipste einen Kaugummi aus der Packung. Unauffällig schob er ihn in den Mund. Es dauerte einige Minuten, bis das Nikotin die gewünschte Wirkung zeigte.

Gehen wir noch ins B & B?, fragte Sam.

Gern, sagte Carmen. Freut mich, dass du sie magst.

16. Nicotinell

NOCH BEVOR ER sich auf die Suche machte, wusste er, wie er ihn nennen wollte: Puck.

Ein schon etwas in die Jahre gekommener Schauspieler, der selten ohne seinen Hund im *Oswald & Kalb* anzutreffen war und der zum Gefolge des neuen Burgtheaterdirektors zählte, hatte ihm die Geschichte erzählt. Er hatte sich in Bochum nach einer Trennung einen Hund zugelegt, ein mittelgroßes Etwas, das sich weigerte, auf irgendeinen Namen zu hören. Es sei gewesen, sagte der Schauspieler, als ob der Hund gewusst hätte, dass die Anerkennung jedweden Namens ihn unterworfen und für Kommandos und Befehle empfänglich gemacht hätte. Es sei ein Theaterhund gewesen, sagte der Schauspieler. Er ging mit zu den Proben, verkrümelte sich auf dem immer selben Sitzplatz in der Reihe vier, rollte sich zusammen, beobachtete gelangweilt die Szenerie und schlief dann ein. Niemand störte sich an dem schlafenden Hund, nur bei den Vorstellungen musste er zu Hause bleiben. Am Ende war es niemand Geringerer als William Shakespeare, der dem Hund seinen Namen gab. Die Proben zum *Sommernachtstraum* hatten vor wenigen Tagen begonnen, der Intendant selbst führte Regie. Und als in der ersten Szene des zweiten Akts die Fee auf Oberons Hofnarr traf, fiel der Name zum ersten Mal. *Wenn ich nicht ganz mich irr', ruft die Fee, bist du der Geist, der, bös' und zänkisch, Puck bei allen heißt.* Daraufhin, so der Schauspieler, sei der bislang namenlose Hund wie von der Tarantel gestochen aus seinem Sitz und in wenigen Zügen auf die Bühne geschossen, habe sich freudig erregt und mit dem Schwanz wedelnd vor der Fee aufgepflanzt und unmissverständlich klargemacht, dass er es war, der hier gerufen wurde. Seither heiße er

Puck, sagte der Schauspieler. Von den weiteren Proben zum *Sommernachtstraum* musste Puck leider ausgeschlossen werden.

Sam hatte zwar keinen Hund, aber er wusste, wie er ihn nennen würde. Die Wochenenden in Greith würden einem Puck sicher gefallen. Und der Draschepark vielleicht auch.

Mit den Kaugummis allein schaffte Sam es nicht länger. Es dauerte zu lang, bis das Nikotin seine Wirkung tat, und er fühlte sich beobachtet, wenn er den ganzen Tag lang kaute. Die paar Zigaretten, die er in der Agentur schnorrte, reichten nicht. Er nutzte die Außentermine, kaufte sich eine ganze Schachtel, egal welche, riss die Packung auf, rauchte eine, manchmal zwei und warf die Packung wieder weg. Manchmal schlich er Stunden später um den Abfallkorb, warf einen verstohlenen Blick hinein und fischte, falls sie noch ganz oben lag, die Packung aus der Tonne. Er dachte an Eisenerz und daran, wie er, nachdem er Vater zum letzten Mal gesehen hatte, eine Packung *Drum* samt Zigarettenpapier aus dem Müll befreit hatte. Erstaunlich, dachte Sam, dass, wenn es der Sache diente, selbst peinlichste Verhaltensmuster reaktiviert werden konnten. Vaters Tod war Jahre her. Das Drama war geblieben. Nur die Methoden hatten sich verfeinert. Oft inspizierte er die Tonnen, bevor er sie benutzte. Er lernte sie zu unterscheiden. Mülltonnen, in denen sich Essensreste befanden, Windeln oder Abfälle fragwürdiger Konsistenz, kamen nicht infrage. Auch solche nicht, die leer oder kaum gefüllt waren. Er hätte zu tief hinabtauchen, seinen Arm bis zur Schulter versenken müssen, um, ohne Sichtkontakt, nach der vorschnell weggeworfenen Packung graben zu müssen. Er war kein Sandler, kein Bettler, kein Clochard. Er habe irrtümlich seinen Schlüssel versenkt, würde er sagen, falls man ihn ertappte. So was kam vor. Sam bevorzugte jene Tonnen oder Körbe, die bis fast obenhin gefüllt waren, am besten mit Verpackungsmaterial, in jedem Fall mit sauberem, trockenem Stoff. Manchmal drapierte er die Packungen förmlich, er warf sie nicht weg, er parkte sie, bewahrte sie auf. Und obwohl jede Zigarette die letzte war, sorgte er dafür, sie im Notfall wiederzufinden.

Oft kaufte er zwei Schachteln pro Tag, manchmal drei. Um höchstens zwei oder drei Zigaretten daraus zu rauchen. Er fragte sich oft, ob es jemandem auffiel, dass sich so viele fast volle Zigarettenpackungen in den Mülltonnen Wiens versammelten. Vermutlich aber – und Sam bedauerte das – wurden sie wie alles andere auch der Vernichtung zugeführt; sie wurden eingesammelt und verbrannt. Schade eigentlich. Zwischendurch ging Sam dazu über, die angebrochenen Packungen an Bettler zu verschenken. Bis ihm eines Tages – er hatte eine alte Frau, die an einem U-Bahneingang bettelte, mit einer Schachtel beglückt – eine wütende Sozialarbeiterin nachgerannt kam. Mörder, schrie sie, die alte Frau habe Lungenkrebs, Rauchen sei ihr strengstens untersagt. Betteln nicht?, fragte Sam. Die Sozialarbeiterin drückte ihm schnaubend die Packung *Lucky Strike* in die Hand, die sie der Bettlerin wieder abgenommen hatte.

Sam war, seit er Zigaretten kaufte und wieder verwarf, zu billigeren Sorten übergegangen. Er rauchte Zigaretten, die er nicht mochte. Selbst vor *Memphis* scheute er nicht zurück. Vielleicht half es, wenn sie nicht schmeckten. Er vermied es, *Camel* zu kaufen oder rote *Gauloises*. Er wollte die Zigaretten hassen, er betrachtete sie als Feinde. Kleine, wie Soldaten aufgereihte Feinde, die nur darauf warteten, ihn zu demütigen und zu quälen.

Es kam so gut wie nie vor, dass Sam zufrieden war, wenn er rauchte. Er rauchte, weil er zu tun hatte, er konnte sich keine Schwächen leisten. Er vertröstete seinen Körper, seinen Geist, er investierte in die Zukunft der nächsten Stunden und Minuten, wenn er in seinem Kopf die kleinen Explosionen krachen ließ.

Sie sprengten den Weg frei, nach vorne und nach oben.

Sam rauchte nicht, er rettete sich. Es war nichts, was er sich hätte aussuchen können. Sam Sapadi ergab sich nicht, er opferte sich, unterwarf sich seiner Pflicht. Wegen der Joints schämte er sich nicht; die Joints durften sein. Nur Zigaretten hatte er sich versaut, versagt und verboten.

Um nicht ständig welche kaufen und wieder wegwerfen zu müssen, hatte sich sein Blick für das Halbgerauchte geschärft, für das Angerauchte, für das, was in den Aschenbechern übrig blieb. Er hatte ein Auge entwickelt für Zigarettenstummel, die noch zwei, drei Züge versprachen. Er fand sie in Aschenbechern, auf Toiletten, achtlos ausgedrückt, weil die Zeit, wozu auch immer, drängte. Er fand sie auf dem Boden, auf Gehsteigen, vor Kinos und Geschäften. Wie ein geschulter Dieb entwand er sie, ließ sie mit einer flinken Bewegung unauffällig in seiner Faust verschwinden und rauchte sie im Verborgenen zu Ende. An manchen der Stummel haftete noch Lippenstift, und er fragte sich, wie der Mund wohl ausgesehen haben mochte, der an dieser Zigarette gesogen hatte. Er stellte sich immer schöne, verführerische Frauen vor, Frauen mit kirschroten Mündern und langem gelockten Haar. In einer Radiosendung zum Thema Design hörte er einmal, dass *Marlboro rot*, neben *Camel* die männlichste aller Zigaretten, ursprünglich als Damenzigarette konzipiert worden war. Man wollte Frauen als Raucherinnen gewinnen und entwarf eine Packung in kräftigem Lippenstiftrot. Nachdem die Frauen die neue Zigarette verweigerten, änderte *Philip Morris* die Zielgruppe. Statt Frauen sprach man nun Männer an. Selbst der *Marlboro*-Mann trug bevorzugt Hemden in knalligem Rot.

Glücklicherweise war Sam mit einem gesunden Immunsystem gesegnet, er erkrankte nicht, egal, was an den Stummeln klebte. Er mochte es, an anderen Leben teilzunehmen, seinen Speichel mit anderen zu teilen, etwas fortzusetzen, was andere begonnen hatten.

Er erfuhr die Lust der Trickspielerei, er fand es erstaunlich, wie leicht es war, eine Parallelwelt zu bewohnen. Er fiel nicht auf, weil niemand etwas vermutete. Er wusste sogar, wer in der Agentur seine Zigaretten in welcher Lade liegen hatte. Er bediente sich manchmal, wenn es gar nicht anders ging. Der Triumph, das Glücksgefühl, waren stärker als die Angst, erwischt, enttarnt und beschämt zu werden. Sam Sapadi, der eigentlich Thomas hieß, mogelte sich und alle anderen aus. Nur Carmen gegenüber plagte ihn das Gewissen. Er hatte nicht eine einzige Affäre gehabt in ihrer gemeinsamen Zeit. Er flirtete und kokettierte nicht. Dennoch betrog er sie. Er betrog sie mit unzähligen heimlich gerauchten Zigaretten. Es hätte eine Lösung gegeben. Doch um wieder ordnungsgemäß, offiziell und öffentlich zu rauchen, dazu fehlten Sam die Kraft, der Wille und der Mut.

Sie hatten viel zu tun. Carmen hatte für das Wintersemester einen Lehrauftrag an der Wirtschaftsuniversität an Land gezogen. Bei der Titelgebung – er war, was Titel und Slogans betraf, schließlich vom Fach! – half ihr Sam ein wenig. *Richtig rechnen!*, stand schließlich im Vorlesungsverzeichnis, *Ethische Aspekte einer globalen Ökonomie*. Carmen vertrat darin die These, dass die immer größer werdende Kluft zwischen Arm und Reich nicht das Hauptproblem der globalen Entwicklung darstelle, solange der ärmere Teil der Weltbevölkerung an Einkommen, Bildung und Versorgung dazugewinnen könne. Die Schere dürfe ruhig aufgehen, solange beide Klingen eine Bewegung nach oben zeigten. Dass ein paar Milliardäre immer größere Gewinne machten, mochte manchen zwar als ärgerlich erscheinen, war aber ökonomisch betrachtet nicht wirklich relevant. Ein ernstes Problem träte erst dann auf, wenn die Reichen immer reicher und die Armen gleichzeitig immer ärmer würden. Der

Kapitalismus – und davon war Carmen überzeugt – könne das Problem erkennen und entsprechend reagieren. Vorausgesetzt, die volkswirtschaftlichen Abteilungen der großen Player konnten rechnen, richtig rechnen! Ethik sei daher die Folge einer rationalen Ökonomie, niemals ihre Prämisse. Als handlungsleitendes Element sei jede Form von Moral daher ein Rohrkrepierer, egal, ob sie sich aus politischen, historischen oder religiösen Quellen speise.

Der Applaus, erzählte Carmen, als sie sich am Abend im *Oswald & Kalb* trafen, sei enden wollend gewesen. Aber sie hätte ja noch ein ganzes Semester Zeit, um vor allem die Linken davon zu überzeugen, dass deren Motive zwar edel, hilfreich und gut, zur Rettung der Welt jedoch nicht zu gebrauchen seien.

Womit habe ausgerechnet ich das verdient, sagte Sam, legte den Kopf schief und versuchte vorwurfsvoll dreinzuschauen. Ich teile Tisch und Bett mit einer Agentin des Kapitals.

Falsch, sagte Carmen. Du teilst Tisch und Bett mit einer Bauerstochter. Und Bauern sind nun einmal nicht romantisch. Außerdem habe er überhaupt kein Recht, sich aufzuregen; er sei es schließlich, der den ganzen Dreck verkaufe. Die Werbung sei das Schmieröl des Schwachsinns, aber das müsse sie ihm wohl nicht erklären. Im Übrigen habe ihr der *World Wildlife Fund* ein unwiderstehliches Angebot gemacht. Es habe nur einen Nachteil: Sie werde, wenn auch nicht gleich, wieder Beruhigungsmittel nehmen müssen.

Und das heißt?, fragte Sam.

Ich werde nach Uganda fliegen.

Ohne mich?

Ohne dich.

Und warum?

Dienstreise, sagte Carmen. Man hat Öl gefunden. Und das ist, wie's aussieht, schlecht.

Sam ging auf die Toilette, um sich einen Kaugummi anzustecken. Er biss so schnell und heftig darauf, wie er konnte. Er wollte nicht, dass Carmen ihn kauen sah. Wenn er allein wäre, dachte er, würde er wieder rauchen. Einen Augenblick lang geriet er in Versuchung, ein Geständnis abzulegen, verwarf den Gedanken aber wieder.

Und was ist schlecht am Öl in Afrika?, fragte er. Er wusste nicht einmal mit Sicherheit, wo Uganda lag. Irgendwo in der Mitte. Und er wusste, dass Idi Amin dort dereinst gewütet hatte.

Es droht, dozierte Carmen, ähnlich wie in Angola, Nigeria oder Gabun, der sogenannte Ressourcenfluch. Der Reichtum an Bodenschätzen führt zu Armut, Elend und Zerstörung. Das Kapital fließt ab, die Korruption gedeiht, die Umwelt wird vernichtet. Die Ölvorkommen waren rund um den und im Lake Albert gefunden worden, mitten in einem riesigen Naturpark. Der Kongo und Uganda stritten sich um die Rechte, dazu käme, dass Uganda ein Binnenland sei. Es müssten also entweder Raffinerien gebaut oder endlos lange Ölleitungen gelegt werden. Und das in einer politisch höchst instabilen Region. Der *World Wildlife Fund* plane zusammen mit anderen Nichtregierungsorganisationen und der Weltbank eine *Fact-Finding-Mission.*

Und du?, fragte Sam.

Man hat mich als unabhängige Expertin eingeladen, sagte Carmen.

Bin beeindruckt, sagte Sam. Und wann geht's los?

Im Februar, sagte Carmen, mit Ende des Semesters.

Schön, sagte Sam. Er hasste sich dafür, dass er sich auf Carmens Abwesenheit freute.

Und wusste nicht, wie er die Zeit bis dahin überbrücken sollte.

Es war die Werbung, die Sam darauf aufmerksam machte, dass es neben Kaugummis noch andere Mittel zur *Linderung des Rauchverhaltens* gab: Pflaster. Sie versprachen *eine gleichmäßig verteilte Nikotinzufuhr*. Es gab sie in verschiedenen Stärken und Größen.

Sam hoffte auf eine leise strömende Grundversorgung, so als ob er an einem unsichtbaren Infusionstropf hinge. Zusätzliche Gaben müssten nur noch in akuten Notfällen verabreicht werden. Morgens, mittags, vielleicht abends. Sam war es peinlich, in derselben Apotheke, in der er seine Kaugummis kaufte, auch nach Pflastern zu fragen. Er wählte eine, in der man ihn noch nicht kannte. Man fragte ihn mit sorgenvoller Miene, ob er wisse, wie er mit den Pflastern umzugehen habe. Leider ja, log Sam, er kenne sich damit aus. Die Pflaster, *Nicotinell*, mussten auf eine trockene, saubere Hautstelle geklebt werden und waren zunächst eine Enttäuschung. Es dauerte lange, zu lange, bis sie Wirkung zeigten. Sam hatte gehofft, das Kaugummikauen einstellen, zumindest reduzieren zu können. Auch diese Hoffnung erfüllte sich nicht. Abends, immerhin, fühlte er sich grundversorgt. Er ertappte sich dabei, ein, manchmal auch zwei Stunden lang keine Rauchimpulse zu verspüren. Die Pflaster hinterließen allerdings hässliche Rötungen auf der Haut, die er Carmen nicht erklären hätte können. Manchmal vergaß er, das Pflaster abzulösen, bevor er sich schlafen legte. Er wachte auf in der Angst, Carmen könnte es entdecken. Er schlief schlecht, weil er es nicht wagte, aufzuwachen. Von der Sekunde des Erwachens an war er von der Angst getrieben, sich nicht rechtzeitig versorgen zu können. Es war keine Zeit für morgendliche Zärtlichkeiten. Er musste raus, so schnell wie möglich. Im Bad klebte er sich ein Pflaster auf die Hüfte oder auf den Oberarm (es mussten unbehaarte Stellen sein, was in Sams Fall nicht so einfach war), verließ das Haus, um zwischen Draschepark und U-Bahn die Erste zu rauchen, kaute, um sicherzugehen, gleichzeitig den ersten

Kaugummi und wartete darauf, dass das Pflaster leistete, was es versprach. Sam hatte es geschafft, sich gleich dreifach mit Nikotin zu versorgen. Manchmal fragte er sich, wie vielen Zigaretten sein dreifacher Nikotinkonsum entsprach. Es mussten viele sein, sehr viele sogar. Sein Körper nahm die Überdosierung nicht mehr ohne Reaktionen hin. Er schwitzte, obwohl ihm kalt war, unter den Achseln bildeten sich handtellergroße Schweißflecken. Das Nikotin trieb ihm den Schweiß aus allen Poren. Er war dazu übergegangen, nur noch schwarze und weiße Hemden und T-Shirts zu tragen, die die Schweißflecken so gut wie möglich verbargen. Hellblaue Hemden – und er hatte einige davon – bildeten ganz besonders hässliche Flecken, ein purpurfarbenes Seidenhemd, das er früher mochte, blieb im Schrank. Sam stilisierte sich und sein Erscheinungsbild. Weiß im Sommer, schwarz im Winter. Zu Meetings kam er bewusst zu spät. Er entschuldigte sich, winkte allen zu und stürmte zu seinem Platz.

Er wusste, wie unangenehm es war, kalte, schweißnasse Hände zu schütteln. Er achtete penibel darauf, seine Handflächen nicht auf die Glasplatte des Besprechungstischs zu legen. Das Glas beschlug wie ein Badezimmerspiegel und bildete die Konturen seiner Hände ab. Seinen Stoff kaufte er mittlerweile in verschiedenen Apotheken, die Zigaretten auf Tankstellen, in U-Bahnstationen, in Tabaktrafiken, die er nur gelegentlich passierte. Nur Raucher waren Stammkunden. Sam aber rauchte nicht. Carmen gegenüber erklärte er, wenn sie an seinen Haaren und an seinen Kleidern roch, dass er nun einmal in einer Welt von Rauchern lebte. Dass er mit Kunden und Kollegen in Bars gehen müsse, in Wirtshäuser und in Restaurants. Sam funktionierte. Und er funktionierte sogar sehr gut. Er wusste nicht, ob Carmen ihm glaubte. Eines Tages würde er mit dem Unsinn Schluss machen. Morgen vielleicht. Oder übermorgen. Oder am Tag danach.

Manchmal, alle zwei oder drei Wochen, baute sich Entschlusskraft in ihm auf. Er musste sich vorbereiten, sammeln, konzentrieren. Ähnlich wie Zeno Cosini in Italo Svevos Roman musste er ein Datum fixieren. Der Beginn der neuen Woche etwa, von da an würde er auf Zigaretten verzichten. Kaugummis, Pflaster und gelegentliche Joints sollten genügen.

Sam war verblüfft, wie leicht es ihm an solchen Tagen fiel, nicht sofort zu rauchen. Er wachte fröhlich auf. Er fühlte sich frisch und hatte es nicht eilig, aus dem Haus zu kommen. Unter der Dusche nahm er den ersten Kaugummi. Er wollte nicht, dass Carmen ihn malmen sah. Er duschte lange. Das Pflaster klebte er, um die Haut nicht unnötig zu reizen, jeweils auf eine andere Stelle. Der linke Oberarm, die linke Hüfte. Dann der rechte Oberarm, die rechte Hüfte. Manchmal vergaß er, wo das Pflaster zuletzt geklebt hatte. Er verwarf den Gedanken, darüber Buch zu führen. Links oben, links unten, rechts oben, rechts unten. Es war gut zwölf Stunden her, seit er die Allerletzte geraucht hatte. Das Ritual war ihm vertraut. Er war froh, die letzte Kippe weggeschnippt zu haben. Manchmal schaffte er es bis in den Nachmittag. Er kaufte weder Zigaretten, noch schnorrte er im Büro. Er hatte nicht einmal den Wunsch, sich zu belohnen.

Einmal hatte er es einen ganzen Tag lang geschafft. Es war nur gerecht, wenn er dann abends, bei einem kleinen Bier, auch nach Zigaretten fragte. Er hatte bewiesen, dass er es schaffen konnte. Er hatte eigentlich keine Zeit, sich mehr als nötig mit sich selbst zu beschäftigen. *Ich möchte nicht von mir selbst behelligt werden*, hatte er bei Ilse Aichinger gelesen, der ebenso schweigsamen wie hochverehrten Dichterin, die auf kaum einem Foto ohne Zigarette anzutreffen war. Er hatte auch keine Zeit, sich nach einem Hund umzusehen, den er Carmen zum vierzigsten Geburtstag schenken wollte. Einen Hund, den er jeden Morgen ausführen konnte. Er würde Verantwortung übernehmen, solange seine schöne Frau noch schlief. Wenn er wieder aus dem Park zurückkäme, hätten sowohl der Hund als auch er ihre ersten Bedürfnisse befriedigt. Sam würde im Schutz der Platanen eine Zigarette rauchen, dann, vorbeugend und des frischen Atems wegen, noch einen Kaugummi kauen. Er würde Kaffee kochen, sogar ins Bett könnte man noch einmal schlüpfen. Das Pflaster würde er später applizieren. Puck wäre friedlich. Und Sam würde nicht mehr fliehen müssen.

Vorerst aber waren Aufgaben zu erfüllen. Die Pflicht ging vor. Er konnte und durfte die Geschäftsinteressen der Agentur nicht durch sein Nichtrauchen gefährden. Einer der großen Autofahrerklubs des Landes hatte anlässlich seines bevorstehenden hundertsten Geburtstags einen Riesenauftrag ausgeschrieben. Das Design sollte auf der Grundlage des vertrauten Erscheinungsbilds sanft erneuert werden. Alle Platzhirsche der Branche waren eingeladen, an dem Wettbewerb teilzunehmen. Sam sah zunächst wenig Chancen; in Benn hingegen war schnell der Jagdinstinkt erwacht. Wenn sie den Auftrag bekämen, würde seine Druckerei den Druck der Klubzeitschrift, der unzähligen Broschüren und Folder, der Aufkleber und der Aussendungen und Verträge übernehmen. Die *WaBuP* wäre über Jahre ausgelastet, sagte Benn, die Jobs gesichert. Also lasst euch was einfallen, Jungs.

Laszlo ging mit der ihm eigenen Ruhe ans Werk. Er nahm dem gelben Farbton die Schwere, erneuerte, für Laien kaum sichtbar, das Schriftbild, nahm den Autos das Männliche und stellte in den Fotostrecken Autofahren als familien- und umweltfreundliche Angelegenheit dar. Was noch fehlte, war ein Slogan. Er sollte entlang der Autobahnen Raser warnen, er sollte alle Publikationen und Schriftstücke zieren, er sollte, einem Leitmotiv gleich, die gesamte Philosophie des Klubs auf einen Nenner bringen. Und – das stand klar und unmissverständlich in den Ausschreibungsbedingungen –

er sollte kurz sein, sehr kurz sogar. Die wollen die Quadratur des Kreises, sagte Sam zu Benn, als nach Wochen des Nachdenkens, des Lesens, Recherchierens und Studierens noch immer keine auch nur annähernd brauchbare Idee am Horizont erschien. Sam hatte Gespräche mit den Verantwortlichen geführt, er war mit einer Verkehrspsychologin essen gewesen, er hatte die Geschichte des Automobilklubs von den Anfängen bis zur Gegenwart gelesen, er hatte Verkehrs- und Mobilitätsexperten interviewt, er hatte Unfallstatistiken studiert und war bisher auf keinen grünen Zweig gekommen. Aber er war lange genug im Geschäft, um zu wissen, wie er es anstellen musste. Zuerst musste alles rein in den Kopf, dann wieder raus. Ein Widerspruch, der schwer zu leben war.

Der einzige Gedanke, der sich in seinem Hirn festgekrallt hatte, war ein Spruch, den er in riesigen blutroten und verronnenen Lettern auf der aberwitzigen Straße hinauf nach Darjeeling gesehen hatte, damals, als er mit Eva in Indien gewesen war. Die indischen Straßen waren lebensgefährlich. Die Zahl der Unfälle, Verletzten und Toten war enorm. Autowracks säumten die Straßen, die Inder fuhren wie die Säue. Man hatte halt ein schlechtes Karma, wenn einem auf der Straße Böses widerfuhr. *Come home in peace, but not in pieces*, hatte jemand an die senkrecht aufsteigende Wand vor einer Spitzkehre gemalt. Links der Abgrund, rechts die Felsen. Was aber hatte das alles mit einem österreichischen Automobilklub zu tun? Sam konnte den Satz dennoch nicht verscheuchen. Er würde ihn parken, beschloss er, tippte ihn in seinen Computer, rauchte und versuchte für eine Weile nichts zu tun. Dann fuhr er mittags in seine kleine Wohnung, um zu duschen und sich umzuziehen. Bald würde er sie zurückgeben. Ringo hatte in Greith ganze Arbeit geleistet. Das Haus, sagte er, würde bald fertig sein.

Die ersten Tage nach Carmens Geburtstag waren etwas unrund. Sie freute sich nicht wirklich über den Hund. Über den Hund vielleicht schon, aber sie fühlte sich überfallen, Sam hätte sie fragen müssen, sagte sie. Sie liebe Hunde, sie hatte auch ihren Multi geliebt, aber das sei auf einem Bauernhof gewesen, wo es nicht darauf ankam, ob ein Tier mehr oder weniger zu versorgen war. Sam hatte sich vorsorglich mit Nikotin vollgepumpt, als er am Vorabend ihres Geburtstags mit Hund, Leine, einer Großpackung Hundefutter, einem Fress- und Trinknapf aus rostfreiem Edelstahl und einem waschbaren Hundekissen unterm Arm nach Hause gekommen war. Das ist Puck, sagte Sam, unser neuer Mitbewohner.

Puck, wie das Ding beim Eishockey?

Nein, sagte Sam, wie der Kobold im *Sommernachtstraum*.

Carmen hatte Mühe, ihre Irritation zu verbergen. Sams Beruhigungsversuche nützten wenig. Wir haben nicht nur einen Hund, sagte er, sondern auch ein Versorgungssystem. Er könne ihn erstens in die Agentur mitnehmen, Bob und Bea stünden bereit, und schließlich habe er mit Carmens Mutter telefoniert. Sie übernähmen den hübschen Kerl gerne auch für länger.

Ist halt ein bisschen weit, der Weg zum Hundebabysitter, sagte Carmen.

Sam versuchte zu beruhigen. Er erzählte, in der Hoffnung, Carmen etwas aufzuheitern, die Geschichte der Namensgebung und dass er seither immer wieder daran gedacht hatte, einen Hund anzuschaffen.

Und woher kommt der kleine Kerl jetzt auf einmal?, fragte Carmen.

Bob, sagte Sam. Es sei Bob gewesen, der die Hundefährte aufgenommen hatte. Der ursprüngliche Besuch im Tierheim hatte nichts gebracht. Sam konnte sich nicht vorstellen, eine dieser Kreaturen aus ihren Zwingern zu erlösen. Er wollte kein Tier retten.

Es wäre ihm unangemessen erschienen, einen Secondhand-Hund anzuschaffen, einen, der bereits eine Geschichte hatte. Keine erfreuliche, höchstwahrscheinlich. Sam wollte keinen Gefühlskitsch.

Bob machte ihn bei einem seiner Abendbesuche darauf aufmerksam, dass eine Bekannte, eine burgenländische Wirtin, eine Hündin hatte, die mehrheitlich wohl ein Englischer Springer-Spaniel war. Ein Hund, wie er sein sollte, sagte Bob. Nicht zu groß, nicht zu klein, lange Ohren, sehr beweglich, ein weiß-braunes Fell mit kleinen, schwarzen Pünktchen. Und diese Hündin, sie hieß Alma, hatte vor einigen Wochen Sechslinge geworfen.

Sam nutzte einen ohnehin anstehenden Geschäftstermin beim Winzereiverband, nahm Bob und Bea mit und fuhr ins Burgenland. Das Tier war entzückend. Auch wenn man wegen des unbekannten Vaters nicht genau wusste, in welche Richtung sich der Winzling entwickeln würde. Bis zu Carmens Geburtstag sollte der kleine Puck noch im Burgenland bleiben. Sam zahlte eine respektable Summe, klärte die Übergabemodalitäten und rauchte mit Bob und Bea im Garten der Wirtin noch einen Joint.

Hast du den jetzt dir oder mir geschenkt?, fragte Carmen folgerichtig.

Uns, sagte Sam. Und ich werde in jedem Fall jeden Morgen mit ihm raus in den Park gehen.

In den wenigen Wochen, die Carmen und Puck gemeinsam blieben, entspannte sich die Lage. Sie freundeten sich an. Puck liebte Carmens Studio, sie hatten ihm oben einen zweiten Schlafplatz eingerichtet. Carmen hatte kein romantisches Verhältnis zu Tieren. Sie versorgte Puck, fuhr zu Mittag mit ihm in den Prater oder hinaus zum Ziegelteich, sie streichelte ihn, kraulte ihm den Nacken, blieb aber auf Distanz. Carmen verschmolz nicht mit dem Tier. Puck durfte, was er nur ungern zur Kenntnis nahm, weder aufs

Sofa noch ins Bett.

Als Sam Carmen zum Flughafen brachte, war Puck mit dabei. Sie verabschiedete sich zuerst von ihm, dann von Sam. Acht Tage würde sie bleiben. Der Flug ging über Nairobi nach Kampala. Sie hatte ausreichend Xanor im Handgepäck.

17. Marlboro rot

DER MANN MIT der gedämpften Stimme nannte zunächst seinen aristokratisch klingenden Doppelnamen, den Sam nicht verstand, und gab sich dann als Sprecher des Außenamts zu erkennen. Sam meinte sich an den dezenten Herren mit den extravaganten Krawatten erinnern zu können, der bei Pressekonferenzen des Außenministers das Geschehen dirigierte und im Falle humanitärer Katastrophen Beruhigendes in die Mikrofone träufelte. Sam und Carmen hatten ihn einmal bei einer Essenseinladung einer befreundeten Architektin kennengelernt. Er war gemeinsam mit seiner japanischen Frau erschienen, die er während seiner Zeit als Botschaftsrat in Tokio kennengelernt hatte. Man sprach den ganzen Abend englisch, was Sam wie immer nach einer Weile ermüdete.

Der Doppelname fragte, ob er mit Thomas Sapadi spräche und ob er, Thomas Sapadi, der Lebensgefährte von Frau Mag. Carmen Kolb sei. Genau genommen fragte er nicht, sondern holte sich höflich und bestimmt eine Bestätigung für etwas ein, das er ohnehin zu wissen schien. Er entschuldigte sich für den frühen Anruf. Er hätte ihn, Thomas, lieber unter anderen Umständen gesprochen, doch die ugandischen Behörden hätten heute Morgen das Außenamt kontaktiert und mitgeteilt, dass am späten Nachmittag des Vortags eine kleine Chartermaschine des Typs Dornier Turboprop im Westen Ugandas verschollen sei. Wie man in der Zwischenzeit wisse, sei das Flugzeug in viertausend Meter Höhe an einer Wand des Ruwenzori-Massivs zerschellt. An eine Bergung sei nicht zu denken, die Teile lägen an unzugänglichen Orten weit verstreut. Das Außenamt und er selbst seien mit allen Kräften bemüht, weitere Informationen einzuholen und man stünde ihm jederzeit und weiterhin zur Verfügung. Wie es zurzeit aussähe, sei an eine Überführung der Leiche im herkömmlichen Sinn nicht zu denken. Es müsse – er zitiere nur die ugandischen Behörden – davon ausgegangen werden, dass die Tierwelt in kurzer Zeit … Er wisse schon, und er wolle Sam nicht mit unnötigen Details belasten. Er wolle nur noch hinzufügen, dass Mag. Kolb mit Mitgliedern des ugandischen Energieministeriums, der Weltbank, des *World Wildlife Fund* und anderen Experten auf einem Besichtigungsflug über dem Lake Albert unterwegs gewesen sei. Das Unglück habe sich offenbar ereignet, als der Pilot noch eine große Schleife über den Ruwenzori gezogen habe, um den internationalen Gästen einen Blick auf dieses Naturparadies zu ermöglichen. Er bedauere sehr; das Außenamt könne, wie ihn solchen Fällen üblich, jederzeit einen Kontakt zur psychologischen Krisenambulanz herstellen. Schließlich sei noch die Frage zu klären, wer, so vorhanden, die Familienangehörigen von Mag. Kolb informiere. Es stehe Sam selbstverständlich frei, diese traurige Pflicht selbst zu erfüllen, das Außenamt könne sie ebenfalls übernehmen, allerdings verfüge er über keine Kontaktdaten.

Sam bedankte sich höflich und bat den Herren, Carmens Eltern anzurufen, er selbst fühlte sich dazu nicht imstande, fügte hinzu, dass er die Telefonnummer von Carmens Eltern erst heraussuchen müsse und versprach, die Nummer im Sekretariat zu deponieren.

Er verzichtete darauf zu duschen, zog sich an, nahm, was dieser gar nicht wollte, Puck an die Leine und steuerte nach einer kleinen Runde durch den Draschepark zielstrebig die Tabaktrafik in der Kolschitzkygasse an.

Na, seit wann rauch' ma denn wieder?, fragte Herr Wohinz süffisant, nachdem Sam ohne Umschweife zwei Schachteln *Marlboro rot* bestellt hatte. Sam hatte es in letzter Zeit vermieden, seine Zigaretten in der Kolschitzkygasse zu kaufen.

Seit heute, sagte Sam und unterdrückte den Impuls, sich erklären oder gar entschuldigen zu müssen.

Zeitungen auch?, fragte Herr Wohinz und griff bereits hinter sich, um wie gewohnt die beiden Blätter auf die schmale und mit Glückslosen aller Art verrammelte Verkaufstheke zu legen.

Nein, heute nicht, sagte Sam. Sein Bedarf an Nachrichten sei gedeckt. Als er die beiden Packungen *Marlboro* in die Jackentasche steckte, fiel ihm der Doppelname ein. Kinsky-Rauenstein hieß der Mann, dessen Aufgabe es war, mit gedämpfter Stimme schlechte Nachrichten zu überbringen.

Zu Hause räumte Sam den großen Aschenbecher aus dem Küchenschrank und stellte ihn auf den Tisch. Er machte Kaffee und rauchte zwei *Marlboro* hintereinander. Er fühlte sich befreit, war niemandem mehr Rechenschaft schuldig. Weder Carmen noch dem alten Herrn Wohinz. Puck konnte sich nicht recht entscheiden, wo er sich am besten niederlassen sollte. Er entschied sich für den Fleckerlteppich im Vorzimmer. Von dort aus hatte er alles im Blick.

Sam stand auf, nahm einen kleineren Aschenbecher in die Hand und bewegte sich durch die Wohnung. Er zündete sich eine weitere *Marlboro* an und öffnete die Schränke und Kästen. Er begann in der Küche. Selbst den Kühlschrank verschonte er nicht. Er inhalierte tief und blies so lange Rauch in den Geschirrschrank und in die Laden mit den Lebensmitteln, bis ihm dichte weißblaue Wolken entgegenquollen. Dann schloss er die Tür. Er brauchte zwei weitere Zigaretten, um Carmens Kleiderschränke anzufüllen. Selbst die Schubladen mit den Socken, Strumpfhosen, Gürteln und Slips verschonte er nicht. Auch die Schreibtischladen füllte er, ebenso den kleinen Medikamentenschrank im Badezimmer, den Glasschrank im Wohnzimmer und die Kommode mit den vielen Fächern nahe der Eingangstür. Es war ein herrliches Bild, wie der Rauch aus den

Fugen und Ritzen der Schränke in schmalen, sanften Streifen allmählich im Licht der späten Vormittagssonne entwich. Nur die Mikrowelle entließ die gefangenen Rauchschwaden nicht. Sam saß davor, starrte durch die Glasscheibe in die Nebelwand und wartete. Der Rauch senkte sich nach einer Weile. Er würde das Fenster nicht öffnen. Er hatte Zeit.

Gegen Mittag rief er Benn an, um ihm zu sagen, dass sich eine Katastrophe ereignet habe und er heute und auch in den nächsten Tagen nicht kommen würde. Sam blieb sachlich, Benn war entsetzt. Im Übrigen, sagte Sam, und ja, er wisse, dass der Zeitpunkt mehr als merkwürdig sei, aber es sei ihm der Slogan für die Automobilklub-Kampagne eingefallen.

Und?, fragte Benn zögernd, dem der Dialog hörbar unheimlich war.

Bleib ganz, Rufzeichen, sagte Sam.

Bleib ganz, Rufzeichen?, fragte Benn ungläubig zurück.

Ja, *Bleib ganz!*, wiederholte Sam, zehn Zeichen, kürzer und prägnanter geht's nicht. Und was soll man Autofahrern denn mehr wünschen, als heil und ganz wieder zurückzukommen. Das gelte grundsätzlich natürlich auch für Schiffs- und Flugzeugpassagiere. Doch die vertrete der Autofahrerklub ja nicht.

Es blieb einige Sekunden lang still in der Leitung.

Ist der Slogan okay für dich?, fragte Sam, der das betroffene Schweigen nicht länger ertrug.

Du bist ein Monster, sagte Benn.

Mission completed, sagte Sam und legte auf.

Es dauerte lange, bis Sam sich entschließen konnte, Carmens Eltern anzurufen. Es war der erste Tag seit Langem, an dem er weder Pflaster noch Kaugummis brauchte. Er war befreit, die roten *Marlboro* genügten. Wenn sie wiederkommen würde, dachte er, würde er ganz offiziell rauchen. In der Wohnung vielleicht nur bei geöffnetem Fenster. Er würde sie nicht mehr belügen. Das Öl war an allem schuld. Dasselbe Öl, das als Teer auch seine Zigaretten und seine Lunge verschmutzte. Vermutlich war es auch in Pflastern und Kaugummis enthalten. Wer brauchte das verdammte Erdöl aus Uganda. Nicht einmal Uganda würde damit glücklich werden. Er würde rauchen, wenn sie wiederkäme. Es musste möglich sein, eine Frau zu lieben *und* die Zigaretten.

Er wartete bis zum Abend. Er war nur zweimal in Mittersill gewesen. Carmens Familie konnte nicht viel mit ihm und dem, was er tat, anfangen. Sie hatten ihn zur Kenntnis genommen und er sie. Carmens Vater erkundigte sich noch einmal sachlich nach den Todesumständen. Möglicherweise hatte der Mann vom Außenamt ihn nicht im Detail informiert. Vielleicht auch hatte er die Details vergessen, weil seine Frau im Hintergrund geweint und geschrien hatte. Er fragte, wann man denn mit einer Beerdigung rechnen könne.

So wie's aussieht, wird es nicht viel zu beerdigen geben, sagte Sam. Eine Verabschiedung, ja, das schon. Aber es wird dauern, bis aufgrund der Umstände alle Formalitäten erledigt sind.

Es war sicher der verfluchte Name, sagt Carmens Vater. Wer Carmen heißt, stirbt jung und tragisch. Er hätte sich durchsetzen sollen mit dem Namen.

Wochen später beauftragte die Familie Sam mit der Gestaltung der Parte. Von Texten verstünde er ja wenigstens was, sagte Carmens älterer Bruder, der sich um die organisatorischen Angelegenheiten der Trauerfeier kümmerte. Das sei er seinem Schwesterchen schließlich schuldig. Er hoffe nur, dass es nicht regne, sagte er. Was in Salzburg ja immer und zu jeder Jahreszeit möglich sei. Gut für die Bauern, schlecht für die Festspiele, sagte er. Und ließ keinen Zweifel daran, was wichtiger war.

Sam saß eineinhalb Tage über der Formulierung der Parte. Die

Bestattungsfirma – sie warb mit dem Slogan *In der Stille liegt die Kraft* – drängte. Sam fiel nichts ein. Die vorgegebenen Sinnsprüche, die links oder rechts oben auf jeder Parte zu finden sind, lehnte er ab. *Dir der Friede, uns der Schmerz.* Welcher Friede? Wer maßte sich an, das zu wissen? Auch Rilke, sonst für alles zu haben, ging nicht. Den zu Tode zitierten Satz vom Schönen, das nichts als *des Schrecklichen Anfang* sei, konnte er nicht mehr hören. Den Satz hatte er schon für seine Mutter abgelehnt. Welcher Anfang? Und wer weiß schon, ob Carmens Ende wirklich schrecklich gewesen war? Möglicherweise hatte es einfach Bumm gemacht – und Carmen war tot gewesen. In Afrika. Am Ruwenzori. Auf einer Dienstreise. Mit zwei Xanor im Blut. Es gab Schlimmeres.

Sams Gedanken krallten sich an einem blöden Satz fest, der wie ein Kinderkarussell unaufhörlich durch seinen Kopf rotierte. *Hier ruhen keine Gebeine. Nicht deine und nicht meine.* Er rief Benn an und bat ihn um einen Gefallen. Aber gern, mein Lieber, sagte Benn. Für ihn und die arme Carmen tue er doch alles. Benn fand schließlich in den unzähligen Vorlagen für angemessene Sinnsprüche einen Satz von Antoine de Saint-Exupéry, mit dem sowohl Sam als auch die Familie leben konnte. *Das Gold der Weizenfelder / wird mich an Dich erinnern. / Und ich werde das Rauschen des Windes / liebgewinnen.* Auch Saint-Exupéry war bei einem Flugzeugunglück ums Leben gekommen.

Carmens Verabschiedung kam einem stillen Vorwurf gleich. Ein früher Tod war in der Familie Kolb nicht vorgesehen. Man starb im Bett, allenfalls bei einem Traktorunfall oder wurde unter einer Lawine begraben. Keinesfalls aber starb man in einem Flugzeug in Uganda.

Sams Hüftgelenke schmerzten während der Zeremonie. Ein Quartett spielte Schubert. Sam hatte es vorgezogen, im Hotel zu wohnen. Er war der Einzige unter den Trauergästen, der rauchte.

Nach der Verabschiedung ließ er den Mini Cooper am Hof von Carmens Eltern stehen, hinterlegte eine Schachtel rote *Gauloises* und eine rote Plastikrose im Handschuhfach und fuhr mit dem nächsten Zug zurück nach Wien. Bob und Bea hatten sich in der Zwischenzeit um Puck gekümmert, sie gaben ihn ungern wieder her. Bea hatte die Verabschiedung verweigert. Sie ertrüge das nicht, sagte sie.

Benn war nicht wirklich überrascht, als Sam seinen Job als Kreativdirektor kündigte. Als Autor und freier Mitarbeiter wolle er aber gern weiter zur Verfügung stehen. Sie hatten die Ausschreibung des Automobilklubs gewonnen, und jedes Mal, wenn Sam in den folgenden Jahren auf den allgegenwärtigen Slogan *Bleib ganz!* stieß, brach ihm das Herz. Er gab sein Appartement in der Graf-Starhemberg-Gasse auf, räumte seine Sachen aus Carmens Wohnung und zog mit Puck nach Greith. Er rief Eva in Hamburg an und sagte ihr, dass er nun doch vorhabe, ein Buch über Rilke zu schreiben. Er lebe in einem Lebkuchenhaus in der Steiermark, falls sie ihn einmal besuchen wolle. Nicht so hoch gelegen wie ihr Hof in Südtirol, dafür aber wesentlich komfortabler.

Wenige Monate nachdem Sam nach Greith gezogen war, starb Onkel Rudi. Er war zweiundneunzig geworden und hatte alle seine jüngeren Brüder überlebt. Noch im hohen Alter fuhr er mit seinem Moped einmal pro Woche über den Berg, um im Garten seines Sohns den Rasen zu mähen. Nach der Beerdigung am Evangelischen Friedhof fragte Sam Tante Luise, ob der Onkel eigentlich bis zum Schluss geraucht habe.

Nein, Thomas, sagte die Tante.

Und warum hat er aufgehört?, fragte Sam.

Er hat nicht aufgehört, sagte die Tante. Er habe, sagte Tante Luise und weinte ein wenig, in den letzten zwei, drei Jahren einfach zu rauchen vergessen.

Gedruckt mit freundlicher Unterstützung durch

Stadt Wien

Umschlag: Boutique Brutal
Druck und Bindung: Finidr s.r.o.

ISBN 978-3-903460-37-9